De Raízes, Máscaras e Asas

por Annabelle Delavigne

Editora Chefe: Julia M. Metello
Capa e diagramação copyright Maíra Stewart utilizando elementos do CanvaPro

5ª edição

Informações para catalogação estão disponíveis na Biblioteca Nacional da Austrália.

ISBN paperback: 978-0-6452930-7-4
ISBN e-Book: 978-0-6452930-3-6

Contato autora
e: annabelle.delavigne@gmail.com
in: @annabelle.delavigne
w: www.annabelledelavigne.com

Contato editora
e: sayhello@notabooh.com
in: @no.tabooh

*D*edicatória

Dedico esse livro à todas as mulheres que precisam se libertar de amarras impostas e, à minha mãe, minha força, aquela que lutou com o mundo para que eu pudesse ser livre.

"O valor das coisas não está no tempo que elas duram, mas na intensidade com que acontecem. Por isso, existem momentos inesquecíveis, coisas inexplicáveis e pessoas incomparáveis"
Maria Julia Paes de Silva

Prólogo

Dizem que nossas células têm memória. Dizem que elas guardam cada toque, cada sensação que já tivemos na vida. Dizem que um cheiro ou um som é capaz de trazer à memória consciente um evento que aconteceu há mais de décadas. É uma viagem no tempo.

Uma música pode trazer o cheiro do perfume, a textura da pele, o som da voz e o acalento de sua avó contando histórias para você no sofá. Quando uma música faz você voltar 20 anos e faz lembrar a cor do sofá da sua casa, as partículas de poeira no raio de luz que entrava pela janela, o calor de verão que arrebentava sua pele, o sabor de uma manga tirada da árvore na qual você subiu e se escondeu nos troncos largos e firmes, a memória é despertada, e é quando a razão desaparece e agimos sem saber. É quando entramos numa encruzilhada de sentidos e descobrimos o que realmente importa e quem realmente somos. É quando nos deparamos com o melhor de nós e o quão sombrios podemos nos tornar - ou já nos tornamos. O mesmo vale para todos ao nosso redor, porque nada humano é exclusivo de uma pessoa apenas, não importa onde você está e que cultura o limita; por dentro, somos todos iguais. Somos, todos nós, inevitavelmente envenenados pela vida dia após dia até não percebermos mais quem somos. Fingimos gostar do que gostamos, sem saber que nos enganamos. Há sempre mais do que se pensa existir, sempre. Os sinais estão em todo lugar, mas não basta olhar para ver, é preciso também sentir, tocar, cheirar, ouvir e se permitir. Permitir-se pular no desconhecido, na promessa de que a verdade sobre você e o tudo estará lá.

A grande pergunta é, quem você seria se ninguém soubesse quem você é? O que você faria? Do que você gostaria? A quem ajudaria, se é que ajudaria? O que comeria? Com o que trabalharia, onde moraria, a quem amaria, o que você se permitiria sentir, fazer e viver se ninguém soubesse quem você é? Eu sei quem eu seria e essa é a minha história.

Tainá de Oliveira Drummond

1

'Café?', diz ele entrando alegre pela porta da sala de reunião, que já está aberta com meia dúzia de gatos pingados. 'Quem quer café? É por conta da casa!'

Luke, com quem já conversei inúmeras vezes; lança as palavras mais banais e comuns que qualquer mortal já ouviu na vida. *Café.* Uma palavra simples, ordinária, símbolo de alívio às pobres almas que nem sequer podem se dar por acordadas, mas já estão nesta reunião às sete e meia da manhã desta segunda-feira de inverno. *Café*, dito por essa voz, nesta entonação, me desperta um passado não muito longínquo que arrebenta a porta da minha sanidade.

De súbito, como alguém que ouviu uma canção de ninar aos oitenta anos e lembrou do abraço de sua mãe, como alguém que abriu um perfume e sentiu o cheiro de seu primeiro amor, ou como alguém que comeu um doce e se transportou para um lugar de suas férias, eu não tenho controle algum sobre o que a memória faz com meu corpo. Meus olhos se fecham, um choque elétrico parece ter movimentado todo meu sangue, que agora corre mais rápido, e parece não haver volume em meu coração para bombear tal quantidade nessa velocidade. Sinto um calafrio atrás da orelha esquerda, como se 'café' estivesse sendo dito só pra mim, de perto, com seu sopro fazendo cosquinhas na pele de minha orelha.

Meu braço direito se ergue, quase tocando a minha nuca, e posso sentir a mão dele contornando minha silhueta. Lembranças apenas. Ele não está nem perto de mim. Minha cabeça inclina-se para trás. Respiro fundo e rapidamente volto a mim. Ainda assim, de olhos abertos e consciente de onde estou, consigo sentir o cheiro do seu suor e o peso de seu corpo sobre o meu. Na reunião, às sete e meia da manhã. Numa segunda-feira de inverno gelado.

A sala enche de gente, mas ninguém parece notar que eu havia deixado aquele lugar por alguns segundos. Segundos que me trouxeram a lembrança de uma noite que marcou a minha alma, como um escravo que experimenta a liberdade.

Já estivemos juntos antes, mas nunca notei seus traços até agora, até essa palavra ser falada desse jeito e, assim, meus olhos grudam nele, no homem do café, Luke. Seus ombros poderiam ser os dele, os do mascarado - o outro. Seus ombros parecem ser do tamanho suficiente pra me aninhar como o outro - ou *ele* - fizera semana passada.

As mãos de Luke seguram suavemente sua caneta nanquim, anotando os pedidos, mas elas poderiam sim ser aquelas mãos que me levantaram no ar e me mantiveram apoiada contra a parede do nosso quarto. Arrepio. Os arranhões causados pela parede ardem levemente, assim como arderam na banheira com sais, no dia seguinte. Eu havia me esquecido dos arranhões. Achei que estavam curados. Quando irei encontrá-lo de novo? Será que vou? Seus lábios… talvez eu pudesse ter certeza pelos seus lábios, mas, a quatro cadeiras de distância, nessa mesa gigantesca, eu não consigo ver Luke com tantos detalhes. Sua barba bem-feita hoje poderia me enganar da aspereza que me exfoliou entre as pernas enquanto me molhava em um beijo. Eu saberia identificar seus olhos se olhasse para mim com a mesma veemência daquele dia. Será que ele me reconheceria?

Os cabelos de Luke. Se pudesse tocá-los, eu saberia se eram os mesmos dele. Do outro. Seria ele? Entre todas as pessoas nesta cidade, seria ele o cara que me conheceu mais do que eu mesma já me conheci? Seria possível eu não reconhecer o homem ao qual me entreguei apenas porque não pude ver seu rosto?

Sai dessa, Tainá! Você está no trabalho! Foco, criatura! E assim, distraída nessa conversa comigo mesma, percebo que Luke está falando comigo:

'Você não quer nada? Café, chá, água?'

'Não, obrigada. Eu tô bem...' será que ele não viu minha garrafa d'água cheia bem na minha frente? Deve estar sendo gentil. Brindo o ar levantando minha água a alguns milímetros da mesa.

'Você deve gostar de acordar cedo!'

Sorrio de mal jeito, concordando. O diretor logo começa seu longo discurso, assim que Luke entrega o papel com os pedidos dos cafés para Lynette, a nossa recepcionista de trezentos anos, alegre como só ela. O diretor diz o quanto somos um time fenomenal de arquitetos, urbanistas e engenheiros, e que devemos trabalhar juntos para ganhar esta competição, pois trará não apenas três anos de projeto, mas abrirá muitas outras portas para novos clientes e novos trabalhos. Ele mostra a programação do dia, começando com as introduções, seguido de um consultor de planejamento urbano. Ao final de tudo, deveremos ter uma direção conceitual do projeto. O dia se desenrola entre muitos papéis-manteiga, canetas, esboços, croquis, visualizações 3D, cálculos matemáticos e financeiros, café, sanduíches e algumas paradas para ir ao banheiro. Preciso admitir que, apesar do cansaço, me distraio por completo de qualquer outra necessidade ou de pensamentos libidinosos. Ali, no meio de toda aquela criação, estou completa. Acabo o dia satisfeita, e é apenas agora, no caminho de volta para casa, que minha mente retorna ao passado novamente, mais especificamente há cinco semanas e quatro dias.

2

Não posso reclamar que minha vida seja pacata e monótona. Nasci em Niterói, uma cidade de pouco mais de meio milhão de pessoas, separada do Rio de Janeiro pelas águas da Baía de Guanabara. Ninguém é capaz de conhecer tanta gente, mas em Niterói, a sensação é de que todos estão separados por apenas um conhecido em comum. Uma cidade tendo sido reconhecida como a quarta cidade do país em qualidade de vida - se não me falha a memória -, mas com uma mentalidade às vezes provinciana. Tem gente que nasceu, cresceu e morreu ali. Verdade que existem lugares tão maravilhosos lá que apenas um louco iria embora por querer. Itacoatiara, ou Itacoá, por exemplo, onde fica a nossa casa, aos pés de um rochedo imponente que corta as águas do mar. Eu devo ter um parafuso a menos, porque assim que pude, saí em busca de outras aventuras e pessoas mais interessantes. Morei na Holanda, Londres, Cidade do Cabo, Espanha e, agora, meu endereço é Sydney. Chata, minha vida nunca foi. Previsível, também não. Mas é possível que tenha adquirido uma pendularidade um tanto repetitiva. Não sei explicar por que, mas estou entediada. Talvez essas mudanças mundo afora me tenham colocado em um estado de constante euforia, com tantas descobertas a fazer em cada lugar, que agora não sei mais ficar quieta.

Toda mudança para uma cidade nova é efetivamente igual. Primeiro, há a fase do assentamento, quando você precisa achar um lugar para morar, descobrir onde são os mercados, como ir ao médico, transporte público, lugares perigosos e lugares prazerosos. Depois, vem a fase de aceitação. A euforia do novo lugar acalma e você passa comparando o que se tem aqui com o que tinha lá e vice-versa. Em um dia feliz, você aceita as coisas boas e releva as ruins, sabendo que nenhum lugar é perfeito, você se contenta. Se estiver numa fase ruim ou num dia ruim, o que há de positivo da imigração não ganha dos problemas e a nostalgia pode transformar sua alma em um ser miserável. Eu ainda me apego às aventuras, nunca dei muita bola para os contras de se mudar de país. Consigo sempre aterrizar na fase da aventura e viver assim até ir para um novo lugar. O problema de mudar de casas tantas vezes é perceber que o mundo é todo igual. É sempre a mesma coisa. Fruto da globalização, talvez. O trabalho, bares, restaurantes, ruas, transporte e pessoas são essencialmente os mesmos, o que muda é o clima, umas particularidades locais e linguísticas que deixam a vida mais rica de histórias. Às vezes, sinto como se fosse o próprio vento, uma brisa para as árvores, uma força incessante de mudanças que não permite criar raízes.

Talvez o marasmo seja de fato a solidão; aliás, nunca estive tão sozinha. Caio sempre me acompanhou em tudo, ou melhor, eu sempre o acompanhei, e agora ele não está aqui. Talvez eu seja mimada, já que vivi com ele tanto tempo que não aprendi a estar sozinha. Talvez eu simplesmente não consiga viver de rotina, perdendo tempo em um trabalho das nove às cinco, de segunda à sexta-feira, ou, no meu caso, de nove às nove, de segunda a sábado. Talvez, talvez ele não seja pra mim. Difícil pensar que alguém possa estar entediado em Sydney. Há tanta coisa pra fazer, tantas festas, tantos bares, tantas pessoas novas pra conhecer. Acho que perdi o saco. Fui mordida pelo mosquito da idade. Passei dos vinte e sete e pronto, cansei. Prefiro ficar quieta, lendo meus livros nos meus cantos, e eu tenho tantos cantos. Sydney é boa por isso, tem muitos cantos lindos, escondidos, únicos e esquecidos, à espera de alguém para nutri-los e fazê-los sentir vivos.

Meu primeiro canto é dentro de Kinokuniya, uma livraria muito famosa e moderna com grandes janelas em estrutura de aço, música ambiente e piso frio. O oposto de acolhedor e secreto, mas de alguma forma, a combinação de livros, sol e patrimônio histórico me encanta. O Edifício Queen Victoria fica majestosamente entre as esquadrias das janelas. É fácil para alguém que viveu na Europa desconsiderar os edifícios históricos em Sydney, pois eles não são tão antigos e podem ser considerados uma cópia bastarda dos estilos originais do velho mundo. Isso é verdade, admito, mas gosto de ver a arquitetura dos países colonizados de maneira diferente. Eles não são um produto das artes e dos anos de desenvolvimento cultural que criaram os originais, são uma triste realidade dos pioneiros, daqueles aventureiros que estavam fugindo de um passado que não são capazes de enfrentar. Seus edifícios são uma cópia apressada do que era bom de sua vida anterior antes de saltar para aquele navio. Eu vejo esses edifícios históricos como pessoas como Caio e eu, então eu gosto deles. Este canto da livraria tem me abraçado desde 15 de fevereiro, dois dias depois que ele partiu.

O almoço de hoje não tem nada de diferente dos outros. Como de costume, passo pela sessão criminal, seguida dos romances, mas é o motivo da minha vinda de hoje que me faz seguir até a seção de artes. Vencida pelo hábito, olho no relógio para checar a hora no Brasil; em vão, independente da hora ou do dia, não vou conseguir falar com papai e pegar a dica de um bom livro. Seria mais produtivo aprender a rezar e/ou virar médium.

Preciso fazer uma pesquisa para o trabalho, queria olhar padrões de tecidos e reproduzir algum deles nos azulejos da recepção de uma editora de revistas de moda. A seção de arte sempre me recebe como aquela tia rica sem filhos. Elegante e quase intocável. O livro do Sebastião Salgado me lembra que não sou arquiteta para fazer ambientes luxuosos, como o escritório de uma revista de modas.

Uma das pilhas de livros em destaque numa mesa central me chama a atenção, é *Van Gogh* e penso na minha mãe. Acho que vou levar pra ela de presente de Natal, mas refreio a minha ansiedade. *Ainda faltam seis meses pra você entrar naquele avião, relaxa Tainá, tem tempo.* Abro um outro livro sobre as obras do *Louvre* e vejo *La Liberté guidant le peuple de Delacroix*. Um aperto me atravessa o coração.

Lembro-me dos passeios que fazia com meu pai ao museu, e de quando ele me disse que as mulheres fazem as melhores revoluções. Eu, mimada em meu mundo, nunca precisei fazer revolução alguma. Há pessoas muito melhores do que eu para guiar multidões a caminho de mudanças. Foi bom morar na Europa. Como sinto falta.

Mando uma foto do livro de *Van Gogh* pra mamãe pelo telefone para receber uma mensagem de volta quase instantânea de uma bonequinha dançando, esclarecendo que ela já tem o mesmo livro. A outra mesa promocional tem um monte de livros de arte gráfica e umas coisas bem bobas. Fico um pouco decepcionada e driblo a procrastinação, indo direto em busca do meu livro de estampas para o trabalho, quando, de repente, vejo de relance um livro de capa branca fosca, um papel texturizado e uma imagem muito sensual. Com ele embaixo do braço, capa devidamente escondida contra meu corpo, procuro seu lugar na estante. Não acho. Olho pra capa hipnotizada pela ilustração preta e branca, que parece ter sido pintada à mão e não impressa, meus dedos sentem a textura do papel e da tinta, fortalecendo a minha teoria.

A imagem é tão inebriante que me faz esquecer o que eu deveria estar fazendo e paro para olhar de perto e com atenção as outras ilustrações. Ele tem poucas frases e algumas palavras se misturam às ilustrações. No piloto automático, levo o livro até o meu canto, na janela onde meu sofá favorito está sempre me esperando às 13:20 da tarde.

Me ajeito para que minhas pernas sejam aquecidas pelo sol de inverno, mas de forma que os raios não cheguem às páginas. Me sinto um pouco envergonhada por ter um livro destes em mãos, olho em volta pra ver se alguém me olha torto. Não há. Ninguém parece se importar com o que faço ou deixo de fazer. Na dúvida, ou na paranóia, ajeito minha bolsa para esconder a capa. Vai que alguém do trabalho me vê aqui?

Os desenhos são lindos. Num deles, o torso superior de uma mulher é claramente uma borboleta, asas grandes, e o gradiente e o trabalho de pontilhado da tinta preta me fazem perceber que é uma asa colorida e bela. Seu rosto é feliz e contente. Ela voa verticalmente na página. Da cintura pra baixo, seu corpo é como de uma lagarta envolta em diversas criaturas rastejantes e nojentas, no chão de terra de uma floresta que parece úmida e pegajosa. No meio do corpo, na passagem da lagarta para borboleta, onde o sexo de uma mulher fica, há um homem com a cabeça encaixada no seu corpo. Não é possível ver seu rosto, mas está de frente para o corpo dela, escondido entre suas pernas. Os braços dele, envoltos ao quadril da mulher, sobem com as mãos pelas partes baixas de suas costas e a trazem para perto de si. Com as pernas enraizadas na floresta, ele parece não querer deixar ela ir, mas, ao mesmo tempo, sinto que a felicidade dela vem dele. Seria ele a transformação, ou será que está impedindo que ela se transforme? O homem parece criar uma barreira entre os vermes e a mulher, uma distância entre tudo que pode atacá-la e impedir sua transformação. Com ele ali, ela está menos vulnerável. Teria sido o prazer que ele deu à ela que a liberta?

Meu celular toca. Eu sei que é o alarme de 13:48 para me lembrar que eu preciso parar de ler e voltar para o trabalho. Fecho o livro, procuro pelo preço e não acho. Me dirijo ao balcão de pagamento e, por algum motivo que nem precisa de muita análise, busco uma atendente mulher.

'Oi, dá licença, eu não estou conseguindo achar o preço deste livro', pergunto, tentando evitar olhar nos olhos da menina, que parece ainda ser uma estudante.

'Oi, tudo bem? Me dá ele aqui que eu vejo pra você'.

Ela pega o livro e começa a digitar no computador. Enquanto isso, percebo o quanto está imaculadamente vestida, dona de si com cabelos vermelhos perfeitamente arrumados, cintura muito fina marcada com um cinto, a maquiagem detalhada, as unhas impecavelmente feitas e coloridas num vinho profundo. De repente, ela solta um grunhido com cheiro de problema. Olho no relógio e já são 13:53, vou chegar atrasada.

'Desculpa, mas esse livro não está no nosso catálogo. Alguém deve ter esquecido.'

E assim, como quem não pode pensar numa solução, me entrega o livro de volta.

'Você pode encomendar um pra mim?'

'Claro.' Pelo menos isso. Ela volta ao computador, digitando, olhando, digitando novamente. Seus lábios se retorcem assim como os olhos e as sobrancelhas.

13:57. Vou chegar muito atrasada. Pega no meio da dualidade dos meus pensamentos, fico confusa. Quero encomendar este livro, mas preciso chegar na hora no trabalho, então minha responsabilidade toma conta das minhas cordas vocais e digo: 'Deixa, eu volto outra hora'

'O livro parece fora de catálogo. Não tenho como encomendar', ela coloca o livro no balcão de novo.

'Em lugar nenhum?', digo, intrigada.

E sacode a cabeça confirmando e após uma breve pausa, talvez vendo a minha decepção, sugere pegar meu número para me ligar depois que conversar com seu gerente.

Coloco meu recém-chegado cartão de visitas em cima do livro e como dois ímãs de polos opostos, minha mão está presa sobre ele. Eu quero levar o livro para casa, mas e se o verdadeiro proprietário voltar para buscá-lo? Eu estaria roubando.

'Você pode guardar essa cópia, caso o dono volte para procurar?'

A atendente concorda.

'A que horas vocês fecham?'

Sinceramente, não sei por que fiz essa pergunta. Eu sei perfeitamente que eles fecham às 18:30. Sei que rarissimamente eu consigo passar aqui depois do trabalho, pois estou sempre enrolada com algum projeto para entregar a essa hora do dia e sei que, como de costume, minha chefe vai querer que eu mude alguma coisa porque o cliente teve uma ideia nova e acha que devemos manter o prazo de entrega. Não quero que o dono do livro volte, mas não consigo simplesmente levá-lo embora. Me sentiria uma ladra se fizesse isso. Se eu der até às 18hrs para o dono voltar, posso pegar o livro pra mim sem culpa. Sairei às 17:45, virei aqui e voltarei ao trabalho. Assim, vai dar tudo certo. Plano perfeito.

Agradeço a atenção da atendente e aciono o modo *chegar-na-hora.* Minhas pernas parecem ter ganho alguns centímetros a mais e eu ando a passos largos como uma girafa saltitante em direção à saída da livraria. De repente, por trás de mim, alguém me chama, um homem.

'Obrigado por achar meu livro!'

O relógio para assim que vejo o homem vindo até mim. Mais alto do que eu vestindo um sobretudo azul-marinho, uma calça jeans escura, um suéter cinza claro em cima de uma camisa de colarinho branco, ele sorri encantadoramente. Sua postura retilínea combina com o cabelo bem alinhado e recém cortado. A barba de dois ou três dias parece opção de estilo e não desleixo. Ele entra na caixinha dos 30-40 anos.

Ao chegar mais perto, noto a aliança prateada na mão esquerda, dedo anelar. Casado. Claro. Olho no relógio e, de repente, minha pressa volta. 14:02. *Que ridícula você, atrasada por causa de um livro.*

'Imagina, cuidado pra não esquecer de novo. Tenho que correr. Tchau.' Respondo rápido e retorno meu caminho até a saída. Perdi o livro, penso.

A pressa nunca me fez educada, mas nunca cheguei atrasada. Exceto hoje, agora. Volto a andar depressa, de costas, preciso sair daqui pra não perder a reunião. Não acredito que vou chegar atrasada por causa de um livro.

'Obrigada por esquecer o livro.' grito de longe, algo totalmente fora do meu normal.

'Fique com ele!'

Generosamente, ele me oferece o livro enquanto continua a caminhar em minha direção. Eu, surpresa por ouvir isso, diminuo a velocidade dos meus passos para considerar a resposta e nego.

'Não, que isso! Não posso aceitar. Preciso ir. Mesmo.'

'Faço questão' ele diz.

Sua voz é como o puxão de uma corda enlaçada em mim, impossível de ignorar. Paro, viro e descubro que, se a voz é o puxão, o seu olhar é a corda. Agora, não há como escapar de dar o meu tempo a ele - e ao livro. Ele caminha determinado na minha direção enquanto segura o livro em uma mão. Juro ter parado de respirar pelo tempo que ele olha pra mim. Seus braços longos combinam com o porte esguio e magro. Finalmente, me alcança, e minhas mãos seguram a outra extremidade do livro. Estamos tão perto que agora o que nos separa é o livro em si. Perto o suficiente para causar ciúme no Caio, se ele desse as caras por aqui.

Sem muito tempo para digerir esta experiência, concluo que algo muito desnorteador acontece quando alguém olha você nos olhos. Assim. Quando olham assim. O tempo parece mudar de velocidade. As coisas ao seu redor ficam fora de foco como uma fotografia profissional onde apenas o objeto que importa fica nítido. Sinto como se ele estivesse baixando todas as informações da minha alma sem que eu tivesse qualquer chance de escolher o que lhe dar. Ninguém nunca me olhou assim. Nem o Caio.

Com a voz despida de certezas, respondo sem me mexer, sem piscar.

'Não posso. É um livro muito bonito. Fique com ele. Eu compro um pra mim.'

'Não está à venda...', ele diz, deixando reticências no ar e meus olhos perdidos nos seus. 'Por favor aceite, ou você vai chegar atrasada no trabalho' ele sorri de canto de boca, quebrando a corrente entre nossos olhos.

Olhando para o livro que nós dois ainda seguramos, noto sua aliança de casamento mais uma vez. O feitiço se desmancha. Ele deve ser um babaca, duvido que sua mulher estaria feliz em saber que está flertando com alguém em plena hora do almoço. *Pega o livro, Tainá, é só um livro e você vai se arrepender de não pegar.* Consigo convencer a mim mesma.

'Posso te devolver?', falo apressada. 'Que tal eu trazer aqui na próxima sexta-feira e você vem buscá-lo?'

Ele volta a me olhar nos olhos, dá um passo pequeno à frente, reduzindo a distância entre nós à própria espessura do livro. Sinto a textura do seu casaco nas minhas mãos, sinto o cheiro do seu perfume, o vento das suas palavras mexendo meus cabelos ao redor da minha orelha esquerda. Não sei onde estou.

'Não me devolva. É seu por agora. Quando acabar, passe adiante.'

Culpa, irresponsabilidade e aventura me banham como uma chuva de verão no fim do dia. Rápida e refrescante. Ele parece contente quando finalmente tomo o livro em minhas mãos.

'Leia todas as páginas... na ordem'

Eu não digo nada. Não sei o que dizer. Apenas agradeço, concordo com a cabeça e saio intrigada pelo que aconteceu.

A correria das responsabilidades mundanas volta e o livro vai para minha bolsa. Olho o relógio. Merda, já são 14:06, e ainda preciso de 7 minutos pra chegar no escritório. Estou muito atrasada! Nunca estive atrasada. Merda, merda, merda! Aos pulos de gazela, corto caminho por dentro das Galerias Victoria para sair na Pitt Street e, assim que atravesso por entre os carros no trânsito, fico presa no meio de um monte de gente vendo performances de artistas de rua em frente ao Westfield. Abro caminho e continuo a correr até chegar ao MLC.

Me enfio pela pequena brecha da porta do elevador que quase fecha em mim. Teria sido providencial ter meus clientes e minha chefe aqui para que todos estivéssemos igualmente atrasados, mas eles não estão. Amaldiçoo quem gosta de ter escritórios no 16º andar. Sinceramente, quando se trabalha tanto e não há tempo de olhar pela janela, qual a diferença de sentar no segundo andar ou nas nuvens, se ninguém fica contemplando a vista? Minha mente me desespera imaginando todos aqueles homens pelo menos 15 anos mais velhos do que eu, que não sabem ligar o projetor e começar a apresentação. Imagino minha chefe usando minha nacionalidade para fazer piadinhas generalistas imbecis, dizendo que brasileiros estão sempre atrasados.

Alguém deveria inventar um elevador que ficasse mais rápido quanto mais apertamos os botões. Para a minha sorte, o elevador não parou em nenhum andar. Vejo que todos os clientes e consultores ainda estão na recepção; olho para Lynette, e ela, claro, ao perceber minha afobação, me dá uma dica de ouro. 'Por aqui querida, corre por esse lado.' Sorrio para ela em agradecimento:

'Só você, Lynette'

'Essa é a vantagem de estar num prédio redondo. Podemos sempre escolher ir pela direita ou pela esquerda. Ela está uma arara, reunião dos gerentes na hora do almoço. Se prepare!'

'Pode deixar, obrigada.'

Não tenho tempo de passar na minha mesa e pegar as impressões da apresentação que havia feito antes, nem tenho tempo de largar minha bolsa. Entro na sala de reunião esbaforida, ligo o computador, a tela, faço meu login, abro a apresentação e, numa sincronicidade mais do que perfeita, todos começam a chegar. Minha chefe percebe minha correria e olha pra mesa. Na ausência das cópias impressas, ela diz em voz alta:

'Tanya, você pode pegar as cópias impressas? Assim todos podem fazer anotações durante a reunião.'

'Tanya! Não ouço esse nome há um bom tempo.' diz um dos clientes.

'É Tainá, mas a maioria das pessoas confunde com Tanya.'

Não preciso olhar pra minha chefe para sentir a sua ira sobre mim, mas não posso deixar que me chame pelo nome errado. Já estamos trabalhando juntas há dois meses. Tanya não é Tainá. Posso aceitar seus insultos, mas ela não vai tirar meu nome. Em todos os lugares em que vivi, nunca encontrei alguém que nem sequer tentasse dizer meu nome ou que perguntasse se poderia me dar um apelido.

'Lindo nome!' a editora da revista diz. Ela é legal.

'Concordo. Nunca ouvi antes. De onde é?' diz o diretor da revista que aparece em algumas reuniões mais importantes.

'Brasil' respondo.

'A gente tem um time multicultural aqui, tem gente de tudo quanto é lugar. *Tayeenah* é brasileira. Um nome super exótico'

Contra a sua vontade, mas em nome da política com os clientes, ela se corrige tentando pronunciar meu nome enquanto faz questão de se posicionar novamente como minha gerente:

'Tayeenah, você pode pegar as cópias impressas agora? Por favor...'

'Claro.' pelo menos ela disse por favor.

'Tayeenah' me chama o editor, 'talvez eu esteja desviando o assunto, mas espero que não se importe.' Ele olha para a minha chefe para obter permissão de falar. Ela concorda. 'Você talvez seja perfeita para uma sessão editorial que estamos produzindo. Há um vestido deslumbrante que queremos usar, mas ainda não encontramos alguém com o tom de pele e a cor dos olhos certos. Nenhuma modelo que apareceu até agora nos pareceu certa, mas tenho a impressão de que você será perfeita para isso. Você se importa de discutirmos mais tarde?'

Eu, aparecendo num editorial de moda pra uma das mais famosas revistas da Austrália? Que vergonha. O que eu digo?

'Sim, claro. Claro que sim, pode marcar uma reunião.'

Pego minha bolsa e, no meu caminho de saída da sala, ela me dá aquele sorriso falso, hostil e, falando baixo para que somente eu possa ouvir, diz: 'Seja rápida, já perdemos tempo demais.'

Eu obedeço indo à minha mesa o mais rápido possível, mal tirando um segundo para respirar. Além do que ela me pediu, pego meu caderno de anotações, minhas canetas e, de relance, vejo a lateral do livro na bolsa que agora senta na minha cadeira. Rapidamente a escondo no pequeno nicho embaixo da mesa.

'E aí, onde você foi almoçar?', Fleur, minha colega de projeto canadense, me surpreende. Mãe de dois meninos e com o terceiro na barriga, ela é uma dessas pessoas que está sempre sorridente, parece que não carrega peso nem problemas, sempre chega na hora e sempre sai na hora. Uma amiga quase perfeita. Diz que sorri tanto porque estar no trabalho afastada das atividades domésticas é como férias para ela.

'Não comi nada ainda. Desculpa, preciso correr para essa reunião.'

A reunião dura duas horas, minha mente frita de tanta coisa que tenho que fazer, incluindo mais um estudo para segunda-feira ao meio-dia. São 16h30 da tarde de sexta-feira. Por que ela não negocia um outro prazo? Mas quem sou eu para dizer alguma coisa?

Sentada, curvada e desolada em saber que as chances de vir trabalhar no final de semana são grandes, tento arrumar um motivo pessoal como desculpa para não estar disponível e minha chefe ter que mudar a data de entrega. Convido Fleur para sair no sábado, mas apesar da sua felicidade em ser chamada para sair sem crianças estar estampada no seu rosto e na sua fala, ela é obrigada a negar.

'Sair sem crianças? Só nós duas?! Sim! Mas tem que ser outro dia. Não posso neste fim de semana. A família do maridão vem no domingo para um churrasco, e eu preciso preparar a casa amanhã. Parece que um furacão passou por lá.

'Almoço na segunda?' sugiro, esperançosa de que vou conseguir terminar o trabalho no prazo e que, mesmo perdendo o final de semana, vou ganhar o almoço de segunda.

'Perfeito! - ela responde ao mesmo tempo em que seu alarme dispara. 5 da tarde! Estou indo! Vejo você na segunda-feira, querida. *Au revoir*!' agarrando sua bolsa e desligando seu computador em menos de trinta segundos.

'Tchau! Tenha um bom fim de semana. Aproveite o *braai*!'.

'*Braai*? Você também morou na África do Sul?'

'Sim'

'Tanto para saber de você! Não trabalhe até muito tarde! Tchau todo mundo!', ela vai embora assim: rápido e livre de culpas.

Duas horas depois, tudo que eu quero é ir pra casa. Está escuro e é deprimente ouvir o pessoal bebendo e comendo na cozinha como toda sexta-feira, enquanto eu estou aqui ralando. Por isso, decido ir para casa. Passo por eles para me despedir e vou ao vestiário. Na minha saída, minha chefe aparece como uma assombração bêbada. Não só trabalho para uma pessoa sem a menor noção de quanto tempo é preciso para preparar um projeto, mas agora ela me vê com roupa de ginástica.

'Ainda aqui? Achei que garotas como você estariam por aí, nas boates, dançando, se divertindo, pegando uns gatinhos…'

Sabe-se lá por que, ela está surpresa de me ver no trabalho. Eu estou aqui o tempo todo. O que ela quer dizer com: *eu pensei que garotas como você...*? Isto é outro insulto?

'Sim, preciso terminar o que discutimos da proposta. Segunda só tem três horas até ao meio-dia. Considerando que se leva por volta de 45 minutos para imprimir o material, eu só tenho 2 horas e 15 minutos. Se eu levar em conta que o arquivo corrompe 35% do tempo…'

'Já entendi, não precisa continuar', ela me diz. 'Se você não tiver nada pra fazer no final de semana...' Sua sobrancelha arqueada e o tom cínico como se eu não me dedicasse ao trabalho me dão nos nervos. Eu tenho trabalhado todo final de semana, não entendo por que ela faz isso.

'Eu venho amanhã, mas prefiro não vir no domingo.'

'Ótimo! Qualquer coisa liga para o meu telefone particular, ok?'

Ela está tentando insinuar que está aqui para me apoiar? Só pode ser brincadeira. Minha chefe escreve seu número num pedaço de papel de rascunho e, quando me entrega, pergunta se eu prefiro que ela venha. Obviamente, estar sozinha é melhor do que mal acompanhada, já diria minha mãe. Então, educadamente, agradeço a disponibilidade e a asseguro que tudo ficará bem, dizendo que ligarei caso algo dê errado ou precise de ajuda.

Não vou ligar.

'Então tá, até segunda feira.'

Enquanto ando em direção ao elevador, ela me chama de novo:

'Tainá! Mais uma coisinha, da próxima vez que você tiver que me corrigir, tente não fazer na frente dos clientes'

'Corrigir? Quando eu te corrigi?'

'A pronúncia do seu nome na apresentação de hoje à tarde.'

'Eu não corrigi a pronúncia do meu nome, eu corrigi meu nome. Meu nome não é Tanya.'

'É um diminutivo carinhoso, todo mundo tem apelido aqui, é o que os *aussies* fazem. Viu? *Aussies* vem de australiano. Diminutivo.' pondero se preciso responder alguma coisa enquanto ela continua 'Pega mal corrigir a pronúncia, faz com que eu pareça preconceituosa contra imigrantes e você tem que aderir à cultura local.'

Penso se vale a pena debater sobre o assunto. Julgo ser inútil discutir com ela e saio em direção ao elevador. Enquanto espero, suspiro olhando para o escritório, sem acreditar que vou estar aqui amanhã. Trabalhando. Meu desânimo é reforçado pela voz que me enerva voltando a bater nos meus ouvidos:

'Ah! Tainá. Você pode me mandar um e-mail com a apresentação amanhã quando acabar, para eu ver até onde conseguiu fazer e dar uma revisada?'

Concordo mexendo a cabeça e me bate uma falta de Barcelona. Era tão bom fazer tudo de bicicleta, inclusive nossa inesquecível viagem até o sul da França. Foi tão seguro e civilizado. Aqui, os carros passam de rasante nas bicicletas, como se fossem jatos, e nós, formigas no chão; as ruas são escuras e temos que usar tantos apetrechos de segurança que pareço uma árvore de Natal.

Chego em casa em trinta e três minutos, quatro a menos do que ontem e dois graus mais frio também. O orgulho de ter feito um tempo melhor e ainda sobrevivido neste trânsito doido coloca um gosto doce na alma e um sorriso no rosto que dói de tão gelado. E é por isso que, mesmo reclamando e com medo, eu pedalo. É essa leveza que sinto ao chegar em casa, a pele fria e o sangue quente pulsando mais rápido, o banho apaziguador e meu corpo mais forte. Posso finalmente me entregar à minha solitária noite, calma e feliz.

O apartamento fica em North Bondi, na ponta extrema da Ramsgate Avenue, onde, entre o mar e eu, existe apenas ar e o rochedo abaixo. A rua é uma mistura de espeluncas arquitetônicas a preços exorbitantes e prédios novos avaliados numa quantia ainda mais descomunal, grupo este ao qual meu apartamento pertence. Me sinto uma farsa de entrar num lugar tão caro, mas eu tenho sorte de não ter que viver nas espeluncas. Aqui, até o chão da garagem é polido. Dá pena de sujar com a minha bicicleta.

3

Está tudo do mesmo jeito que deixei hoje de manhã, obviamente. A mesa limpa, as almofadas coloridas harmoniosamente colocadas no sofá ao longo da janela. O porta retrato com Caio, no console de entrada... será que ele tem uma foto nossa onde está? Pego meu celular no bolso da minha jaqueta, nenhuma mensagem dele. Deve estar enrolado no trabalho. Peço uma foto do cafofo dele.

A escuridão do mar através da janela poderia ser assustadora, mas a mim, causa uma hipnose. O horizonte desaparece dependendo da fase da lua e da quantidade de nuvens no céu. Sem a luz da lua, a água vira céu e o céu vira água. Como saber quem é quem? Um é o reflexo do outro, mas nunca se tocam. Esta noite, a lua minguante e as nuvens tornam a paisagem igualmente encantadora. Não há duas noites iguais quando você se preocupa em ouvi-las.

Seria possível ver o céu estrelado, quase prateado numa cidade como esta, se todos apagassem as luzes ao mesmo tempo? O horizonte seria uma linha prateada onde o oceano absorve a Via-Láctea, como era lá em casa.

O barulho das ondas, a brisa leve e esse mar sem fim me levam de volta a Itacoatiara. Para casa. Por que eu fui embora? A reclamação do mar contra a terra é igual em qualquer lugar. Se estiver calmo, somos abençoados com aquela música suave e agradável que pode assentar os corações mais duros. Mas quando está com raiva, seu grito forte e agitado penetra em minha alma e, tem o poder de trazer à tona a ansiedade e o medo que vivem escondidos em mim.

Aonde quer que você viva, água e ar vão conectá-lo com aqueles que você deixou para trás. Esses elementos não têm raízes que o façam ficar preso ao mesmo lugar. Eles são fluidos, como eu. Portanto, eu respiro e nado. As águas do Sul da Europa e da África do Sul eram tão diferentes da praia da minha infância, mas aqui me sinto em casa. Não sei de onde vem essa semelhança já que a cor, a temperatura, as ondas e o cheiro são tão diferentes de onde nadei até virar adulta.

Sinto como se papai ainda estivesse ao meu lado, lendo livros na rede, ouvindo as ondas, sentindo a imensidão do mar e a brisa calmante que levava a gente a se perder no tempo. Sem pressa. Sem vontade de voltar pra correria do mundo lá fora. Cadê você pai? Será que está aí, nesse mar sem fim?

Se eu pudesse pular nessa escuridão e achar você, lhe abraçar e dizer o quanto o amo. Volta pra cá, volta pra mim. O que você pensou quando se foi? Como é morrer, pai? Por que ir embora? Por que *eu* fui embora? *Porque a pior morte é aquela vida não vivida. Sua alma é livre demais para você ficar aqui. Sua cabecinha é muito curiosa para se contentar em ver as mesmas coisas todos os dias. Bata as suas asas sem medo porque as suas crescerão cada vez que uma se quebrar.* Lembro das suas palavras como se fosse ontem, mas fui egoísta, por que deixei você? E agora? Eu sozinha aqui, e você? Espero que esteja bem, pai. O que acontece quando a gente morre? Será que podemos encontrar nossos pais, nossos irmãos? Será que você pode me escutar? Será que tem um mar aí onde você está? Você encontrou com ele, pai? Como está meu irmão? Onde está você, Kadu? Será que foi você quem chamou o papai?

Por que não me contentei em achar uma vida bem vivida ali onde nasci? Eu tinha tudo, pra quê sair desbravando o mundo? Por que não ouvi quando me falaram o que realmente importava? Bastava eu querer ouvir. Me diz, pai. Por que dói tanto? Se tenho tantas asas, por que não posso voar? Por que me sinto como uma coluna presa com aço e concreto no chão?

Como eu queria poder voar e me misturar a você, a vocês. Queria trazer mamãe junto. Ela não parece querer vir, e ela não parece precisar que eu volte. Me desculpa, pai. Se eu estivesse lá, isso não teria acontecido

Escrevo no meu caderno, *um homem precisa voltar. Voltar para onde suas raízes conseguem se alimentar como uma árvore.* Risco. Conserto. *Quando um homem sente que suas raízes viraram concreto, é preciso voltar. Voltar para o lugar onde elas são nutridas pela terra abaixo do seu pé.* Risco. Conserto. *Assim como as árvores, o homem precisa de raízes que o nutram* e *raízes de concreto são apenas para prédios.* Risco. Não conserto.

As delicadas e pesarosas lágrimas escorrem pelo meu rosto fazendo caminho até meu peito vazio. Assim como as estrelas morrem no horizonte do mar e voltam na noite de amanhã, a tristeza volta amanhã, no mesmo lugar e com a mesma força.

O som do telefone me tira do meu transe. *Caio.* Parece que ele adivinha quando preciso sair da minha cabeça. É melhor comer primeiro, depois ligo para ele, estou morta de fome, já tem doze horas que não como nada.

Não sei por que colocaram uma geladeira tão grande num apartamento de um quarto. Tenho meia dúzia de frutas, água, salada e macarrão que sobrou do jantar de ontem. Fecho as cortinas, não quero ficar me perdendo lá fora de novo, é hora de voltar à vida, ao presente. Escrevo pra ele, *Jantando, já te ligo.* O telefone toca trinta segundos depois, vídeo chamada.

'Oi, você acha que eu como rápido desse jeito?' digo sorrindo por ele não conseguir esperar para falar comigo.

'Não vi o porquê de esperar você acabar de jantar.' ele responde parecendo ocupado com outra coisa

'Só queria falar com você sem ter que me preocupar se minha boca está cheia de comida. Você tá trabalhando?'

'Desde quando você não pode comer na minha frente?'

'Eu posso, só não quero. É meio estranho, não?'

'Não. Até parece que a gente nunca comeu de frente um para o outro.'

Ele está certo, não tem nada a ver com comida. Eu não queria que ele ligasse para não ter que explicar por que eu estava chorando. Não que ele saiba disso.

'Saudades, mulher!'.

'Também. Como foi seu dia?'

'As mesmas coisas de sempre. O trabalho. Você sabe como é.'

Coloco um garfo de salada na boca, fugindo da câmera.

E você? O que você fez? Com quem trabalhou?', pergunta ele.

'O mesmo de sempre, corri de manhã na praia...'

'O *wetsuit* coube?'

Ele me interrompe por um bom motivo, há algumas semanas, me mandou um *wetsuit* pra eu poder continuar nadando nas águas geladas daqui.

'Que cabeça a minha! Esqueci de dizer que coube! Obrigada, muito generoso como sempre.'

‘Que isso, foi um prazer, pelo menos assim você continua a nadar. Vou te mandar uma música, eu ouvi hoje no trabalho e pensei em você.’

Caio envia a música por mensagem e respondo que vou ouvir depois do jantar, mas, por insistência dele, acabo ouvindo agora. A música, bem famosinha, é de um cara que pede a namorada em casamento.

‘Caio, o que significa essa música? Você tá me pedindo…’

‘O que você acha da ideia?’

‘Não à distância…’

‘Se é o que você quer, princesa’

‘Princesa? Desde quando isso? Não sou princesa.’ Apesar de que, analisando minha vida agora, estou mais pra realeza do que pra plebe. ‘Quando você vem? Já marcou a passagem?’

‘Marquei, chego sexta que vem! Pode deixar que eu vou direto do aeroporto para casa.’

‘Vai ser tão bom quando você che…’

Vejo o livro que desponta da minha bolsa e ouço a voz daquele homem ao pé do meu ouvido de novo: *Todas as páginas... Não está à venda.* Por uma fração infinitesimal de tempo, a imagem de Caio no vídeo vira ele, o cara da livraria, e fico sem reação. Meu cérebro a mil, relembrando pedaços desconexos do que aconteceu hoje, o olhar dele fixado no meu, seu cheiro, sua aliança. Preciso desligar.

‘Oi! Tatá, você tá aí? Acho que travou. Travou? Alô?’

‘Oi, tô de volta, acho que travou.’ Eu travei, não a ligação. ‘Deixa eu ir lá ajeitar as coisas pra amanhã’

‘Amanhã é sábado. O que você vai fazer?’

‘Trabalhar.’

‘Com quem você vai trabalhar?’

‘Só eu, no mesmo projeto.

'Com quem mais? Eles não podem esperar que você faça tudo sozinha.'

'Eu prefiro assim.'

'É difícil acreditar que uma empresa tão grande - para arquitetos - a colocaria sozinho num projeto. Eles precisam ter mais pessoas ajudando você.'

'Não, tudo bem. Eu consigo terminar.'

'Bem, você não precisa se sujeitar a algo assim, você sabe disso. Meu salário é mais do que suficiente, você pode parar de trabalhar e vir pra cá.'

'Eu sei, você é tão gentil, mas não se trata apenas do dinheiro. Eu fiquei em Sydney para tentar ter uma carreira decente e este escritório pode me ajudar a chegar lá, eles são um dos melhores, então... preciso ir amanhã'.

'Você precisa de uma carreira que te respeite, pagando direito e não fazendo hora extra sem te pagar. Há quantos sábados você trabalha?'

'Nem sei. Não me incomoda muito, eu gosto do que eu faço.'

Como eu quero falar de todas as horas extras que ele fez e ainda faz, mas não vale a pena discutir isso agora. O meu novo livro é bem mais interessante do que ficar horas conversando sobre trabalho, amanhã nos falamos de novo.

'Não se preocupe, não há muito a fazer aqui a não ser ir à praia. E graças a você, eu passo a noite toda respirando o ar limpo da maresia. Preciso mesmo ir dormir agora.'

'Bom, lembra que para a minha menina, apenas o melhor. Boa noite!'

'Boa noite!

'Tatá, eu te amo!'

'Eu também. Durma bem.'

'Depois me manda foto com o *wetsuit*. Saudades!'

‘Pode deixar, boa noite de novo.’ sorrio e desligo.

Lavo a louça do jantar bem rápido, seco as mãos na toalha da cozinha e pego o livro. São 21hrs, tenho uma hora antes de dormir. Banho. Livro. Cama. A água fria do chuveiro esquenta rápido enquanto tiro a roupa. A cesta agradece mais umas peças pra lavar, já que são tão poucas que entram ali. A água quente corre pelas minhas costas, uma queimação boa que me faz perceber o quanto meus pés estão frios. Nunca senti tanto frio, nem morando na Europa. Logo acabo o banho, escovo os dentes e, agora finalmente aquecida, com meu pijama de flanela cinza-claro, posso pegar meu livro e sentar na minha poltrona preferida no quarto.

Abro meu novo livro aleatoriamente numa página com o desenho de uma mulher deitada com a barriga para baixo numa toalha de praia listrada. Ela veste apenas a parte de baixo do seu biquíni, seu corpo é redondo e jovem. Ela olha para uma revista aberta entre a areia e a toalha. A imagem na revista é ela própria vendo a revista, e isso se repete numa sequência infinita. O desenho preto e branco consegue mostrar claramente que ela está numa praia e, nas margens do papel, é possível ver marcas dos pés que andaram por ali. Ela parece indiferente ao que acontece ao seu redor.

A sua inércia é contemplativa de si própria, me faz pensar no que essa imagem quer dizer. Somos tão obcecados por nós mesmos que apenas nos vemos a nós próprios? Só vemos aquilo que aceitamos ser bom porque é igual à gente? Ou seria o oposto, ela é tão insegura que apenas imitando o que viu na revista acha que é alguém de valor? E essa pessoa da revista, por sua vez, copia o que viu em outra revista e por aí vai.

Será que precisamos nos ver pelos olhos do outro para que possamos nos interessar por nós mesmos? Será que sou interessada por mim? Quem será que eu copio? Quem será que o Caio copia? Tenho uma certeza quase que absoluta de que minha mãe não copia ninguém.

Me sinto tentada a procurar uma ilustração com um casal. Acho uma que se passa num beco, à noite, parece. Há uma porta de metal corrugado entreaberta onde caixas de plástico vazias foram deixadas soltas para os entregadores de leite levarem quando trouxerem o próximo carregamento.

O homem do desenho veste um casaco de inverno estruturado, calças e sapatos muito bem alinhados. Cabelos curtos. Seu rosto está parcialmente escondido no pescoço da mulher. Arrisco dizer que até se parece com *ele*, o cara da livraria, e consigo sentir seu perfume de novo, e minha respiração se aprofunda como se ele estivesse aqui. Lá vem de novo, esse cheiro, esse aroma. O que esse homem fez comigo?

A mulher usa uma máscara sobre a maior parte do seu rosto, deixando apenas seus lábios de fora. A máscara parece ser uma renda, desenhada com uma caneta muito fina. Os lábios entreabertos dizem muito. Dizem sem palavras que ela está satisfeita. Um pouco curvado sobre o seu corpo, ele a abraça e a envolve como uma concha protetora. Os braços circundam sua cintura enquanto ela o prende com as pernas que escapam do seu sobretudo. Seus braços passam pelos seus ombros e apertam as costas dele, pressionando seus corpos um contra o outro. A imaginação completa todo o resto que acontece sob as roupas.

Ao olhar com mais atenção, percebo que a cena é emoldurada pelos óculos e a boina de um policial que parece observar o casal. Não é possível saber se o policial é homem ou mulher. O desejo entre os dois é intenso e apaixonante. Será que eu teria coragem de algum dia fazer isso? Parece tão explícito.

Volto no tempo e recordo quando conheci o Caio, busco onde estava essa paixão desenfreada, tão espontânea, que não consegue esperar que os amantes cheguem em casa. Talvez tenha ficado nas noites que passávamos em claro em meio às carícias e contos das nossas vidas, talvez tenha morrido aos poucos, a cada caixa empacotada, a cada demissão que eu pedia, a cada louça suja. Nosso tempo na África foi sem dúvida o mais apaixonado, talvez por estarmos tão aterrorizados e tão vivos ao mesmo tempo. Estávamos vivendo um conto de fadas. O príncipe salva a princesa em perigo. Se não fosse por ele, eu teria virado comida de guepardo.

O presente me chama com a voz do cara da livraria martelando na minha cabeça, *Leia todas as páginas*. Lembro de sua voz.

'Que mistérios você guarda?'

Falo em voz alta, passando meus dedos nas linhas da capa. Por que ele me escolheu pra dar esse livro? Procuro por um nome, uma editora, um e-mail, um site, uma conta de mídia social. Nada. A internet me deixa sem respostas, apenas das inúmeras combinações de busca e dezenas de páginas visitadas. Eu preciso voltar à livraria, aquele homem e esse livro estão me perturbando, preciso saber o porquê de tanto mistério. Esse livro faria um sucesso danado! Por que não está à venda?

O destino não trai minha intuição e assim que chego, o acho no meu canto, no meu sofá. Sorrio mentalmente. Tão logo nossos olhares se cruzam, ele se levanta e caminha na minha direção. Minhas pernas, duras como concreto, escondem o tremor palpitante dentro de mim e trabalham para não sucumbir à areia, a cada passo que ele dá. Uma reação irracional. A realidade borra. Não lembro o que vim fazer aqui.

'Eu sabia que tinha escolhido a pessoa certa', diz ele perto o suficiente para perceber minha respiração arrítmica. Como sou ridícula.

'A pessoa certa pra quê?'

'Venha.' diz ele e se vira, imaginando que eu o seguirei.

Poderia ser o fim da minha vida. Um completo estranho e eu, a presa perfeita. Fico parada no mesmo lugar esperando me chamar de novo e, assim que percebe minha imobilidade, ele volta alguns passos e movimenta os braços num gesto gentil, dando-me passagem, convidando-me mais uma vez.

Algo me diz, meu corpo talvez, que isso não vai acabar bem. Caio e eu definitivamente... Caio... O que estou fazendo? A minha curiosidade anda lado a lado com a culpa, e sigo aprisionada pela vontade de saber mais. Eu preciso das respostas que rondam esse livro e ele.

O caminhar lento e focado, ao ritmo do meu, aumenta o seu cavalheirismo. Suas mãos, cruzadas atrás das próprias costas, trazem uma certa sensação de segurança. Talvez falsa, talvez ele seja um psicopata. Onde eu estou me metendo?

Nada falamos na nossa caminhada, até que ali, no meio da George St, me deparo com um lugar familiar. É o beco da ilustração do livro. Há, inclusive, uma moto policial parada na rua onde o *light rail* vai passar.

'Vejo que já chegou na página 35', ele diz, mantendo seus braços atrás de seu corpo.

'Não estou vendo o livro na ordem', eu caminho para o beco sem saber muito por quê.

'Deveria'

Apesar de me acompanhar beco adentro, ele está mais longe de mim e usa um tom de voz mais alto para eu ouvir. O som reverbera num leve eco.

'Por que deveria?'

'Você vai saber', diz, chegando mais perto de mim, apoiando um ombro na parede. Suas mãos estão agora dentro do bolso do seu sobretudo. 'É para o seu bem, apenas seu.'

'Por que eu?'

'Porque eu sei que você vive num casulo. Por mais brega que isso soe, merece sair dele, virar a borboleta que mora aí.' ele mexe a cabeça apontando para o meu coração.

'É bem brega, mas obrigada.'

Olhamos um para o outro sem pestanejar durante um período que não tenho como marcar. Tento estabelecer todas as razões pelas quais eu deveria sair daqui. Quanto mais eu fico, mais certa estou de jogar fora tudo o que Caio e eu vivemos juntos. Quanto mais eu fico, mais estou pulando para um futuro incerto. Alguém pode lutar contra esta força? Toda a lógica não pode suprimir o que eu sou atraída a fazer. Em vez de partir, a distância entre nós é reduzida à fina camada de pele em nossos lábios. Meu corpo responde a cada movimento e cada toque, como há muito tempo não fazia. Minhas mãos repetem em seu corpo o que as dele fazem no meu. É automático, não sei como descrever a intensidade, tudo parece colorido, livre de culpas. Deixo que ele me alcance sob minhas roupas e não me importo mais se alguém está passando por aqui. Que vejam! O que acontece agora, é tudo o que as palavras não podem explicar completamente. Eu me entrego à loucura de renunciar a mim mesma. Você pode simplesmente sentir quando duas almas se entrelaçam. Eu sou tão grande quanto o próprio universo. Eu me entrego à confusão de meus sentidos: eu respiro seu gosto, bebo seu calor, escuto seu olhar e ouço seu cheiro. Acabo de começar a reparar algumas asas que não sabia que estavam quebradas.

4

O que eu fiz? Acordo suada, culpada e surpresa.

A minha cama está vazia, feita do mesmo jeito que estava ontem à noite, com todas as almofadas onde as deixei, e nenhum sinal de que outro alguém passou por ali, nem mesmo eu. A luz de cabeceira ainda está acesa; eu, enrolada na minha manta, com o corpo dolorido de ter dormido na minha poltrona. O telefone me diz que ainda são seis e meia de sábado e só posso concluir, obviamente, que foi tudo um sonho. Respiro aliviada, traição em sonho não conta, conta? Os detalhes esvaem-se e, apesar de estar em paz com minha reputação, Caio e eu estamos com problemas. Talvez não. Talvez seja normal, afinal, ele está tão longe.

Meu telefone mostra que ele continua longe, nenhuma mensagem durante a noite. Abro a cortina e me sinto normal, o sol da manhã é incrível neste apartamento. As poucas pessoas na praia tornam o dia ideal para correr. É isso. Vou correr, tomar um banho de mar e ir pro trabalho.

Mamãe ignora minha mensagem e sou forçada a checar com a vizinha pra ver se está tudo bem. *Oi Inês, tudo bem aí? Sabe da mamãe?* Ela responde rápido: *Ela saiu hoje à tarde, com uma mala.*

Não disse pra onde ia, só falou que ia ficar fora até domingo à noite, e pediu pra eu dar comida pro Fish & Chips.

Fish & Chips? pergunto. *Os peixinhos que ela ganhou de herança de uma amiga que acabou de falecer. Ela não te contou?* Lembro vagamente de uma foto com dois peixes. Admito que não me recordo de ter perguntado de quem eram os peixinhos. Que filha! Preciso cuidar da mamãe, ligar mais. Respondo rapidamente, *Obrigada Inês, vou esperar ela me ligar de volta. Boa noite pra vocês, Beijos.*

Nada vai acontecer, menina! Você conhece a sua mãe. Um bom dia pra você! Beijos! Ela responde terminando com uma gif de dancinha.

Não posso evitar de pensar no meu irmão quando olho o penhasco descendo para o mar. Seria bom ter você aqui, maninho. Por que você fez aquilo? Certas memórias não precisam ser relembradas, elas impregnam nossas células como se fizessem parte do DNA. Nenhuma célula nova é feita sem elas, sem as memórias daquele dia. Tento sufocá-las, enterrá-las e cimentá-las, mas basta um pequeno estopim – como essa rocha tocando o oceano - para as lágrimas transbordarem pelo meu rosto, eu tenho não-morrido por treze anos. Nenhum som acompanha minhas lágrimas, apenas dor. Sem pena, apenas saudade. Meu corpo se arrepia. Pisco e saio do meu transe. Respiro fundo e fecho as cortinas. Nenhuma cidade foi tão dolorida como aqui, nem a Cidade do Cabo.

*

A areia que pinica em minhas pernas rapidamente se torna a escada da caminhada de Bondi a Coogee e eu vou muito mais longe do que eu esperava. Devo ter perdido a noção do tempo. Isto não acontece com muita frequência - se é que alguma vez aconteceu. Eu não terei tempo para nenhum banho de rejuvenescimento na praia, preciso arranjar tempo para terminar meu trabalho. A corrida toda me leva setenta e cinco minutos, quinze a mais do que eu queria, mas valeu a pena porque toda a tristeza que estava caminhando para minhas lágrimas saiu em meu suor. O *wetsuit* não usado recolhe o pó pendurado no guarda-roupa. Ainda não consigo nadar.

Depois de uma rápida ducha e de me aquecer para o inverno lá fora, pego minha câmera na esperança de acabar meu trabalho cedo e explorar a cidade, ressuscitando meu hobby de quando morava na Europa: tirar fotos de prédios. O livro também acha espaço na minha bolsa e tomo o ônibus 333 até o centro.

Para minha surpresa, a senha do alarme do escritório está destravada. Rastreio o escritório pra ver quem pode ter sido, evitando perder tempo com conversas fiadas. Caminho rapidamente para a minha mesa, torcendo para que *a vaca* não tenha vindo hoje. Não vejo ninguém. 9:20. O vazio e o acinzentado desta caixa de concreto contrasta com o lindo dia de sol lá fora, sol de inverno ainda por cima, aquele que aquece e te deixa preguiçosa. Se não fosse pelo atraso que minha carreira já ganhou, após tantos anos pulando de país em país, não teria motivo para ficar trancada aqui, trabalhando para essa mulher.

Seu computador está desligado, as luzes da nossa área também. Ela não está aqui, ainda bem. Devem ter deixado o alarme desligado ontem à noite. E é só depois de uma hora que ouço alguém me chamar:

'Oi, Tainá!'

Uma mulher olha pra mim. Ela sabe meu nome, como?

'Oi', respondo educadamente como qualquer pessoa decente, mas sem ter coragem de perguntar o nome dela. Afinal, parece me conhecer e eu não tenho a menor ideia de quem seja.

'Presa aqui dentro? Já até imagino o projeto que você está trabalhando', ela atesta o óbvio, o desperdício das conversas fiadas. 'Olha, sei que você é nova aqui, mas vamos conversar, acho que você precisa de um novo time, um novo projeto. A gente não quer que você se assuste e saia correndo.'

Quem é essa mulher e o que ela faz aqui?

'Não vou. Tá tudo bem, ela só tem muitos projetos para cuidar.'

'Ela não tem tantos projetos assim. Sempre aterroriza os mais novos na empresa porque ela sabe que vocês não dizem *não*. Eu vou ver como posso mudar você de projeto. Você gostaria de mudar?'

Sou tomada de surpresa, o que me faz pensar que nunca ninguém me ofereceu nada parecido: uma escolha.

'Seria legal trabalhar com empreendimento ou escolas. Já fiz bastante, gosto muito de projetar escolas'

'Maravilha, deixa comigo. Vamos conversar semana que vem, coloca um horário na minha agenda, ok?'

Concordo e ela se despede:

'Imagino que você saiba armar o alarme quando sair, né?'

Afirmo que sim com a cabeça, ela acena e vai embora. 10:43. Já estou aqui há mais de uma hora, até que fiz bastante coisa, mas não o suficiente.

*

Três horas mais tarde, a apresentação está caminhando para um bom progresso, apesar de saber que ainda tenho pelo menos umas quatro horas de trabalho, incluindo um tempo para revisar tudo antes de mandar pra minha chefe. 13:39. As vozes da minha mãe dizendo que eu preciso almoçar, e o roncar do meu estômago lembrando que não tomei nem café da manhã, me levam a acionar o alarme de segurança e descer em direção ao Domain para comer sentada embaixo da árvore. Resolvo saciar minha fome com um *wrap* do Lindt Cafe.

Sábado em Martin Place é vazio, cinza e suspeito, ando à espera de alguma surpresa indesejável. O burburinho e a excitação dos dias da semana dão espaço para casais de recém-casados e uns executivos tirando fotos profissionais, famílias turísticas, um grupo de adolescentes skatistas causando a normal aflição nos nervos com os barulhos de suas manobras nos equipamentos urbanos. Mendigos, uma visão tão normal no Rio de Janeiro, aqui me parece estranho. Num país onde o desemprego é de apenas sete por cento imagino o porquê dessas pessoas morarem na rua. Concluo, muito preconceituosamente, que devem ser esquizofrênicos. A loucura é mais acalentadora do que pensar que fugiram de uma casa onde a violência era normal. O Hospital de Sydney, que emoldura o leste da grande praça, é como um portal mágico, dando lugar ao verde, arbóreo e alegre mundo do Domain.

Adoro sentar sob as árvores em Sydney, há tantos parques, tantas árvores enormes e ouso dizer, confortáveis. É possível não ter que dividir uma árvore com ninguém, bem diferente dos nossos verões nos parques de Londres. Lembro do meu sonho, onde o homem me mandou ler o livro na ordem. Caio diria que essa é uma ideia esotérica, que sonhos nada mais são do que meu cérebro organizando as informações do dia, e que eu deveria ler o livro de cabo a rabo simplesmente porque quem escreveu queria assim. Por pragmatismo ou esoterismo, preciso ler o livro na ordem, do início ao fim.

A primeira página tem o nome do livro, "A traída" solto no meio da página, seguido por uma dedicatória genérica, "À você", igualmente solto na próxima página.

Como já havia procurado antes, não há mais nenhuma informação que indique a origem deste livro e começo a olhar as ilustrações na ordem.

Ilustração 1: Uma mulher se olha num espelho barroco grande e oval, que teria sido feito para uma parede, mas desproporcionalmente, tem uma haste com a qual ela consegue segurá-lo. A mulher, de costas para mim, tem cabelo liso, curto, bem preto, e é magra. No espelho, sua imagem mostra que ela tem cabelo claro, ondulado, comprido, cheio, bem volumoso, seios fartos apertados por um tomara-que-caia, lábios carnudos, um nariz quase imperceptível, e olhos bem delineados por sobrancelhas bem-feitas e uma maquiagem sedutora.

A imagem no espelho não parece condizer com a pessoa que o segura. Será que é um espelho ou uma moldura num buraco de uma parede, onde há uma outra mulher do outro lado? O desenho é bem escuro e não responde à minha pergunta. Em letras bem pequenas, nas bordas do espelho, estão os dizeres *espelho, espelho meu…*

'Existe alguém mais bela do que eu?'

Completo a frase, tão famosa para qualquer pessoa que tenha lido A Branca de Neve. Meio clichê, um pouco brega, mas, quando viro a página, no entanto, a frase continua *quem na multidão seria eu?* Na nova ilustração, um monte de arcos como cabeças numa aglomeração de pessoas. Apenas um arco está pintado de preto.

Olho para o parque à minha volta, fazendo uma rápida observação de quem está ali. Famílias brincando - o que me lembra do chá de bebê da Fleur no próximo sábado, e ainda preciso comprar seu presente - casais de mãos dadas, amigos sentados fazendo pic-nic, algumas pessoas montando um palco para algum evento, cachorros latindo atrás de bolas. Eu, sentada embaixo desta árvore, sou tão insignificante para aquela pessoa sentada na árvore do outro lado do parque quanto ela para mim. Mas, é claro, todos nós pensamos ser o pontinho diferente no meio de uma multidão igual e sem propósito. Serei eu tão insignificante assim? Somos todos tão insignificantes?

A próxima ilustração é a imagem da mulher na praia que vi na noite passada, seguida de mais duas páginas, que mostram um homem e uma mulher copulando em uma esfera, quase como um símbolo do yin-yang. Eles sorriem. Deles, como numa explosão, sai um monte de pequenas silhuetas felizes, parecem crianças brincando. *Do prazer, nasce o prazer* está escrito, em letras espalhadas em forma explosiva na ilustração.

O próximo desenho me toca mais. Não há palavras ou frases, mas entendo muito bem o que quer dizer. Uma mulher adulta, em pé, usando saltos altos, brincos, um vestido preto, os cabelos bem cortados voando ao vento, ela segura um papel rasgado. No papel, há umas linhas indecifráveis e uma assinatura. Parte do papel rasgado caiu ao vento. É claramente um contrato. De frente para a mulher adulta, há uma menina, com um vestido de estampas de balões e flores, descalça e sem acessórios. Ela parece a mulher adulta, mesmo tipo de cabelo, porém mais solto, mais natural, voando livre ao vento. As duas estão tristes. A menina está na página da esquerda e a mulher na página da direita. É claro que este desenho fala sobre o contrato que quebramos com nós mesmos. Aquela parte de nós que queria ser sempre feliz e brincar eternamente, mas ao nos tornarmos adultos, perdemos a verdadeira liberdade.

Passo a página. O contrato rasgado agora aparece em tamanho grande nas duas folhas, imagens de brincadeiras como pular, rolar, correr sem roupa, beijar, dançar entre outras satisfações corporais estão manchadas por carimbos que dizem *feio, sujo, não pode, errado, comporte-se.* Não é preciso analisar muito essas imagens, para um entendedor mediano basta pensar um pouco.

Virando a próxima página, o livro se torna mais explícito. Uma perturbadora figura de uma mulher - mais uma vez - com olhar distante, apática e triste, com as mãos no queixo, recebe uma sobreposição de um outro rosto, transparente, como uma sombra ou um fantasma. Esse outro rosto grita e parece querer sair, parece precisar escapar.

Hesito em continuar. Pondero quando vou parar de ler o livro para voltar ao trabalho, preciso terminar e está ficando tarde. Acho que basta por hoje, definitivamente um livro que dá asas para muitas reflexões. Preciso voltar ao trabalho.

São 19:07 quando aperto enviar. Pronto. Minha chefe agora está com a apresentação em mãos. Meu cansaço se mistura ao medo de sair sozinha à noite e peço um táxi para casa. O escritório paga, eu acho, mas pouco me importo. Ligo para minha mãe, que obviamente não atende - como disse nossa vizinha, ela está viajando. Ligo para Bianca que tagarela novidades com uma animação contagiante e foi só quando me sento no sofá com as pernas pra cima, ela me faz prometer que vou encontrá-la amanhã para mais uma despedida.

*

Bianca é uma dessas mulheres incríveis que não espera ninguém dar nada para ela. Ela vai atrás do que quer e geralmente consegue. Agora, por exemplo, está de partida para sua jornada de volta ao mundo, pesquisando a origem de comidas e especiarias, na esperança de conseguir uma leva de seguidores que permitam que ela passe a vida viajando. Conheço Bibi, como carinhosamente os mais próximos a chamam, desde os tempos de primário e, apesar de ser bom ter ela em Sydney, eu sei que está aqui só de passagem.

Espero Bianca no gramado de Bondi, como fizemos desde o último mês quando ela chegou aqui. Posso atribuir minha felicidade nos últimos meses a nossas poucas e ricas tardes infinitas, conversando bobeiras e gargalhando sobre os esdrúxulos comentários de seus seguidores infiéis. Ela faz questão de responder a todos os patrocinadores da sua pesquisa com carinho e afeto.

Bianca aparece com um visual irreconhecível: cabelos curtos, avermelhados e encaracolados, só não me mata do coração depois de me dar um abraço por trás, porque me chamou de Nanú. O apelido que só ela e minha família usam.

'Que cara é essa? Parece que viu um fantasma!', me diz, transbordando alegria.

'Um fantasma que mudou de loira para ruiva quando morreu.'

Rimos como verdadeiras amigas riem. Contou-me que o lance agora era ser morena como eu, ou ruiva, porque ser loira estava muito *demodè*. Ela perguntou aos seus fãs e votaram pelo cabelo ruivo, disseram que acentuaria suas sardas. E sim, tinham razão.

'Não nasci exótica como você, com essa pele de índia amazona, olhos de nórdica e esse corpo perfeito.'

'Não vou me vangloriar sobre as heranças genéticas, meu corpo não tem nada de perfeito. É produto de pouca comida e muita corrida. Por quanto vendeu suas madeixas louras?'

'Um preço maravilhoso! Uma viagem de um ano ao redor do mundo, sozinha, mas com uma equipe que me manda dinheiro toda semana e resolve pepinos de visto, de passagens e coisas afins pra mim. Além de um editor que fica na minha cola para eu pegar as informações certas e tirar as fotos bem.Se, depois de três meses, eu conseguir aumentar meus seguidores para um milhão e meio , eles mandam um câmera para fazermos vídeos mais profissionais. Espero que seja um gatinho'

A liberdade de Bibi é admirável, nada parece abalar sua autoconfiança e a certeza de que tudo é passageiro. A impermanência que talvez eu devesse aceitar.

'Porque você não vem comigo?' me convida.

Talvez eu devesse aceitar, mas a ideia de passar meus dias postando minha vida em mídias sociais me faz desistir. Ganho seu apoio nesse quesito, mas ela se revolta quando digo que quero parar de mudar ao redor do mundo: 'Por favor, mulher! Essa não é minha amiga!'

'Acho que quero ficar aqui, esperar o Caio voltar e tentar. Sei lá. Acho que ele vai me pedir em casamento, talvez, não sei... Não sei se eu quero, mas não quero ser celebridade de mídia social'

'Você poderia ser minha fotógrafa.'

'O que vai fazer com seu apartamento em Kirribilli? Você alugou por seis meses não foi?'

'Foi. Vou colocar num desses negócios de aluguel por temporada. Assim, se alguma coisa der errado, posso entrar no apartamento de novo em poucos dias. No meu plano de negócios, imaginei deixar um apê aqui caso tudo desse errado, era mais fácil assim do que vender tudo e depois ter que comprar tudo de volta. Quando eu voltar, compro outro colchão e tá tudo certo.'

'E como fica o Sean? Vocês vivem se desencontrando' digo, lembrando que quando não é ela viajando, é o namorado escocês e assim já estão juntos há três anos e eu nunca vi um casal mais apaixonado que eles.

'Fica a ver navios!'

Ela dá uma gargalhada gostosa e logo explica que combinaram de não ter obrigação nenhuma um com o outro, e que, quando chegasse a época de assentar, casar, ter filhos etc, daí eles veriam. Ainda não era a hora.

'Como você sabe que não é a hora?'

'Porque eu quero sair voando pelo mundo e... é uma coisa minha, é pra mim, e ele não quer me acompanhar, nem quer ficar aqui. Vamos nos encontrar na Tailândia mês que vem. Quando eu sentir que o mundo que a gente for construir juntos é mais interessante do que o mundo aqui fora, a gente vê o que faz.'

Eu pauso perdida, encarando o infinito do mar. E, assim que ela julga ser tempo suficiente pra minha reflexão, me chama a atenção pros seus olhos segurando meu queixo: 'Nanú, é como se tivesse algo me chamando para fazer isso… e não são meus seguidores como você vai dizer. É algo mais forte do que eu. É uma animação, uma vontade de sair gritando, correndo, pulando. Meu corpo não consegue se segurar. E, além disso, a ideia de não ir me deixa miserável aqui dentro,' ela segura as duas mãos contra seu coração. 'Você sabe o que é isso, não sabe?'

Sorrio encantada, nos abraçamos e continuamos a relembrar besteiras da nossa vida juntas. Ela é como um cobertor nos dias de inverno e a praia nos dias de verão, é a irmã que nunca tive.

Quando o sol já começa a esfriar, no meio da tarde, a levo no ponto de ônibus do 333 na orla e lá se vai a minha amiga, embarcando numa aventura na qual eu gostaria de estar indo junto, mas não posso.

'Vê se volta a nadar, ok?' Ela me olha, segurando meu rosto para ter certeza de que meu olhar não vai desviar do dela. Aquele olhar de preocupação e acalento, que sabe exatamente do que eu preciso. 'Como sempre, me liga! Manda mensagem!'

'Você também! Prometo criar uma conta e ver tudo que você tá fazendo!'

Ela rola os olhos sabendo que estou implicando, e que fazer uma conta de mídia social só por ela seria uma prova de amor. Sorrimos sabendo que não nos veremos por, pelo menos, um ano. É inútil conter as lágrimas, essas separações doem, mas não foi a primeira e não será a última. Amanhã, já estaremos as duas sem este aperto.

É impossível não sentir um pingo de inveja. Queria ter metade da confiança dela, do seu encanto, do seu charme e da sua coragem. Checo meu telefone para tapar o buraco da sua ida e não há nenhuma mensagem do Caio, nem de ninguém. Ligo pra mamãe no meu caminho de volta pra casa na esperança que ela tenha chegado de viagem. Nada. Mando uma mensagem pra amiga dela, Denise. Se tem alguém que sabe onde mamãe está, é a Dê.

'Oi querida! Sua mãe e eu viemos num retiro! Dizem ser espiritual, zen. Rimos à beça, cantamos músicas! Você devia vir da próxima vez! Não podemos ver nossos telefones, mas não consegui resistir porque quero ver os netos, né? Então, tô sorrateirando por aqui e vi sua msg'

Admiro a paciência que algumas pessoas têm de escrever estas mensagens homéricas no celular. Chegam mais duas mensagens com fotos das duas num grupo cheio de gente super natureba, paz e amor. A outra mensagem é explicando a foto: *'Olha nóis aqui'*, ela brincou, escrevendo errado. *'Obrigada, Dê! Divirta-se! Falo com ela amanhã'*, escrevo de volta, feliz em saber que minha mãe está bem e com bastante companhia. Isso diminui a culpa por abandoná-la.

*

O livro é meu companheiro solitário para a noite.

Não há muito o que decifrar, a mensagem é bem clara. Abro o livro onde havia parado e, virando a página, me deparo com uns pêssegos cortados parecendo nádegas femininas viradas para cima, cobertos de creme. Uma colher, segurada por uma mão masculina, tira um pedaço deles. Nela está gravada a palavra *Perchèr*, que em francês significa pecar. Seria o pecado aqui a gula, a luxúria ou os dois? Ou o fato de que um homem está desconstruindo o corpo de uma mulher para seu bel prazer? Lembro da história de uma sobremesa chamada La Peche Melba, que comíamos muito quando crianças. O doce foi uma invenção de um chef para uma cantora de ópera australiana. Ela era australiana, a ópera não tenho ideia.

Depois, há um desenho com as sete bonequinhas russas, e cada uma delas é diferente da outra. Quantos moram dentro de cada um de nós? As bonecas vão progressivamente ficando mais alegres conforme reduzem de tamanho. Apenas a última, a pequenina, que fica dentro de todas as outras, aparenta ser feliz. Quantas camadas temos que descascar até chegar àquela realmente feliz?

A cena com a qual me encantei na livraria, a da mulher que vira uma borboleta enquanto criaturas rastejantes tentam prendê-la ao chão, aparece agora. Quem são as pessoas que nos ajudam a descascar as camadas de vermes e lama, e quem são aquelas que nos deixam presas a eles? O homem da imagem pode ser os dois, e me pergunto: como saber quais as pessoas na nossa vida que nos ajudam a ser livres e quais nos prendem como parasitas?

A partir daqui o livro entra numa outra etapa, como um novo capítulo. Duas páginas em branco com a palavra *Liberdade* escrita, seguidas de mais duas páginas onde, do lado direito, uma mulher parece sair de dentro de uma cobra como se ela fosse a própria cobra trocando de pele. Na página da esquerda, uma lagosta perde sua casca dando lugar a um homem, como se a lagosta se transformasse no homem ou o homem tivesse tirado a carcaça que vestia. A única escrita diz *a todos*.

O próximo conjunto de páginas em branco que diz *Igualdade*, passando para folhas ilustradas onde um homem jorra de prazer na página esquerda e só se pode ver os seios e o topo da cabeça da mulher deitada na página da direita. A mulher sem rosto. A página da direita é densamente pintada de preto, imagino ser alguma referência ao luto de tantas mulheres abusadas sexualmente. Enquanto ele tem um fundo claro com seu contorno bem espesso.

Prevejo que, quando eu virar a página, o desenho será o de um homem e uma mulher atingindo o orgasmo com o dizer *a todos*. Não me decepciono, minha inteligência acerta, e esse livro começa a ficar divertido. Se o primeiro subtítulo foi *Liberdade*, o segundo *Igualdade*, eu tenho certeza que o próximo será *Fraternidade* seguido de uma ilustração dizendo *a todos*. É claro, eu acertei.

Fraternidade a todos mostra uma festa onde várias pessoas se curvam umas para as outras, mulher se curva para mulher, homem se curva para homem, homens se curvam para mulheres e vice-versa. Todos estão na mesma posição, nus porém com máscaras. Me pergunto se poderia haver uma festa assim. Seria possível um homem ver uma mulher nua andando livre por aí e a deixar em paz, sem nenhuma conotação predatória?

Uma página em branco onde se lê *A chave* parece abrir mais um capítulo do livro. O que quer dizer? A chave para uma porta talvez? A chave para tirar aquela pessoa berrando lá de dentro?

Apesar da hora, são 21:30, forço-me a terminar o livro, mas não sem antes interromper o domingo do Caio, para saber se está tudo bem e desejar boa noite. Ele não responde, então só mando uma mensagem curta, *Está tudo bem? Você não mandou boa noite ainda, senti falta. Vou dormir Bjs.* Estou curiosa demais para dormir.

Uma nova ilustração mostra várias gaiolas penduradas e as janelas ao fundo da página com linhas finas, passa a impressão que estão na rua, do lado de fora dos prédios. As duas mais próximas de mim têm, cada uma, um animal híbrido. A primeira exibe uma criatura metade homem, metade pássaro; a segunda gaiola, um híbrido feminino. A gaiola masculina está aberta e o animal está em pé, com o corpo muito atlético, no arame da sua porta. Já a gaiola dela está trancada, com uma chave pendurada por uma corrente fina, assim como uma série de pequenos objetos. Há um ímã, uma lupa, um espelho e um relógio que mostra sete horas, dentre outros objetos que não me chamam atenção. Ela não consegue pegar a chave, nem parece estar ciente de que existem estas correntes com objetos que podem ajudá-la. Tenho uma familiar sensação de que já vi essa cena em algum lugar. Sem elucubrar muito sobre o que todos esses objetos podem significar, passo as páginas cada vez mais rápido. A imagem do casal no beco vem a seguir, e uma vontade de que meu sonho tivesse sido verdade. Procuro por um relógio e acho-o um no pulso da mulher. Intrigantemente, ele marca sete horas, assim como o relógio da festa e o da gaiola. O que acontece às sete horas?

Para um bom observador, e como haveria de ser para uma arquiteta, o prédio da próxima dica é fácil de reconhecer, é o *The Strand Arcade*. Mas, no livro ele se chama *Portia*. Uma mulher de cabelos encaracolados, usando óculos escuros enormes, uma roupa preta colada no corpo, mas que só deixa as mãos, os tornozelos e os pés num scarpin de fora, sai pelos arcos da fachada. Ela flutua sobre águas, e um pequeno detalhe no canto direito da página mostra a ponta de uma gôndola veneziana. Dois homens andam atrás dela, um de cada lado, com água pelos joelhos. o cartaz da vitrine diz em letras bem miúdas: *Coloque uma máscara para revelar sua verdade*. Em sua bolsa, há uma pena, e só posso imaginar que é uma referência às máscaras do carnaval italiano e ao *Mercador de Veneza*. Depois desta mistura de Shakespeare e Sydney, a ilustração é de um homem lendo um jornal com a Harbour Bridge e o Opera House atrás dele. Há uma mala de viagem ao seu lado, a página dobrada do jornal mostra um número 2. Seu relógio marca as sete horas. Outro sete. Seus ombros largos e postura impecavelmente ereta me faz crer que ele é um homem forte e saudável apesar das rugas em seu rosto mostrarem claramente que poderia ser da idade de meus pais. Seu sorriso confiante é bem atraente, mas ninguém ao seu redor parece notá-lo. Pessoas com corpos esculturais se exercitam ao seu redor, todas com uma feição muito triste. Não sei bem o que quer dizer essa imagem, talvez o grande paradoxo da perfeição e felicidade. Uma simples e bem conhecida dicotomia. Talvez, a beleza seja ser feliz do jeito que se é, sem ter que se expor para mais ninguém. Talvez.

Tento não me perder nas minhas conclusões e conspirações passando para a próxima página. Muito mais familiar, um desenho urbanístico, uma representação arquitetônica sem muitos detalhes, apenas o suficiente para entender o que é preciso: um enquadramento famoso. A Harbour Bridge ao fundo da George St., com pessoas e carros borrados e mal definidos passando em primeiro plano. Uma tática simples para colocar o seu foco na ponte e nos prédios, o resto é apenas para dar uma noção de escala. Há uma longa poesia com sete estrofes que acompanha o desenho. Sete de novo.

As brancas Petúnias
aglomeradas como ondas estourando no pilar
Resolvem o sonho de andar
sobre as águas sem se molhar

Quando o mar estiver rosa
Os prédios que arranham o céu
levam ao paraíso escondido
no Horizonte finito

Tantas cores tem uma única flor
quanto o jardim à sua frente.
Jardim que canta
com os pássaros e as crianças.

Quando o céu da noite brilhar roxo perto dos seus pés
O melhor lugar é o forte da rua de baixo
Celeste vai abrigar todo aquele que

Seu medo largar

Lembre-se de seguir o caminho
Até o moinho
Quando o amarelo cercar
A passagem da alegria

O verde te leva
a um lugar secreto
Onde através da enseada se vê
velas de concreto

E no dia que as cores forem muitas
Saiba que não há para onde ir
Apenas siga sozinho
O caminho que cabe só a ti

A última ilustração na qual consigo bater os olhos antes de cair no sono mostra um arco esculpido em pedra no estilo clássico europeu, mas com uma diferença temática. Normalmente, estes edifícios têm imagens eruditas, de membros do clero e da realeza; aqui não, aqui, são pessoas normais e ordinárias. Do lado esquerdo do arco, um casal deitado com as costas arqueadas, ambos vestidos, mas claramente num ato de carícias mútuas por entre os muitos panos de suas roupas. Ambos vigiam o que acontece do outro lado do arco, onde quatro crianças brincam inocentemente e riem. Entre os dois lados do arco, há uma cabeça sorridente de lábios fechados e com um olho piscando. Eu já vi algo parecido antes, mas o cansaço é tamanho que me deixo levar pelo sono, depois, claro, de colocar o alarme para daqui a cinco horas.

5

A preguiça, fruto de mais uma noite lendo e refletindo, me faz sentar, atipicamente, no último banco do ônibus e o nascer do sol laranja e roxo me acompanha até o dia ficar cinzento dentro do escritório vazio e solitário, como haveria de ser às 7 da manhã de uma segunda-feira. A última página do livro dizia: *Estamos esperando por você.* O 'o' em você tem um relógio desenhado, marcando sete horas mais uma vez. No meu trajeto, repassei todas as imagens do livro, que fotografei assim que acordei. A festa com pessoas nuas e mascaradas me chama atenção de novo. Aonde estão esperando por mim? Numa festa, que acontece às 19hrs no Strand Arcade? O que está faltando desvendar para resolver esse problema? Tenho a sensação de que este livro é um mapa do tesouro. Obrigada, homem da livraria!

Infelizmente, preciso colocar minha excitação de lado porque existe um mundo real acontecendo e ele é cheio de prazos. Ela chega ao escritório às 10:30, e, tentando ser produtiva, acaba por perturbar a manhã de todos, exigindo modificações de última hora. Justifica para si mesma que o projeto precisa melhorar porque quer o cliente satisfeito, mas ignora o estresse causado na gente. O pior é que nem sempre, as mudanças são para melhor. Como o meu projeto é o mais urgente, não terei tempo de respirar até os clientes chegarem. Ainda por cima, ela me interrompe continuamente para contar seus causos de final de semana e o motivo de estar atrasada. Francamente, não tenho muito interesse, e já conheço todos os seus motivos, são sempre os mesmos com uma pequena variação de tema. A verdade é que ela bebe bastante no final de semana e não consegue acordar cedo na segunda-feira. Sou obrigada a cortar o seu monólogo educadamente e de uma maneira muito pragmática. Com dados.

'Desculpa, mas sem querer te interromper, preciso terminar as perspectivas com as modificações que você pediu e temos um pouco mais de uma hora antes dos clientes chegarem.'

Sem graça por ter uma subalterna dizendo-lhe não, sem pedir desculpas e com paternalismo e arrogância, ela responde que vai me deixar em paz para fazer aquilo que sei fazer. Na sua cabeça, isso deve ter sido um elogio para levantar a moral de seu *time*.

A reunião transcorre bem, exceto pelo *Tainá* enfatizado continuamente pela minha chefe, como se mostrasse que aprendeu a pronunciar o meu nome *exótico*. Irritante sim, mas, depois da terceira vez, percebo que ela não se ajuda. As pequenas reações dos clientes e consultores quando levantam as sobrancelhas, torcem os lábios, mexem na orelha e olham para mim toda vez que ela menciona meu nome mostra que apenas ela não vê o seu preconceito e, ouso dizer, insegurança. Afinal, de onde mais vem o preconceito senão da insegurança ou da ignorância?

Às 13:05, a mulher que conversou comigo durante final de semana esbarra com a gente na saída da reunião e diz para minha chefe me liberar o resto da tarde em reconhecimento pelo meu esforço e dedicação no final de semana passado. Claro que a *vaca* não gostou nem um pouco, mas pelo visto, esta mulher manda mais.

'Tainá, lembre de marcar o nosso papo no meu calendário.', diz ela, exuberantemente alegre e enérgica.

Respondo que sim, vou fazer isso logo. Envergonhada de não saber seu nome para marcar uma hora com ela, pergunto à Fleur, que sabe apenas que ela é a nova diretora de recursos humanos - detesto esta expressão: *recursos humanos*. Certamente, somos mais do que recursos. Fleur diz que anunciaram seu nome na sexta-feira passada durante o *Friday Night Drinks*, que eu perdi porque estava trabalhando e Fleur perdeu para ir para casa. Penso em perguntar à Lynette, mas ela já saiu para almoçar. Terei que marcar essa reunião depois.

Descemos enfim para almoçar, Fleur, Tommy, eu e mais algumas pessoas que também vão a Martin Place, mas não para comer com a gente. Enquanto fofocam, me distraio olhando os prédios à procura de alguma dica para a minha "caça ao tesouro" e, por coincidência, sorte ou mera observação, percebo que os arcos do prédio do GPO na fachada da Pitt St não são motivos clássicos como haveriam de ser nos edifícios do fim do século XIX. Ali, as esculturas dos arcos são de pessoas comuns e se contrapõem às da fachada principal na Martin Place, estas sim em motivos clássicos. Procuro no Google pelo prédio no meu telefone e, *voilà!* O *site* me diz que essa fachada da Pitt St, esculpida por um imigrante italiano, causou um furor e muita confusão na época por ter colocado o holofote num peixeiro, numa atendente de bar e num carteiro, as profissões mais banais que jamais deveriam ser celebradas numa arquitetura desse porte. Fico sabendo que essa fachada é considerada por muitos como o começo da arte na Austrália. Quebra de tradições, de paradigma. O desenho do livro é uma releitura desses arcos! Faz todo o sentido para o livro! Aprendo também que o prédio passou por algumas reformas e agora, além dos correios, ele também abriga o hotel e algumas lojas de luxo - que são perceptíveis pelo lado de fora na fachada da própria Martin Place -, e uma praça de alimentação.

'Gente, que tal comermos no GPO?' – pergunto.

'Uhuuu! Um luxuoso capricho logo numa segunda feira?', diz Tommy.

'Eu topo! Dane-se comprar coisas pro bebê, quero mais é comer bem antes que ele nasça e tudo que posso comer sejam uvas, chocolate e biscoito!' - Fleur é uma comédia, sempre fazendo humor com sua vida maternal.

A lenta caminhada para acompanhar minha amiga em seus passos de terceiro trimestre não tirou a excitação e a alegria para celebrarmos nós mesmos. Meus amigos locais sempre se entusiasmam com o mármore, algo que, para quem cresceu no Brasil, é nada mais do que um piso de banheiro. Mesmo assim, a imponente construção, com o pé direito enorme, amplos espaços e duas grandiosas escadarias semi-circulares que convergem quase no centro do prédio, saindo do térreo em direção ao subsolo, nos faz sentir pequenos e inadequados. Nos bares do andar de baixo, são os preços que nos fazem sentir inadequados

'Você tem certeza?' Tommy diz com genuína gratidão em seus olhos.

'Você não pode pagar, Tatah! Você acabou de começar a trabalhar aqui. Não seja louca' Fleur tenta, em vão, proteger meu dinheiro.

'Não se preocupe, tenho dinheiro o suficiente. É por minha conta, só não peçam lagostas e champanhe, ok?' digo.

'Obrigado, mulher!' ele me abraça e dirige a atenção para Fleur. 'Olha, Fleurzinha, que seus filhos não sejam arquitetos, já vou dizendo pros meus afilhados que eles têm que ter muito dinheiro pra comer em lugares assim', diz Tommy. E nós duas concordamos que não há a menor possibilidade de Fleur deixar seus filhos serem arquitetos.

'Melhor ser engenheiro, ganham o dobro e trabalham metade!', digo, deixando escapar o que ninguém tem coragem de falar durante nossas reuniões de coordenação de projeto.

Mal escolhemos nossa comida e minha mente vaga por tudo que absorvi nos últimos dias e o que ainda tenho que fazer sobre esse livro. Tommy me interrompe, perguntando em quem eu estou pensando para estar sorrindo assim. Não sabia que estava sorrindo. Respondo que em ninguém, mas, depois de muita insistência, busco algum momento precioso com Caio e conto para ele. Durante o almoço, consigo focar no presente, fazendo o papel de conselheira amorosa para Tommy - não que eu e Fleur saibamos muito a respeito do mundo homossexual, mas amor é amor, e as dinâmicas dos assuntos do coração parecem tão universais entre culturas quanto entre sexos e gêneros. É tudo a mesma coisa. Assim que Tommy nos agradece por sermos as melhores amigas do mundo, sinto que posso ir embora para a minha tarde de folga. Eu mal toco minha comida. Peço desculpas pelo meu cansaço e me desculpo para deixar o almoço - minto, não estou cansada. Estou curiosa e impaciente. Preciso saber aonde este livro vai me levar. Não consigo parar de pensar nele até desvendar os segredos que guarda sobre esta cidade.

Coloque uma máscara para revelar sua verdade. A frase da ilustração que camufla o The Strand como Portia inicia uma onda de entusiasmo e preocupação. O que eu irei descobrir nessa busca? Pode ser alegre e prazeroso caso minha interpretação do livro esteja correta, mas pode ser dolorosa também. Todos sabemos as coisas atrozes que se pode fazer quando se trata dos prazeres do corpo. A imaginação é uma ferramenta poderosa.

No melhor estilo repórter investigativa, decido me disfarçar para evitar algum mal-entendido ou constrangimento enquanto tento seguir as pistas que tenho. Tiro dinheiro da minha conta pessoal. Bastante dinheiro, acho que nunca vi tantas notas na minha carteira. Passo por uma loja de fantasias perto de Wynyard e escolho uma peruca bem tosca. Penso em comprar algumas roupas bem baratinhas, mas não consigo jogar dinheiro fora em trajes esdrúxulos de cinco dólares. Passo pela minha loja favorita de esporte e gasto uma boa soma de dinheiro em uma nova calça, um casaco, um boné, uma luva sem dedos, um cachecol e uma bolsa grande o suficiente para guardar a minha roupa do trabalho. Para finalizar, entro numa outra loja mais especializada na esquina com a King St e compro um outro tênis de correr, que eu já deveria ter comprado há bastante tempo.

A adrenalina me faz andar com passos largos e a coluna ereta, espichada e sorridente. Devo ter ganho uns dois centímetros com a minha excitação, caminho como se fosse dona da rua, como se eu tivesse ganho na loteria. Entro no primeiro *pub* que aparece na minha frente e logo me arrependo, deveria ter escolhido uma loja de departamentos como a David Jones ou a Myer. O cheiro impregnante de cerveja velha e seca no carpete se mistura com a culpa de que talvez eu esteja fazendo algo errado. Não é talvez, é errado. Se fosse certo, eu não estaria me disfarçando para evitar ser reconhecida. Se fosse certo, contaria para Caio, mas não consigo imaginar ele apoiando uma aventura dessa. Na certa, me diria para focar no trabalho e parar de viver na terra da fantasia. *A gente pode usar esse livro como inspiração* diria ele, insinuando as posições eróticas que poderíamos usar na nossa pacata vida.

É incrível como cerveja fede em qualquer lugar do mundo. Não é possível que quem projete bares ainda não tenha achado uma solução para esse problema. O nojo me invade mais uma vez, cortando meus pensamentos arquitetônicos, enquanto ando pelo bar à procura do banheiro. Estou fazendo algo errado pela primeira vez na vida, mas não posso parar aqui, eu sei que existe algo a ser descoberto. Nunca terei uma oportunidade como essa novamente. Preciso seguir em frente. Preciso descobrir que festa é essa, espero que não seja uma festa onde seja preciso estar nua, usando apenas uma máscara. O que será que aconteceria numa festa dessas? Seria apenas uma festa de comemoração nudista? Não pode ser, para isso basta ir a uma das praias com esse fim, não precisaria de tanta logística e mistério. Só espero que, ao final dessa investigação, eu não encontre um lugar vulgar, promíscuo e nojento.

O banheiro, ao contrário do resto do *pub*, é muito limpo, espaçoso e bem-feito. Os acabamentos contemporâneos afastam o nojo que sinto de mim na mesma hora. Me encaro no espelho. Sorrio levemente. Vou fazer isso. Olho ao redor e não há ninguém à minha volta. Estou sozinha. O banheiro silencioso me transporta para outro mundo. Fito-me no espelho mais uma vez. Quem serei eu agora? Uma onda de excitação percorre meu corpo, o sangue palpita mais rápido, meu sorriso aumenta e vou ao cubículo mais perto de mim. A sola do meu sapato derrapando no chão frio e polido adiciona um tom de comédia a esta cena. Que filme é esse da minha vida? O que eu estou fazendo? Uma leve risada sai da minha garganta. Quem acreditaria se eu contasse tudo isso?

Um bom observador apreciaria a minha surpresa em achar dois ganchos para bolsas atrás da porta. Já para quem nunca precisou ir a um banheiro público com mais de um volume, ficaria embasbacado por achar que eu acho isso incrível. Um gancho recebe minha bolsa e o outro meu sobretudo assim que fecho o trinco. A sacola com minhas novas compras fica no chão perto da porta. Rapidamente, sento-me no vaso sanitário, sua tampa afunda levemente com meu peso e levo um pequeno susto. Por um breve momento, acho que quebrei o tampo e teria que abortar toda a operação para falar com o gerente e pagar pelo assento. Sinto-me aliviada quando vejo que o tampo não quebrou. Levanto meus pés. Tiro meus sapatos e a calça. Um rangido me faz tremer. Há alguém no banheiro. As chances de ser uma pessoa que eu conheço são ínfimas, mas é preciso proteger minha identidade, não estou tão longe do trabalho. Um pensamento paranoico de fato, mas o risco de ser identificada poderia botar um fim nessa misteriosa festa. Ainda com as pernas levantadas contra a porta do cubículo, puxo a sacola com as novas roupas para perto de mim com cuidado, de forma a não chamar atenção caso alguém tenha entrado no banheiro. Visto as calças até o joelho, as meias e os tênis, as peças que usava no trabalho vão parar na nova bolsa de ginástica que está aberta dentro da sacola de compras. Ouço o barulho de outra pessoa dando descarga. Confiante em estar disfarçada do joelho para baixo, me levanto para terminar a mudança da Tainá do trabalho para a Tainá esportista-ninja-jornalista. O medo do que está por vir e a excitação do desconhecido me mantém alimentada de adrenalina. Tiro meu cardigã e minha blusa e dobro com cuidado dentro da minha bolsa de ginástica quando meus pensamentos tentam ser a minha própria voz da razão: *Você tem um namorado! Que está com você há sete anos! Sete anos morando em tudo quanto é lugar, tantas coisas vocês já passaram juntos. Ele salvou sua vida! Se não fosse por ele, um guepardo já teria te devorado! Tainá... vai para casa, correr na praia, fazer yoga na areia, se aquecer ao sol e esperar por ele. Falta tão pouco tempo para vocês ficarem juntos de novo!*

Considero com carinho a minha voz ajuizada e decidido me jogar no desconhecido na esperança de mais uma história para lembrar e espantar o meu tédio. Concluo que a distância separa, se Caio estivesse aqui, eu ainda nem teria aberto aquele livro. Talvez eu nem o tivesse visto.

Termino de me arrumar com a blusa de manga comprida preta e meu novo casaco com capuz e ziper, também preto. Os acessórios completam o disfarce, cachecol de dois metros de comprimento de lã - ou sei lá que material é esse - grossa num tom entre nude e rosa; dou voltas no meu pescoço, as pontas caem para frente logo acima da cintura.

Agora só falta a peruca e o boné. Paro por um instante para ouvir o barulho de outra pessoa no banheiro. É imaginação minha, não tem mais ninguém aqui. Saio do meu cubículo e consigo ver o espelho bem à minha frente. Penso que é arriscado se alguém entrar aqui, estou muito perto do trabalho, deveria ter escolhido um bar mais longe. Preciso trancar a porta do banheiro para me dar tempo de colocar essa peruca direito. A porta - muito sabiamente - não tem trinco, mas esqueceram de fazer lixeiras embutidas. Improviso uma tranca, arrastando a lixeira cheia e a colocando atrás da porta. Lavo as mãos e tento pôr a peruca como li na instrução. Isso leva mais tempo do que o esperado. 14:20. Parece que estou aqui há horas, mas não se passaram nem dez minutos. A peruca não me convence, sua qualidade não é das melhores, mas engana. Com o boné cobrindo a linha da testa e olhando de longe nem dá pra parecer que é um amontoado de linhas de náilon. Duvido que alguém me reconheça, apesar de que agora a peruca loira me parece uma má ideia. Pessoas olham mais para mulheres loiras, mas como sou morena, não tinha outra opção. Talvez devesse ter escolhido cabelos ruivos, mas acho que ainda se olha mais para ruivas do que para loiras. Prendo os cabelos falsos num rabo de cavalo baixo cobrindo minhas orelhas.

Empurro a lixeira de volta ao seu lugar. Lavo as mãos, me olho no espelho mais uma vez e dou de cara com ela. Uma outra pessoa. Não sou eu, nem por dentro, nem por fora. Dividida por dentro, decidida por fora.

Me encaro no espelho: loira e de boné, duas coisas que não têm nada a ver comigo. O resto, eu poderia estar usando, se bem que eu jamais colocaria um cachecol desse tamanho com roupa de ginástica. Meu relógio ainda está no meu pulso e, ao invés de tirá-lo, faço questão de escondê-lo embaixo do meu casaco. Desejo ter comprado uns óculos baratos para o disfarce, mas vão que eu já tenho, tão normais que não seriam eles que fariam alguém me reconhecer.

Caio está lá trabalhando, pensando no nosso futuro como diz, e eu aqui me disfarçando para comprar uma máscara que, até onde sei, vai me levar a uma festa hedônica. Preciso descobrir tudo que posso sobre o livro e a festa, depois decido se uso as informações. Com dificuldade de guardar a bolsa de trabalho na nova bolsa de ginástica, sou obrigada a tirar o meu sobretudo e vesti-lo como a última camada da minha roupa. Uma falha no meu planejamento, admito, mas sendo ele preto assim como meus óculos, duvido que entregaria minha identidade.

As poucas pessoas que estendem a hora de almoço até as 14:30 da tarde parecem não se importar com quem entra e sai do banheiro, continuo a andar até a porta de entrada e saio do bar sem consumir nada. Me sinto uma tonta por pensar que precisava de tanto cuidado.

Como haveria de ser, meu disfarce é colocado à prova assim chego na esquina da George com a King St, e bato de ombros com um homem da minha altura. Ele olha para mim e pede desculpas. É o nosso cliente, o diretor da editora e está com minha chefe! Ela não olha na minha cara, na certa mais interessada em si mesma e em impressioná-lo, então não me surpreendo quando ela não me reconhece. Sigo aliviada.

Se tem algo que meus anos andarilhos me ensinaram foi a ficar perdida com estilo. Todo imigrante e turista que se preze sabe que ficar parado à deriva na rua é alvo certo para estranhos acontecimentos. Passos firmes e decididos são ótimos para fingir que não se está perdido E é assim que caminho pelo andar térreo do *The Strand*, observando toda e qualquer placa que possa me levar a decifrar a dica da ilustração que troca o nome do prédio para Portia com um dizer: *Coloque uma máscara para revelar sua verdade*. Passo os olhos pela lista de estabelecimentos na entrada, mas o nome não está aqui. Não me dou por convencida e subo pro primeiro andar, julgo ser uma perda de tempo procurar pela loja no térreo já que apenas os negócios mais populares têm fácil acesso ao público. Subo as escadas e presto atenção em cada loja, desde o nome ao logotipo, passando pelos detalhes das maçanetas e a roupa dos atendentes. Nada se conecta ao livro. Depois de rodar o andar duas vezes – uma de cada lado do mezanino – subo para o próximo ainda esperançosa, mas depois de aplicar a mesma técnica, estou pronta para desistir de tudo. Eu devo estar delirando achando que esse livro transpira para o mundo real.

Meu sorriso chega de uma orelha a outra numa mistura de orgulho por estar certa e excitação por essa aventura ser verdade. A última loja, do último andar do *The Strand* mais se parece com uma galeria de arte. Sou recebida pelo som da bossa nova e, para meu encanto, não é *Garota de Ipanema*, como diria o clichê. It's *Samba de um Nota Só,* by João Gilberto. Apesar de adorar o abraço que a música me dá, trazendo ótimas lembranças das tardes da minha infância, também me lembro o dia que essas tardes pararam de acontecer e logo me pergunto por que não tocam algo da Itália. Bem iluminada por luzes artificiais, a loja exibe máscaras em pedestais brancos como as paredes e o chão. É como estar no meio das nuvens.

Há máscaras simples que cobrem apenas os olhos e nariz, mas a maioria delas cobre boa parte do rosto. Algumas parecem ter saído do carnaval de Veneza, mas há uma grande versatilidade de estilos, inclusive com recordes bem contemporâneos e geométricos. As de rosto inteiro parecem estar vivas, e me lembro porque não gosto de máscaras. Onde é que estou me metendo? Não há mais ninguém aqui, exceto um homem atrás do balcão, sentado de lado pra a porta, olhando pra baixo, lendo uma revista, talvez. Se não fosse pelo cabelo grisalho e ralo, diria que é jovem. Sua postura ereta e longilínea me diz que poderia ser um frequente nadador, sua pele sem sinais de rugas profundas nem manchas de sol, me indica que prefere nadar em piscinas cobertas ao invés da praia.

'Boa tarde', diz com um tom animado e feliz, porém sem olhar pra mim. 'Fique à vontade.'

'Obrigada.'

Observo com atenção a cada detalhe. Essa é a dica do livro: comprar uma máscara para ir a uma festa secreta.

Passo meus olhos por elas, procurando uma máscara simples, com o mínimo de plumas possível e que deixe apenas uma pequena parte do meu rosto de fora – se é que alguma parte. Para minha surpresa - e não sei bem ao certo porque estaria surpresa com isso – há muitas máscaras cobrindo o rosto inteiro, e mais outras tantas deixando apenas algumas partes à mostra como o maxilar ou os lábios. A maioria oculta do nariz pra cima.

'Posso ajudar?', o senhor se vira para mim, levantando-se de sua cadeira, e percebo que ele é cego.

'Talvez, estou olhando…' Pauso para corrigir minha gafe. 'Procurando uma máscara. Nunca tive uma'

'Uma voz jovem, mas não mais uma menina. 30? 27 anos?'

'Por aí. Como sabe minha idade, se não consegue me ver?'

Ele sorri marotamente, ~~e, ao perceber que não o ofendi com a pergunta, me~~ encanto com sua vivacidade.

'Não vejo com os olhos. Mas nada me impede de ver com os ouvidos.'

Sorrio diante da serenidade desse homem e me sinto uma idiota por ter feito essa pergunta. 'É claro que ele é capaz de identificar a idade de alguém pela voz. Ele segue por entre as máscaras e diz sem a menor cerimônia:

'Você está envergonhada, não fique.' Coloco a mão nos óculos para tirá-los e enxergar melhor, e ele me interrompe: 'Os olhos não mentem. Se vai comprar uma máscara sem querer ser descoberta, é melhor manter os seus óculos escuros. Veja…' Ele para e olha para mim apontando para os próprios olhos: 'Eu não tenho câmeras, mas a loja tem' e me mostra uma câmera na quina entre duas paredes e o teto.

Deixo meus óculos onde estão e pergunto calmamente:

'Como é não enxergar?'

'Posso encostar no teu rosto? Prometo não tirar seus óculos'

'Sim.'

Ele esfrega as mãos uma nas outra para aquecer, mas algo me diz que não é preciso, ele parece emanar calor e o faz apenas por gentileza, para me preparar. Com delicadeza, suas mãos encostam em mim simetricamente desenhando cada canto do meu rosto. Ninguém jamais havia me tocado dessa forma. Provavelmente, nem eu mesma.

'Minha identidade está segura? Você me viu, viu meu rosto, quem sou.'

'Mas jamais saberei o seu nome', o seu sorriso charmoso e bem-humorado de novo me faz me sentir em paz. 'Então, se alguém perguntar se uma Fiona veio aqui, não posso dizer que sim ou que não. Mas se alguém me perguntar se uma mulher de espírito curioso, aventureiro, de nariz comprido e empinado veio aqui, terei que dizer que sim.'

Meu sorriso continua estampado. Ele segue pela loja sem esbarrar em nada, apenas dando pequenos toques com as mãos para conferir algumas arestas dos pedestais. 'Essa, eu acho que foi feita para você.' diz parando em frente a uma máscara preta

Vou ao seu encontro e com ela em minhas mãos admiro o detalhe da renda muito fina que a cobre por inteiro passando inclusive por cima do buraco para os olhos. O trançado é um emaranhado organizado de galhos, ramas e flores muito bonito e elegante. Pelo seu formato, ela deixa os lábios e parte do maxilar de fora. Sentindo minha hesitação, ele me estimula.

'Caberá com perfeição em você, experimente.'

Tiro o meu boné, deixo a peruca e elaboro mentalmente um jeito de tirar os óculos no momento em que meu rosto está prestes a estar coberto. Toco na máscara com o mesmo receio com que estaria tocando uma taça de cristal. Uma pessoa passeando no corredor lá fora interrompe meu momento, trazendo pensamentos paranoicos. Como vou conseguir guardar minha identidade? Será que escondendo meu rosto e meu nome, consigo viver no anonimato?

'Não se preocupe, experimente.', diz ele.

'Elas são únicas? Quero dizer, tem alguma outra máscara igual à essa?'

'Não são únicas. Senão, seria mais fácil descobrir quem é quem, não acha?'

'Tem razão' respondo.

Encaixo a máscara no meu rosto, e ele imediatamente me guia para um espelho grande o suficiente para ver da minha cintura para cima.

'O que achou? Eu estava certo?'

'Não cobre o rosto todo.'

'Você tem muito que dizer. Não vale a pena cobrir seus lábios.

'Já meus olhos...', digo, me referindo à camada de renda que passa por cima do vazado da máscara.

'Apenas para aqueles que fazem por merecer. Poucos ou muitos, são apenas para os que você deixar entrar.'

'Obrigada. É elegante.' Eu deveria ter dito hipnotizante, deslumbrante, mas elegante foi o que saiu.

Como as treliças numa boa arquitetura islâmica, a renda sobre os olhos da máscara me permite ver o mundo sem que ninguém veja o meu. Sorrio pela descoberta, e pelo ar que exalo libero toda a ansiedade que estava presa em meus pulmões. Estou leve e, ao ver o preço da pequena etiqueta, descubro que vou ficar mais leve ainda. $650! É 65% do meu salário semanal. Não posso gastar esse dinheiro todo. Se não fosse pelo Caio pagar aluguel, eu nunca teria como bancar isso. Inspiro a resolução de todas as discussões que perdi para o Caio quando insistia em pagar o aluguel. Meu dinheiro é para ser gasto comigo, não com nossa vida conjunta. E expiro o alívio da minha culpa, porque no fundo, quem paga mesmo o nosso aluguel é a empresa onde trabalha. A mesma empresa que nos fez mudar para Sydney e logo depois o mandou para Cingapura. Se não fosse por eles, eu não estaria aqui hoje.

'Vou levar.'

Abro a carteira e pego o dinheiro. Ainda fico perplexa na segurança dessa cidade. Nunca andaria com tanto dinheiro vivo em nenhum dos lugares onde morei antes, mas aqui, e apenas por esse motivo, entrego as seis notas de cem e uma de cinquenta. Dói.

'Aqui está. $650.'

Os 150 dólares que sobram embrulham meu estômago. É muito dinheiro gasto numa coisa que só vou usar uma vez.

'Não vai se arrepender. Você sabe onde quer ir com a máscara?'

'Ainda não.'

'É bom checar o jornal, ainda mais se gosta de viajar.... E o seu sotaque te entrega...'

'Obrigada, vou sim.'

Maldito sotaque, por mais que se tente, é de fato uma realidade com a qual todo imigrante tem que conviver.

O homem sorri, pega o dinheiro com delicadeza e anda lentamente até atrás do balcão. Seus dedos ágeis contam as notas e é a primeira vez que percebo que elas têm comprimentos diferentes, talvez justamente para os cegos conseguirem saber o valor de cada uma. Um incrível detalhe que a maioria das pessoas nunca percebeu, e tristemente nunca irá perceber. Ele coloca as notas numa máquina um pouco menor do que uma torradeira que anuncia o valor contado com uma voz de mulher de aeroporto. Enquanto o senhor sai por uma estreita porta, folheio o jornal que está em cima do balcão. Antes que eu possa ler alguma coisa, ele ressurge com uma caixa preta retangular, forrada em tecido, onde a máscara cabe perfeitamente. Na tampa há um pequeno nome escrito, *Illyria.*

'Cuide dela e de você também.' diz ele, alegre e entusiasmado.

O nome Illyria é bonito. Talvez pudesse ser meu codinome na festa caso eu precise. Devemos ter que ter um nome falso, certo? Como passar uma noite inteira com alguém sem saber seu nome? Pensando bem, a maioria dos amantes das festas normais de hoje em dia não lembra do nome de quem acabara de se amassar contra a parede. Talvez amante seja uma palavra forte demais para definir pessoas que trocam beijos e carícias por algumas horas. Nesse contexto, acredito então ser possível passar uma noite inteira com alguém sem saber seu nome. Me distraio com a *Illyria* de novo. Será que todas as caixas têm esse mesmo nome? Não sei. Não pergunto também.

'Aqui, leva este jornal. Você vai precisar.' ele coloca o jornal dentro da sacola com a caixa. Seu sorriso é encorajador. Acho que está tudo bem, essa festa é segura.

Orgulhosa quanto à minha bem-sucedida descoberta entre o desenho do livro e a vida real, só me falta sorrir sozinha na rua, parecendo uma louca. Pego o telefone e finjo falar com alguém, assim posso rir sem chamar atenção. Minha satisfação dura pouco, pois penso na quantidade vergonhosa de dinheiro que gastei e ainda não sei onde é essa festa, nem quando. E se eu não conseguir chegar lá? Terei comprado essa máscara à toa. Deve ter mais dicas nas outras ilustrações do livro. No meu telefone, abro o álbum com as fotos que tirei das ilustrações. Não faz sentido ficar carregando um trambolho pesado pela na rua – o livro nesse caso -, ou corro o risco de parecer uma pessoa avessa à tecnologia como minha avó.

Sem muita lógica, me concentro na foto com a ilustração do casal no beco, visto por um policial. Não consigo entender onde é. No meu sonho, o beco era um braço da George St, e poderia jurar que era o Temperance Lane, bem perto do The Strand. Mas, agora que estou aqui, não vejo muita semelhança, sobretudo porque não há absolutamente nada que possa ser a dica de uma festa. O pequeno bar no final do beco não tem tamanho suficiente para comportar um evento grande, a não ser que haja uma porta secreta que leve a um salão ou coisa do tipo. Examino a porta fechada, o seu alisar, a grade, nada de incomum... talvez eu tenha que procurar em outro lugar.

Decido ir até o The Rocks por ser a única outra parte de Sydney que tem muitos becos e ruelas. Quando ouço a mim mesma falar ruelas, logo percebo que talvez a ilustração não seja um beco e apesar de Sydney não ter tantos becos, é cheio de ruelas em tudo quanto é canto. Assim, A ilustração se transforma em um mapa e procuro por similaridades arquitetônicas entre a imagem no meu celular e a realidade em três dimensões à minha frente. Meu caminho até a parte mais antiga de Sydney é pela George St. observando cada prédio e esquina para ver se acho o lugar da ilustração e, para minha satisfação, encontro as gaiolas no Angel Place. A placa explica a obra de arte permanente e os sons que ouvimos sair delas. Pássaros que viviam por aqui, mas foram expulsos ou extintos por nossa causa. Pessoas, arquitetos, urbanistas, políticos e empreendedores que constroem sem pensar naquilo que temos de mais valioso, a natureza. Busco a ilustração das gaiolas no meu telefone e, com o *zoom* da câmera, procuro por algo útil. A única coisa que poderia ser uma pista é um número por baixo de uma das gaiolas, exatamente igual como a do livro - sem o híbrido ser em seu interior, obviamente. O *zoom* não aproxima o suficiente para que eu leia esse número com clareza. Inspiro confiança e expiro a vergonha, e assim tomo coragem para pedir a um turista transeunte, de origem aparentemente sul-asiática, que me empreste sua câmera semiprofissional por alguns instantes.

Baseada no seu linguajar, suas expressões nervosas e sua reação embasbacada, acho que ele teve a impressão de que sou uma ladra. Leio *Feuilleton*, meu francês está muito enferrujado, mas imagino que seja a tradução para folhetim. Seria uma senha? Para não correr o risco de ter que me explicar a um policial de rua, caso esse cara chame um, ponho-me em movimento em direção ao The Rocks. Apesar do meu interesse ser aquele beco com o casal, achei as gaiolas, e agora tenho a certeza de encontrar mais uma confirmação das dicas do meu livro. As flores, nos canteiros em frente ao MCA, são petúnias da noite, roxas com bolinhas brancas, ou, para aqueles que olham com sedução, o céu brilhando roxo perto do chão. Assim como a poesia. Não lembro bem do resto, mas recordo de algo relativo à palavra forte. Deve ter uma rua ou um *pub* chamado *Fort* por aqui. Mas verei isso depois, porque ao meu lado, está o que resta de uma antiga Sydney, uma área cheia de ruazinhas e o famoso conjunto de pequenos caminhos, o Nurses Walk. Me pergunto se tudo isso não passa de uma brincadeira do departamento de turismo.

Minha rápida pesquisa no Google me diz que a Suez Canal é uma rua antiga que liga os dois lados do The Rocks, *antro de prostitutas, perigo, escravidão*. Faz todo o sentido ter um policial ali! A sobreposição do desenho com os prédios e a rua é perfeita.

Cada janela e cada pedra no chão. Alguém se deu um trabalho enorme de montar esse livro e todas essas dicas.

Fingindo ser uma turista, coloco minha bolsa de ginástica e a sacola com a máscara no chão, e tiro fotos enquanto procuro por pistas. Piso, pulo e observo cada bloco de pedra na ruela, puxo os que parecem meio soltos, evitando as dezenas de pessoas que passam continuamente por aqui.

Não há nada. Nada... Contenho a urgente necessidade de sentar no chão como uma mendiga quando o cansaço e a frustração começam a me abater, e tateio os tijolos das paredes dos prédios, empurrando e puxando inutilmente os que têm alguma marca ou quebra, quando me deparo com um que tem um desenho em alto relevo. Da mesma cor do tijolo, como um camaleão no tronco de uma árvore, há uma cobra comendo o próprio rabo. Eu já vi esse símbolo em algum lugar, só não lembro onde nem quando. Quase chuto a parede quando descubro que a bateria do meu celular acabou e não tenho como tirar fotos, nem pesquisar este símbolo. Terei que descobrir o que significa outra hora, por agora, faço o que posso: aperto o alto-relevo e percebo que o tijolo está bambo, está solto!

Antes de tirá-lo por completo, rastreio o meu entorno por um perseguidor e, como ninguém está ligando muito para o que eu faço tento tirar o tijolo do lugar. Mais uma peça do quebra-cabeça se resolve, mais uma pista para desvendar. Dentro do buraco deixado pelo tijolo, há uma chave de metal que parece ter sido feita há décadas, repleta de detalhes retorcidos e simétricos e com um número gravado: 1790. Não há mais nada dentro do vazio na parede. Para que serve essa chave? Será que posso levá-la ou devo deixá-la aqui? Vai que tem outras pessoas fazendo o que eu estou fazendo? Penso, ao colocar o tijolo de volta e a chave no bolso.

Exausta, sento no primeiro café que vejo na minha frente. Não tenho ideia do que vou pedir, só sei que preciso parar e pensar nisso tudo. O céu aberto e a cadeira gelada logo esquentam com o aquecedor a gás ao lado da minha mesa. A garçonete me traz o cardápio e a água, e peço para colocar meu telefone para carregar por quinze minutos. Explico que é para chamar um táxi e, para minha surpresa, ela aceita. Que gentileza, é realmente uma cidade incrível! Tiro meu caderno de desenho da bolsa - um *Moleskine* sem pautas que me dei de presente quando consegui esse emprego, e meu lápis de carbono sólido que comprei na *La Sagrada Familia,* em Barcelona. Faço rabiscos e desenhos para lembrar do símbolo que vi na parede de tijolos. A fome fala mais alto e, ao invés de tomar só uma água gasosa ou coisa parecida para poder sentar, resolvo comer meia porção de fettuccine à carbonara, um pequeno prazer como recompensa. Não sei do que estou me recompensando, pois até agora gastei uma fortuna em uma máscara e tenho essa chave em mãos. Talvez uma chave roubada. Mesmo assim, me sinto no direito de um bom prato quente e gordurento como prêmio. Nego a sugestão de vinho da minha atendente e faço a estranha combinação de comer macarrão com chá. Enquanto espero o meu celular e a minha comida chegar, tento concatenar todas as informações desde a livraria até essa chave. Sei que está tudo conectado de alguma forma, só não sei exatamente como.

Ao lado da minha serpente mal desenhada, escrevo o número 1790 achado na chave, escrevo *Feuilleton* que vi debaixo da gaiola. Escrevo GPO, General Post Office Building, tentando entender por que os arcos do prédio foram desenhados na parte do livro que me dá pistas da cidade. Será que li o poema errado? Será que a festa é no GPO? Duvido. Saio do escritório por volta das sete da noite inúmeras vezes, e nunca vi nenhum mascarado passeando por ali a essa hora... e nem em hora nenhuma. Seria o prédio apenas para inspirar a quebra de paradigmas e um novo começo? Talvez, mas não tenho como ter certeza ainda. Sem meu telefone para procurar o que a cobra e essa chave significam, só me resta o jornal para explorar. Quando abro, vejo um caderno que se chama *Feuilleton* - Sydney. Tem algo aqui! A excitação bombeia minha energia de volta, deixando meu cansaço para trás. O senhor cego da loja não colocou o jornal na minha sacola à toa! *É bom checar o jornal, ainda mais se gosta de viajar... E o seu sotaque te entrega....* Viagem! A ilustração do cara com a mala de viagem na praia e o número dois na página do seu jornal. Folheio rapidamente até a página dois, a história é sobre uma mulher que viaja. Os detalhes do artigo parecem inúteis, mas há uma data de lançamento do seu livro de estreia, é amanhã. Não tem indicação de lugar. Não há lugar para isso. Parece forçado relacionar a festa com esta data, mas que mais poderia ser? É a minha única pista, então vai ter que servir. Só falta saber o que fazer com essa chave.

Ao final da minha refeição, com o telefone carregado e as energias renovadas, rolo as imagens do álbum com as fotos que tirei do livro, paro quando encontro os arcos do GPO. Mais ou menos, já sei onde ir: num lugar chamado Celeste, numa rua que se chama Fort ou perto de algum *pub* chamado Fort - devem ter vários por aqui. Já sei quando ir: amanhã às 19hrs, e já sei como ir: mascarada. Só não sei para que serve essa chave, o símbolo e a referência ao prédio dos correios. Uma superficial pesquisa no meu telefone me diz que o símbolo é um *ouroboros*, a serpente que devora seu próprio rabo e sem nenhuma relação com canibalismo, o círculo representa a eternidade aludindo ao ciclo contínuo de renascimento e morte. Uma pesquisa mais a fundo num artigo universitário que acho no *Google Scholar*, aprofunda o seu significado através do tempo. Para os egípcios, a quem é atribuída sua origem, a serpente comendo o próprio rabo simboliza um divino invólucro de proteção, mas foram os italianos da renascença que trouxeram a ideia de eternidade. Há também interpretações nórdicas, hindus, gregas, incas e filosóficas, e me fascina como os símbolos e seus significados podem viajar o mundo durante centenas de anos, perdurando apenas com a linguagem verbal e uns poucos pedaços de papel, pergaminho e livros que resistiram às intempéries e às guerras.

Meus pulmões se enchem de ar só de pensar na ideia de estar num invólucro protegido para toda a eternidade. Continuo sem saber qual sua relação com a chave e os correios, mas, por agora, vou guardar como conhecimento. Não consigo fazer nenhuma pesquisa frutífera com a chave, então só resta uma coisa a fazer: usar a chave nos correios. Gasto doze minutos de volta ao prédio do GPO, na esquina da George St e Martin Place, e a cada passo os pelos dos meus braços arrepiam, não de frio, mas pela ideia de que essa chave talvez abra a porta de um quarto, de um salão e ou de um submundo desprezível de orgias vulgares, repleto de estranhos. Inspiro o ar gelado da noite como uma dose de tequila antes de pedir alguém em casamento e, a passos largos e determinados, chego sem distrações ao balcão de recepção do hotel.

'Boa noite, por um acaso essa chave é de algum cômodo aqui?'

Pela falta de um sorriso e a distância que tomou de mim, espichando as costas e dando um passo para trás, concluo que assustei o recepcionista. Enquanto olho fixamente em seus olhos, percebo a burrada que acabei de fazer. Estou sem máscara, se essa chave é para ser usada aqui, esse cidadão saberá que eu sou a mais nova participante desse lugar secreto.

'Desculpe, senhora...' E é assim que escuto o meu primeiro *senhora* na vida e decido deixar pra lá porque, afinal, eu não tenho nem rugas, e ele foi treinado para chamar mulheres de senhoras e homens de senhores. 'Não temos nenhuma relação com essa chave. Todas as nossas portas abrem com cartão e senha. Já não usamos chaves convencionais há bastante tempo. Mais de uma década.', responde, sonso como um bolo de chocolate vegano feito com beterraba, lindo por fora e intragável por dentro de tanta arrogância se achando melhor do que todos os outros. Uns segundos de silêncio, e ele sugere que eu vá às caixas postais dos Correios:

'Lá ainda se usam chaves, ficava ali...' ele aponta para o outro lado do prédio, por onde entrei, onde está a sede dos Correios, na esquina da Martin Place com George St.

'Obrigada. Boa noite.'

'Boa noite, com licença.'

Ele me dá as costas e vai atender um cliente com muitas malas e um quarto reservado.

Lá vou eu de volta. A peruca coça tanto minha cabeça. Os correios serão minha 'última parada. Chego em menos de um minuto nos Correios, e, como era para ser às 19:34, dou de cara na porta. Fechado, e nem ao menos um faxineiro lá dentro para contar história. Olho pelo vidro, tentando achar o lugar das caixas postais, observo a galeria do lado de fora à procura de uma placa que me indique a direção certa. Nem sinal das caixas. Só me resta perguntar a alguém, uma arte que a minha geração provavelmente não domina. O primeiro transeunte é uma escolha impulsiva e apenas recebo um aceno de mão e um *'Tô com pressa'* resmungando por entre os dentes. Na mínima, deve ter me achado com cara de vendedora de plano de saúde, ou uma ativista pedindo dinheiro para salvar alguém que realmente precisa de ajuda. A segunda pessoa que abordo é uma senhora com uma fisionomia mais serena e passo mais calmo.

'Ô, querida, não sei, nunca usei essas caixas, não confio...', e assim ela continua a me dizer quantas outras inúmeras coisas ela não sabe, e que a prefeitura muda tudo de lugar sem fazer consultas - não saberia dizer se os Correios são públicos ou privados aqui, mas imagina que a prefeitura não tenha nada a ver com isso, o governo federal sim, e que ela não está gostando para onde Sydney está indo.

Agradeço e respondo que se eu puder fazer alguma coisa um dia, eu colocarei consulta pública para tudo. Ela se despede com um sorriso, dizendo que está atrasada para o jantar. Apenas o terceiro passante, um senhor idoso que caminha com sua neta, é que me responde que as caixas estão agora na sede dos Correios da Market St. Meu telefone não estava errado, eu que não acreditei que teriam mudado as caixas para alguns quarteirões de distância.

É pra lá que eu vou. Cinco minutos caminhando, é pouco, mas todas essas andanças, mesmo descansando no restaurante, me fazem estar ciente da dor nos meus pés. Latejam querendo sair dos meus sapatos. São 19:49, estou andando desde a hora do almoço. Como posso ter gasto tanto tempo?

A sede é no subsolo de um grande prédio de negócios, é como entrar numa estação de metrô. As caixas estão logo na frente de quem entra pela York St., numa ante-sala iluminada. São centenas, talvez milhares de caixas pretas de tamanhos diferentes embutidas na parede. Procuro por uma fechadura mais grossa na qual a chave caberia, e estou atenta ao símbolo da serpente. Para não parecer uma perdida, uso o telefone, fingindo que procuro pelo número. Ainda de óculos escuros, percebo que pareço uma delinquente. Suspiro, sem saber se estou orgulhosa ou decepcionada comigo mesma. Vou à caixa de número 1790, o número gravado na chave, quando ouço o estalo da chave abrindo, decido que estou orgulhosa. Definitivamente orgulhosa. Como nas bonequinhas russas, dentro de uma caixa, tem outra caixa. Uma caixa sem fechadura.

Essa chave não tem mais finalidade. Vasculho a caixa, suas inúmeras reentrâncias e altos-relevos inutilmente. A decepção é igual à secura da minha boca. Perco as forças, só quero ir para casa, mas será que posso levar a caixa comigo? E essa chave, o que faço? Talvez eu deva voltar à parede de tijolo e colocá-la lá de volta. O suspiro é mais alto do que gostaria, um suspiro de cansaço. Impossível voltar andando todo esse caminho só para deixar a chave dentro da parede de tijolos. Levo tudo para casa. Amanhã, eu posso devolver as coisas em seus devidos lugares.

Ligo para minha mãe assim que me rendo ao aplicativo de carona, ou de "mobilidade urbana" como se vendem, e entro no carro de um completo estranho, nauseada pelo cheiro de aromatizante pendurado no retrovisor. Minha mãe não atende. Mando mensagem, pedindo para me ligar. Ligo para Caio que, obviamente, está ocupado demais para atender ou parar de trabalhar por dez minutos. Bibi está no avião, então resta-me Fleur. O barulho de fundo na casa dela parece um apocalipse. Gritos, choros, quedas e muitas onomatopeias impedem que ela consiga completar uma frase, mas, pelo menos, me faz companhia até que eu chegue viva em casa. Muito generosamente, me pede desculpas pela falta de atenção, mas está feliz de poder ter me 'levado' para casa. Era a única pessoa com real motivo para não atender meu telefone, e atendeu.

Desmantelo o visual sem cuidado ou capricho, e todos os acessórios, da máscara à peruca, transformam minha mesa numa espécie de armário. Largo tudo, exceto a roupa colada no corpo. Meus pés sentem o frio do chão e ligo o aquecedor no caminho para o meu sofá e a minha escuridão nostálgica do céu e do mar da noite. Sou obrigada a fechar as cortinas para evitar a distração. Com os pés para cima e a cabeça acomodada nas almofadas, agradeço por lembrar das minhas aulas de arte na faculdade, pois descubro sem meu telefone que os motivos talhados em madeira são da época do *art nouveau*. Adiciono os conhecimentos pelos museus europeus e lembro que as expressões artísticas desse período eram voltadas para a expressão da libertação feminina. Mais uma sutileza rica em significados dessa caçada. Giro as engrenagens da trava analisando o que poderia ser a senha. São sete rodas dentadas como uma engrenagem, e cada uma tem vinte e seis minúsculas letras do nosso alfabeto. Uma palavra. Sete letras. Demoro a sair do meu conforto e ir buscar o livro no quarto e procuro por palavras na minha cabeça que façam alguma referência ao livro e sua história. Estou cansada demais, não consigo pensar e acabo por me derramar na cama, folheando cada página do livro, testando todas as palavras com sete letras. Nada.

O telefone me interrompe vibrando. É o Caio. Três mensagens de poucas palavras, se desculpando por não atender minha ligação, diz que vai *tentar* me chamar no vídeo mais tarde para me dar boa noite. A terceira mensagem é um link para ouvir uma música romântica. É assim que ele diz me amar. Através de letras que ele mesmo não pode escrever, mas pode sentir.

Tomo banho para ganhar energia, desvendar esse mistério e esperar pela *talvez* chamada do Caio. A água quente bate na minha nuca, minha testa na parede de pastilhas de vidro gelada e meus dedos contam letras nos pequenos ladrilhos. Ouço uma música e demoro a perceber que é o Caio ligando. Quanto tempo fiquei no banho? Saio pingando e, ainda de toalhas, converso com ele no viva-voz enquanto me preparo para dormir.

'Gostou da música?'

'Ainda não ouvi, fui tomar banho.'

'Só você, mesmo! Nunca vi uma mulher receber música e não ouvir logo. Escuta então, deixa eu botar pra você.' Ele coloca alto para eu ouvir e mais uma vez me pergunta o que eu acho. Diz que se o cantor me conhecesse, teria certeza que que havia sido escrita para mim.

'Duvido que um cara desse algum dia se interessaria por alguém tão normal como eu.'

'Que é isso, Tatá! Você é incrível!'

'Obrigada, você também. Não conheço mais ninguém que tem um namorado mandando músicas hoje em dia, ainda mais beirando os trinta...'

'Tá me chamando de velho?'

Desconverso para cortar a autopiedade, perguntando como seu dia está e, na mesmice da sua resposta, na sua correria e na falta de sua pergunta de como foi o meu dia, nos desejamos boa noite e boa tarde, como fazemos desde fevereiro, quando ele saiu daqui.

Deitada, derrotada pela senha da caixa, naquele estado entre estar acordada e dormindo, tenho um momento intuitivo - ou neurológico - de conexão dos dados. A resposta é Illyria, o nome na caixa da máscara. Illyria. Sete letras. Tem que ser isso! Apressada, acendo a luz da cabeceira, e aconchego a caixa no meu colo que abre com um clique, e me deixa acordada por mais algumas horas. Dentro, há um envelope.

Sob medida, o envelope creme, em papel linho, selado com cera quente mostra o mesmo símbolo do livro e do tijolo que me trouxe aqui, o *ouroboros*, a serpente comendo o próprio rabo, representando os ciclos eternos da vida, do invólucro protetor que intriga povos do mundo há milênios. Preciso abrir esse envelope!

Prezado convidado 1262,

Seja Bem-Vindo à Sociedade Secreta de Illyria, onde sonhos, prazer e verdade triunfam.

Estamos entusiasmados por você ter desvendado os mistérios contidos no livro e conquistado o direito de participar de nossas festas exclusivas. Você foi chamado por outro membro do nosso clube e agora vai passar este convite.

Dentro da caixa há um anel ajustável de ouro 24K com o seu número inscrito nele. O anel é o seu convite, você deve usá-lo em todas as festas e mostrá-lo aos nossos concierges ao entrar.

Para que todos possam usufruir de uma segurança primordial, algumas regras são necessárias. Elas foram criadas para a segurança física e mental de todos os integrantes do grupo e para proteger nossos valores.

Valemo-nos de quatro princípios básicos: Anonimato, Segurança, Elegância e Consentimento.

Princípio 1 Anonimato

1.1 Você deverá usar uma máscara que cubra pelo menos 75% do seu rosto em opacidade - rendas e cobertura semitransparente que permitam ver mais do que 25% do seu rosto não serão aceitas e você terá a entrada negada.

1.2 Uma máscara simples pode não ser suficiente para você garantir o seu anonimato. Você deverá cobrir ou modificar a silhueta a partir dos seus ombros até o topo da cabeça. Exemplos incluem, mas não se limitam a chapéus, penteados de cabelo, roupas, echarpes etc.

1.3 Você deve cobrir ou disfarçar qualquer característica de seu corpo que facilite o reconhecimento de sua identidade, como, mas não limitado a, tatuagens e cicatrizes.

1.4 Você deverá inventar um ou mais nomes que não se pareçam com o seu e usá-los à vontade durante a festa. Não é permitido a invenção de sobrenomes porque a combinação de nomes inventados pode ser o nome real de outra pessoa.

1.5 Você não poderá em hipótese alguma trocar telefones, e-mails, contas de mídia social, endereços com outros membros da festa.

1.6 Você não poderá em hipótese alguma mostrar o seu rosto nem por meios de fotos.

1.7 Você não poderá comentar com os seus familiares, colegas, amigos e pessoas da comunidade em geral sobre nossas festas. O ato pode acarretar na sua expulsão e no cancelamento do evento. Seja consciente de que suas ações afetam a todos. Lembre-se de que qualquer pessoa pode fazer parte deste grupo, inclusive o seu melhor amigo.

1.8 Você não pode, em nenhuma circunstância, postar sobre a festa nas mídias sociais. Isto inclui mostrar sua roupa, como ela é feita, como você se sente sobre ir à festa, e assim por diante.

1.9 Este convite é individual e não pode ser passado para ninguém que você conheça pessoalmente. O convite é dado apenas para quem recebe o livro. Você deve agora passar o livro adiante. Você tem uma semana para achar alguém e esta pessoa não pode saber quem é você. Você pode escolher a melhor forma de entregar o livro. Escolha sabiamente

Princípio 2: Segurança

2.1 Você deve preencher o formulário anexo, selá-lo e enviá-lo com o remetente e endereço descritos no final desta carta. Você deve colocar o número no anel após o nome do remetente. O envelope com o formulário só será aberto em caso de reclamações contra você, conforme listado abaixo no Princípio Três.

2.2 No dia e data da festa, seus pertences que possam ter alguma forma de identidade como passaporte, carteira de motorista, cartões de banco e telefones celulares ficarão numa caixa trancada por nossos concierges. Eles não tocarão neles. Você receberá uma caixa com uma senha zerada, assim como esta que você acabou de abrir. Deve-se criar uma senha com o número que você recebeu neste convite. Você poderá requisitar a abertura da caixa a qualquer momento durante a festa.

2.3 Por serem de fácil identificação, uso diário e com o avanço da tecnologia que prejudica o anonimato de outros convidados e da festa, relógios de forma alguma serão permitidos.

2.4 Na chegada, é mandatório que todos os integrantes passem por um detector de metais e armas.

2.5 Verifique sempre o número do anel de seu(s) parceiro(s) e memorize-o(s). Você pode escrevê-lo assim que tomar sua decisão de falar com uma pessoa. Nenhum convidado pode negar seu número de anel a outro convidado.

2.6 Se você encontrar alguém que não esteja disposto a lhe mostrar seu número ou que não esteja usando um anel, contate nossa equipe imediatamente. Qualquer concierge ou atendente de bar poderá levar o caso adiante.

2.7 A sua segurança é a nossa maior prioridade. Se você considera ter sido vítima de atos não consensuais, deve entrar em contato com a polícia e os médicos imediatamente. No final deste convite, há telefones importantes para que você tenha o apoio necessário. Lembre-se de guardar o número do seu parceiro. Nenhum convidado pode negar o seu número para outro convidado.

2.8 O caso vermelho: significa que houve morte no grupo em decorrência das interações durante uma de nossas festas. Neste caso, a festa em questão e todas as demais serão canceladas. As pistas não mais serão colocadas nos meios os quais você descobriu. As atividades poderão ou não recomeçar numa data longínqua. Não há garantia de que você será escolhido de novo para participar. O código vermelho nunca aconteceu e nosso grupo existe há 70 anos.

2.9 Drogas alucinógenas e álcool não serão permitidos. O anonimato tem divertido nossos convidados há décadas enquanto sóbrios. Seja corajoso e venha experimentar uma realidade diferente.

Princípio 3: Consenso

3.1 Quaisquer atos durantes os encontros devem ser consensuais. Falha nesse item resultará de ações legais contra você. Sua identidade será revelada a qualquer meio de comunicação ou instituição necessária de acordo com as leis e regulamentos vigentes.

3.2 Caso você tenha sido vítima de atos não consensuais, terá o direito de dar queixa sobre o indivíduo. Para que isto ocorra, sempre cheque o número do seu parceiro(a) ou parceiros(as) e lembre-se dele. É prudente anotá-lo assim que tomar sua decisão de conversar com essa pessoa. - Guarde o número escrito no rodapé desta carta. Este é um número de denúncia no qual você será amparado(a). Alternativamente, ligue para a polícia assim que possível.

3.3 Todas as relações devem ocorrer no mesmo local da festa, nos cômodos reservados para isso. Se os envolvidos resolverem sair da festa juntos, a segurança e a identidade de todos os envolvidos não estarão mais sob nossa responsabilidade.

3.4 Nossos seguranças estão à postos para retirar qualquer pessoa que causar tumulto, insultar ou retirar a máscara própria ou de outro integrante do grupo. O infrator será removido do evento e não poderá voltar.

Princípio 4: Elegância

4.1 Somos um lugar de respeito. Nada é mais elegante do que respeito. Somos elegantes ao falar, ao andar, ao conversar e em qualquer interatividade com outro ser humano. Respeito é o princípio que mais valorizamos

4.2 O traje da festa é gala.

4.3 A sua entrada pode ser negada se seu traje for considerado uma fantasia de qualidade inferior.

4.4 Apesar de não sermos uma festa à fantasia, encorajamos a criatividade sofisticada em forma de expressão pessoal através da moda.

Notas Gerais e Finais

Esse clube é gratuito. Suas despesas são pagas com os custos do que você consumir nas festas, dos aluguéis dos quartos dos hotéis para a noite e os workshops que variam a cada semana, caso você queira participar.

Para garantir sua privacidade e identidade, quaisquer gastos devem ser pagos em espécie. Em anexo, existe uma tabela com custos sugeridos de comidas, bebidas, quartos dos hotéis, workshops e estabelecimentos onde as festas são realizadas. Fique de olho nas flores das ruas para a localização da festa naquela semana.

Aproveite. Esse é um lugar de liberdade e descoberta do seu desejo. A sua imaginação e o respeito ao próximo são os limites!

Seja bem- vindo(a)!

Fervendo por dentro, com perguntas e confabulações, a imobilidade do meu exterior só é quebrada por um sorriso enorme. Se minha vida fosse um filme, esse seria o momento onde caio no travesseiro em câmera lenta, plena de felicidade. Plena, feliz e pasma. Pasma e preocupada. Pasma e culpada. Não posso ir, o que eu vou falar pro Caio? Como posso mentir pra ele? Leio a última frase do convite de novo. *...descoberta do seu desejo.* Se eu descobrir o meu desejo, acho que o Caio só tem a ganhar.

Me lembro do meu vestido preto longo e de como me senti com ele. Linda. Minha cabeça está a ponto de explodir e não posso falar com ninguém! O lado esquerdo do meu cérebro tenta mediar minhas dúvidas, racionalizando que não preciso fazer nada que quebre o pacto que tenho com o Caio. O pacto da monogamia.

Pego meu caderno e escrevo tudo que sei na próxima página em branco.

Local: Petúnias da noite indicam que é preciso achar um lugar onde abrigar a Celeste no forte da rua de baixo. Não tenho a menor ideia de onde seja isso. Preciso de mapas.

Dia da semana: descobrir pela data na página dois do folhetim, que vem apenas no jornal de sábado - o único jornal publicado num sábado.

Hora: a única pista são os relógios dos desenhos. Vou arriscar às 19hrs porque todos os relógios e horários indicam sempre sete horas e duvido que uma festa dessas seria de manhã às 7 hrs.

Traje: gala com máscara.

Sem álcool ou drogas. Como esse povo daqui vai conseguir se divertir sem isso?

O anel de ouro é o *ouroboros*, e sua fabricação permite que seja ajustável. O rabo continua a penetrar na cabeça até circundar o dedo perfeitamente. Tento colocar o anel no dedo anelar da mão esquerda e imagino se esse é o anel que gostaria que Caio me desse. Será essa a minha última aventura antes de nos casarmos? Olho o apartamento vazio, cheio apenas pelas memórias evocadas nas fotos da parede e na presença quase idealizada dele. Caio parece pertencer a uma categoria de difícil classificação. Longe, ausente, mas ainda aqui, na esperança de que amanhã tudo voltará a ser como antes. Amanhã não, em setembro, quando voltar definitivamente para cá e nós podermos seguir em frente de onde paramos antes dele ter ido embora. Esse negócio de relacionamento à distância não funciona pra gente. Guardo essas inquietações na parte de mim que precisa esperar pelas respostas, afinal, eu tenho assuntos que me interessam mais agora.

A serpente, assim como tudo que tem limite, não consegue devorar tanto o seu rabo para caber no meu dedo anelar, então preciso colocá-lo no meu indicador.

Sem nunca ter sentido calma e medo ao mesmo tempo, estranho o conflito da minha mente. Oscilo entre a repulsa de pessoas extraordinariamente vulgares e a atração romântica por um lugar sofisticado e repleto de significados. Leio o convite mais uma vez, olho para as ilustrações do livro, lembro do homem da livraria e do fato de ser uma festa sem drogas nem álcool. Tudo me leva a crer que há mais requinte do que banalidade nas festas. Respiro aliviada. Leio a última frase do convite mais uma vez. "*Liberdade e descoberta do meu desejo*". *Meu desejo.* Meu.

O que será que desejo? O que eu quero?

Uma tristeza me abate quando admito o que eu quero. Meus desejos nunca poderão ser realizados, eles não vivem no mundo material. Ignoro o pensamento de querer uma nova bota de escalada, isso não é desejo, é consumismo. Aqui, nesse plano, nesse corpo, além dessas futilidades, o que será que eu desejo? Será que quero mesmo casar com o Caio? Será que quero ele aqui no meu apartamento? Ou é apenas a longa e constante presença do nosso passado que aumenta a vontade de estar com ele? Não consigo me imaginar com mais ninguém, já passamos por tanta coisa juntos. É certo que nunca conseguiria trair o Caio. Jamais.

Abro uma fresta na cortina, perguntando ao mar se devo ou não ir. Interpreto a serena imagem das ondas chegando devagar no penhasco abaixo de mim, o cheiro reconfortante da maresia e as nuvens passando na frente da lua quase nova como um grande sim. O telefone vibra neste exato momento e o nó no meu estômago ao imaginar ser o Caio tenta me convencer de que minha interpretação da paisagem estava errada. Por que estou com medo de uma mísera festa acabar com a gente? Abro o celular como alguém que tira um curativo. Rápido, para diminuir a dor de um fato inevitável. A mensagem é de mamãe que, como um anjo, aparece quando é necessária e some quando posso tomar decisões por mim mesma. *Olha o que eu vi hoje num de seus livros da faculdade?* E ela continua com uma citação de Luís Barragán, um dos meus arquitetos favoritos. "*É essencial para um arquiteto saber ver de tal forma que sua visão não seja dominada pela racionalidade.*" É a resposta que preciso. Agradeço e digo que estou com saudade e sou imediatamente respondida na mesma medida e com algo mais: *Também estou com saudades! Te amo, minha filha! Tô na correria, mas logo nos falamos.*

Entrego-me ao sono pensando com que roupa vou e mandando uma mensagem para Bibi.

*

Eu vou à essa festa hoje à noite como iria para qualquer evento de trabalho onde o principal motivo é comemorar o fim do ano ou conhecer gente que nunca mais verei. Nesta festa mascarada, ainda terei o benefício de não ser obrigada a trocar cartões de visitas, nem de sorrir quando não tenho vontade, afinal, de que importa se alguém me achar uma mal-educada. Irei como uma observadora do comportamento humano. Uma experiência apenas, basta uma vez e não precisarei ir de novo. Sim, é isso que tenho que fazer, colocar a repórter investigativa que existe dentro de mim para fora. Matar esse desejo e seguir em frente com a minha vida. Tenho certeza que qualquer mulher que já passou carnaval em bloco de rua no Rio, tira uma festa dessas de letra. A diferença que é que aqui estarei sozinha e lá com amigas, amigos ou namorado, havia sempre alguém para me proteger.

Tirar tempo de folga no trabalho é como colocar uma corda no próprio pescoço. A tarde de ontem foi, no mínimo, importante pra mim, mas com tantos e-mails não respondidos e uma necessidade para sair hoje às 17:30 em ponto para ir à festa, condenso tudo que não trabalhei ontem até a hora do almoço. São 14hr e só agora consigo ir ao banheiro, minha garrafa d'água ainda está cheia desde de manhã. Mentalmente exausta. Debato comigo mesma sobre a necessidade de comprar maquiagem e concluo que no máximo, vou escolher um batom. Meus olhos são praticamente invisíveis por baixo da máscara. Um batom. Isso, apenas um batom *nude*. Saio em busca de suco verde, um sushi e um batom, não vai demorar mais do que trinta e cinco minutos. Bibi confirma, em resposta à minha mensagem, que posso ficar no apartamento dela hoje à noite. Não respondo todas as suas perguntas. Ela me manda um beijo. Seria impossível ir até Bondi e voltar a tempo de ir nessa festa. Se é que vou achar a tal da festa.

Eu gastei a maior parte da viagem de ônibus de hoje de manhã procurando a tal Celeste e uma combinação de ruas relacionadas a fortes. Fort St, Down Fort St, entre inúmeras outras. A única que achei é uma rua no The Rocks chamada Lower Fort St. Não tenho ideia do que é Celeste, mas imagino que seja o nome do lugar. Os sapatos, meu vestido e a máscara, estão numa pequena mala escondida embaixo da mesa, e me pego pensando nela várias vezes durante o dia. Tenho receio de que alguém pergunte o que tem ali e o porquê de ter uma mala em plena terça-feira. Enfim na Myer, aumentando minha carga sensorial com tantas luzes, cheiros e opções, entro no primeiro estande de maquiagem que me é familiar, porque sei exatamente qual batom já funcionou em mim antes. Estou enganada. A gentil mulher me entrega um batom parecido com o que eu tinha, e avisa que o que eu quero está fora de linha. Ela consegue me convencer a comprar também um iluminador, sombras, vários lápis para várias coisas, e um delineador. Saio em direção ao meu almoço, irritada por ter me deixado convencer. Os sushis que sobram são aqueles ruins, com kani ou galinha com abacate, então resolvo almoçar uma vitamina com proteína, banana, manga e *matcha* para me sustentar durante a tarde. Talvez não segure, me sinto desidratada. Respiro fundo e compro um ibuprofeno para ter em mãos caso a dor de cabeça tente acabar com a minha noite. De volta ao trabalho, sinto como se hoje eu fosse a personificação de que *nada está tão ruim que não possa piorar*. Além da carga de trabalho que acumulei por tirar a tarde de ontem de folga, o dinheiro gasto na maquiagem e a falha no almoço, o meu computador do trabalho resolve não funcionar como deveria. Ele simplesmente trava. Ligar e desligar da tomada não faz a menor diferença.

'Chama o Luke. Ele conserta tudo', me diz Tommy

'Quem é Luke?', pergunto. E ele aponta para um cara que senta perto do pessoal de urbanismo, no time de conceitos.

Luke aparenta ser um cara supertranquilo. Explico o que está acontecendo com minha máquina e ele prontamente se levanta e vai para a minha mesa resolver. Enquanto andamos, me agradece por não contribuir para o tec-tec feitos por saltos altos. Observador. Às vezes, me pergunto se colocar carpete em escritórios é para abafar o som dos saltos altos. Prefiro tirar os saltos altos, que claramente não servem para nada a não ser estética, do que cobrir um chão perfeitamente assentado com cola e carpete. E poeira. Nem preciso dizer o quanto carpetes acumulam poeira. Adornos não são necessários, apenas distraem do propósito.

Passamos os próximos dez ou quinze minutos em uma conversa agradável sobre os problemas causados por arquivos enormes e prazos impossíveis.

'Prontinho, você agora está pronta para voar, pilotar essa máquina. Já tirei todos os vermes e minhocas para você.' ele diz, colocando umas minhocas na minha cabeça.

A referência a tirar vermes para me deixar pronta para voar me faz lembrar da imagem do livro. Paranoia minha talvez, mas penso se ele tem algo a ver com estas festas. Não posso perguntar. Não lembro de ter visto nenhum anel em suas mãos, mas também não garanto que tenha olhado direito. Eu estou sem o meu anel da serpente, então isso não quer dizer nada. De repente, o jeito como se despede é uma expressão daqui que nunca ouvi antes.

*

Illyria, a caixa de papelão preta e suave ao toque, está deitada na cama, me chamando. Chamando para fazer algo que terei que manter segredo. Certos segredos são necessários, mas este pode magoar alguém que não quero magoar nem decepcionar. Será que Caio entenderia? O que será que ele faria no meu lugar? Contando que eu não passe dos limites, contanto que eu não encontre o cara da livraria de novo e contanto que se mesmo que o encontre, ele não chegue perto, vai dar tudo certo.

Meu vestido foi comprado anos atrás quando Caio me levou como acompanhante a uma festa de trabalho na Cidade do

Cabo. Nunca mais tive a oportunidade de usá-lo, mas nunca consegui me desfazer dele. Lembro do dele me dizendo o quanto eu estava bonita naquela noite e que ele se arrependeu de não ter um anel para me dar. *Devia ter planejado melhor! Teria sido a proposta de casamento perfeita.* Me disse. Ele nunca mais mencionou casamento, o mais próximo foi a música que me mandou outro dia. Talvez a culpa seja minha, eu não devo estar dando sinais suficientes. Talvez eu não queira casar, mas por que não? Um dia, já fomos muito apaixonados. Será que ainda o amo? Uma coisa é certa, apesar de nenhum papel ou anel, somos comprometidos um com o outro e se eu cruzar a linha, vou ser a errada.

Tenho dificuldade para fechar o vestido com o zíper atrás. As mangas compridas rendadas, o colo sólido aberto apenas por uma discreta fenda e a cintura marcada quebram a volumetria das várias camadas da longa saia rodada que se arrasta no chão.

A máscara é protegida por um acolchoado revestido de um tecido acetinado creme. Ela é linda como a voz de uma sereia que seduz os homens para dentro do mar. A única diferença é que esta está oca. Aceito o misterioso poder que as máscaras exercem na cultura de tribos africanas e tal como aprendi lá, sei que seu encanto está em transformar quem as usa na representação de animais, deuses e até antepassados. Encaro minha amiga enigmática dentro da caixa. Em quem eu vou me transformar? Quem mora aqui, dentro de mim?

O apartamento de Bianca em Kirribilli é frio como uma geladeira. As tábuas de madeira do chão são o teto do apartamento de baixo e se não fosse pela vista do Ópera House, eu diria que estou num barraco. Até as favelas do Rio têm chão de concreto, o que impede que uma pessoa ouça o espirro da pessoa que mora em cima, ou a sua vassoura varrendo o chão. Luxo comparado com aqui.

Eu precisava vir para cá, não teria tempo de sair do trabalho, ir à Bondi e voltar para o Centro até as 19hrs. Eu tinha três opções: me arrumar no trabalho, no banheiro de um bar qualquer, ou ir para um hotel. O trabalho não seria realmente uma opção porque minha identidade não estaria segura de jeito algum. Alguém iria me ver a fazer um monte de perguntas. Caso eu me arrumasse num bar, eu teria que ir à festa com uma mala carregando minha roupa de trabalho. Sem chance. Ir para um hotel resolveria esse problema, mas criaria outro, o Caio bisbilhotar minha vida no cartão de crédito e colocar um estresse desnecessário na gente. Logo, estou aqui na casa da Bibi.

Assisto a alguns tutoriais de maquiagem gratuitos online e retiro da memória empoeirada as dicas que minhas amigas me deram ao longo dos anos. Não acato o sugerido batom vermelho "*para realçar a minha cor de pele de indígena das áreas norte do país*". Ninguém que quer passar desapercebido usaria um batom vermelho.

Abro o batom cor de pele, tiro os rolos do cabelo, que comprei num impulso, quando passei na frente de um cabeleireiro no caminho para cá. Meus pés logo se acostumam com os saltos que há tanto tempo não usava. Coloco a capa com capuz. O espelho me surpreende com uma nova pessoa. Meus olhos brilham, transparentes num verde-azul água. Quase não me reconheço. Em um bom sentido. Coloco a máscara. A tensão nos meus ombros desaparece, a dor de cabeça também, meu pescoço espicha num encadeamento até a base da minha coluna, o ar em mim me aquece de confiança, minhas pernas, sólidas como o tronco de uma árvore, parecem ter criados raízes infinitas. Nunca fui mais eu.

A coragem só não é forte o suficiente para deixar a segurança e responsabilidade de lado, escrevo uma pequena nota explicando onde estou e a coloco no meio da mesa em cima do livro. O livro. Caso eu desapareça, alguém vai poder desvendar o que aconteceu comigo.

Pego minha bolsa e uma sacola para proteger a máscara, é melhor não me arriscar a sair de casa com ela - vai que meu vizinho também vai à essa festa? A escuridão da noite cai cedo e, no meio do inverno como hoje, fazem 15 graus lá fora. Somente o apetite pelo desconhecido me tira de casa.

*

Invento uma porção de assuntos para conversar com o taxista e ele não pode estar mais desinteressado. O silêncio me deixa observar as ruas do lado de fora do carro. As luzes da noite expulsam o clima corporativo da cidade para amanhã de manhã e, mesmo numa terça-feira, Sydney consegue ter uma vida noturna animada. Cedo, é verdade, ainda são 18h20, mas os bares, restaurantes e ruas estão cheios de cachecóis, luvas, gorros e botas de couro. A coragem que tive na frente do espelho de casa, alterna-se com calafrios de medo e excitação, claramente vistos no tremer das minhas mãos. Eu peço ao taxista para me deixar na Argyle St, vou andando de lá. O homem nem sequer me deu boa noite, passou o trajeto falando ao telefone e muito rapidamente me expulsa do carro, quando digo que ele pode parar. Nova Iorque ganha de Sydney nesse quesito, adorava as histórias com os taxistas de lá quando íamos de férias.

À sombra de uma figueira, cercada pela luz prateada da Lua, estou como uma criança que acaba de descobrir o esconderijo dos seus presentes de Natal. Na rua Lower Fort St tem uma casa com a placa antiga e discreta, chamada Celeste. Será que quero realmente abrir esse presente? Pode ser que eu me desiluda profundamente, afinal a minha imaginação é, às vezes, muito melhor do que a realidade. E mais amedrontadora. Vejo uma pessoa andando em direção à casa, o porte largo dos ombros e fino dos quadris me faz pensar que é um homem. Ele usa uma máscara e um traje bem sofisticado. Uma echarpe branca cobre seu pescoço, descendo pelo dorso adentro. O paletó azul de veludo combina com a calça, e ambos são meticulosamente adornados por detalhes dourados. Penso se quer esconder o pescoço porque há uma marca que só ele tem, ou seria apenas uma questão de estarmos no inverno? Talvez seja só uma questão de estilo e bom gosto. Combina com o resto de sua roupa. A porta da casa se abre e vejo que uma pessoa vestida à caráter com uma máscara sorridente que cobre todo o seu rosto, uma peruca de penas o emoldurando, um fraque vermelho bordô, calças pretas e luvas brancas assume a posição de porteiro da noite ao lado de fora da casa. Esse cidadão que acaba de entrar deve ser o primeiro convidado.

Logo depois, duas pessoas aparecem também a pé. Arrastando no chão, o vestido da mulher é bem elegante, mostrando apenas as suas costas num cavado decote em V e sua máscara escura cobre o rosto todo, exceto os lábios que pulam com um batom marrom profundo. Ele usa uma roupa mais rebuscada, parecendo ter saído de Veneza em pleno carnaval. Um terno vermelho emoldura uma camisa perfeitamente branca por baixo. Seu chapéu, no mesmo tom de vermelho, senta em cima de uma peruca branca encaracolada e um cedro dourado completa seu traje. Os dois se cruzam na rua antes de chegar à casa, ele estica seu braço esquerdo com muita cortesia e logo ela engata seu cotovelo no dele, depois de uma pequena reverência. Essa é a única parte de seus corpos que se tocam. Eles conversam sorrindo. O homem não tenta nenhum movimento "engraçadinho". Será que já se conhecem? Imagino que não, como você reconheceria a mesma pessoa duas vezes num baile de máscaras? Apenas repetindo de roupa, o que é muito provável, visto que sairia caríssimo comprar várias máscaras e guardar roupas que você só tem um lugar para usar: aqui.

Assim que o casal entra na casa, o burburinho tomou conta da rua. Mais pessoas chegam e, assim que dou por mim, já estou cumprimentando o porteiro, movida por uma excitação que percorre meu corpo e quero sair gritando: *Eu consegui! Eu acertei!* Por razões óbvias, não posso fazer isso. Apenas sorrio e me aproximo a passos tão confiantes, como se já estivesse estado aqui inúmeras vezes. A melhor sensação é a satisfação por si mesmo. O porteiro me cumprimenta com um 'Boa noite, senhorita'.

A soleira de mármore branca em contraste com meu sapato preto me lembra o que senti quando saí pela primeira vez para viajar sozinha. Foi naquele momento, naquela casa onde cresci quando meus tênis pretos contrastaram com a soleira branca também de mármore que consegui definir coragem. Assim como a Revolução Francesa, a bomba de Hiroshima e Nagasaki, o nascimento de uma mãe quando chega seu bebê, este momento é, para mim, crucial, nunca mais poderei voltar a ser quem eu era antes. Este é o portal para um outro mundo; é o marco entre a Tainá que existia ontem e a Tainá que existirá no fim desta noite. Coragem é isso, aceitar que o seu mundo vai mudar e apesar das apreensões, medos e dúvidas, você continua andando.

6

As pessoas se dirigem a um grande balcão com cinco recepcionistas que colocam os seus pertences em caixas de madeira. Eu faço o mesmo. Percebo que todos seguem as regras à risca e isso dá segurança. Tudo parece fluir de um jeito descontraído, é nítido que estas pessoas já estiveram aqui antes.

Os recepcionistas que guardam nossos objetos não usam máscaras. Apenas peças na cabeça, cabelos coloridos gigantes, roupas extravagantes e muita maquiagem. Todos parecem estar vestidos de pássaros, a qualidade é tanta que posso jurar terem saído de um musical ou do *Cirque du Soleil.* São todos lindos e irreconhecíveis. Jamais poderia identificá-los na rua.

Em pé, com um sorriso e uma mão sobre a outra no balcão, uma cacatua branca macho espera pacientemente que eu desabotoe minha capa e a entregue para ser guardada. Sua educação é impecável como seu traje. A roupa branca repleta de texturas da mesma cor contorna seu corpo e se mescla à maquiagem que sobe seu pescoço, rosto e cabelos dando uma honrosa interpretação do pássaro. Os cristais que contornam seus olhos maquiados refletem um brilho que só pode ser dos lustres da casa, mas parece estar vindo de dentro dele. As outras pessoas que trabalham aqui estão todas vestidas como o cara que abriu a porta, com máscaras, luvas e ternos, inclusive as mulheres. As duas únicas similaridades entre eles são que tanto os recepcionistas quanto os funcionários que circulam usam luvas. Imagino que seja para proteger suas impressões digitais.

Meus pertences foram ágil e seguramente colocados numa caixa de madeira trancada com um código como se fosse uma mala de viagem. Eu preciso mostrar meu número no anel e a caixa é trancada com este código. Meu recepcionista levanta a mão esquerda e indica o local do salão com uma reverência, 'Aproveite, senhorita', diz ele. Me pergunto se é o meu pescoço longo e sem rugas que me permite ser chamada de senhorita, afinal o resto de mim está coberto. Pelo menos não foi como o *senhora* do hotel ontem.

Os três andares que descem a partir do *hall* de entrada são maravilhosamente projetados. Como um bom projeto de restauro, quem concebeu este lugar conseguiu combinar magistralmente o encanto do edifício pre-amado com o novo propósito do que ele serve. Tudo é cuidadosamente planejado e feito. Como uma boa caixa de jóias enterrada na areia, esta casa é por dentro o oposto do que é por fora. Ao olhar para o lado, percebo que não é uma casa apenas, mas sim quatro. Sua fachada é uma pequena, singela e escondida entrada, mas, por dentro, quatro casas de três andares cada uma, unidas por pontes, elevadores e mezaninos. Do hall, assim que passamos da recepção, já é possível ver a vidraça que deixa a Harbour Bridge e as luzes das casas e apartamentos de North Sydney entrarem na festa.

Apesar de amplo e cheio de vidros, aqui dentro o inverno não parece existir. Muitas das jaquetas e paletós ficam na recepção, enquanto outras permanecem como parte das personagens inventadas nesta noite. A meia luz das luminárias nas paredes de tijolo vermelho antigos se une às velas espalhadas ao redor de um quarteto tocando música clássica, e me acolhem, parecendo inibir a overdose de adrenalina que fingi não ter acumulado nos últimos dias, principalmente hoje. Minha respiração, agora menos arrítmica, me permite andar para frente com mais fluidez e menos resistência.

A ideia de anonimato que antes me assustava, agora me agrada a cada expiração. Não preciso dizer absolutamente nada de verdadeiro. O quão eu poderei mentir ou omitir a respeito de mim mesma? O que será que as pessoas fazem ou querem fazer quando ninguém sabe quem elas são? Quem seria eu se ninguém soubesse quem eu sou?

Evito a fila no elevador - definitivamente muito pequeno e lento para a demanda – e ando em direção às escadas sem saber onde elas darão; uma tática de camuflagem de imigrante experiente para evitar parecer perdida. A combinação do salto alto que há tanto não usava com meu vestido longo e esvoaçante será um desastre se não tomar cuidado nestas escadas. Seguro o corrimão levemente, levanto meu vestido com minha mão direita e mantenho minha cabeça erguida, observando roupas, máscaras, cabelos, maquiagens, posturas e corpos. Imagino que o salão que vejo ao fim e ao lado da escada seja o principal. As pessoas que chegaram antes de mim conversam e dançam em grupos de duas a sete pessoas. Não há ninguém sozinho. Não posso evitar de pensar que este lugar parece ser o remédio ideal dos tímidos.

A carta com as regras, a cordialidade das pessoas e a sofisticação deste ambiente transformam minha esperança em certeza de que estou num lugar seguro. A minha apreensão de uma festa nojenta desaparece. Tudo é completamente oposto ao lugar sombrio que imaginei e concluo que acertei em vir. Apesar disso, eu me vejo numa quase paranoia de não querer mostrar que é a minha primeira vez, ando a passos calmos, porém firmes evitando parecer deslumbrada. As pessoas se aproximam uma das outras, trocando olhares e cordialidades dignas de um baile europeu da renascença como vi nos filmes. Poucos convidados parecem descer pelas escadas ou elevadores, todos já entraram. As pessoas andam eretas, com aquela postura orgulhosa de si mesmas, confiantes de uma excelente noite que está por vir.

A parede de vidro enorme emoldura o salão como uma grande tela viva; uma parede enorme que se abre para um jardim repleto de luzes minúsculas e tochas de fogo, evocando um encantado mundo de fadas que se une às luzes do outro lado da baia e esse mágico reino parece estender até o limiar da visão. Me sinto tão parte quanto qualquer outra pessoa aqui. Logo chego ao bar e peço um *mocktail* de maracujá que me é servido num copo de martini. Aliás, até refrigerante é servido em taças, talvez para fazer referência à estética de um bar que serve álcool.

Uma mulher me chama perguntando se quero uma bebida. No mínimo pouco observadora. Fico agitada ao ver sua máscara cobrindo todo o seu rosto. O grande sorriso pintado pode esconder sua raiva ou decepção e tento controlar minha insegurança com duas profundas respirações. Penso em quantas vezes não soube se alguém estava realmente sentindo o que dizia e concluo que a maioria de nós esconde lágrimas atrás de um sorriso desenhado.

'Um *drink* pelos seus pensamentos' diz ela.

'Já tenho um, obrigada' aponto para minha taça. Ter a sua própria bebida é uma excelente forma de evitar ser drogada por estupradores.

'Melhor ainda! Não preciso gastar dinheiro!' diz ela, e sinto um prazer enorme em ouvir isso. É a máscara já falando a verdade. 'Quem é você hoje?'

'Maitê.'

'Mai quem? Muito difícil, escolha outro, escolha um nome mais audacioso, algo que tenha mais a ver com você.'

'Lina', eu digo, em homenagem à minha arquiteta favorita.

'Lina? Diferente, mas muito menina-moça. Vamos, quem é a fera ardente dentro de você?'

Apesar de aceitar sua boa intenção, não sei nem se vale a pena gastar meus neurônios com ela e desisto do meu codinome.

'E o seu? Deixa adivinhar, Sarah Smith.'

'Acertou! Se é isso que você quer que eu seja, é ela quem eu quero ser! Venha, vamos dançar, acho que podemos nos divertir pacas! Que tal? A gente pode experimentar uns *apetrechos* juntas!'

'Obrigada pelo convite, mas agora não.'

Ela parece ofendida, alterando seu tom de voz de normal a estridente, me diz que não preciso ser educada aqui, que ela pode estar trabalhando do meu lado e que nunca vai saber quem eu sou. Resumidamente, se eu não gosto de mulher, basta eu dizer. Respondo que, com máscara ou sem máscara, eu serei sempre bem-educada. Peço licença e saio à procura de um lugar longe dela. Eu espero não estar errada sobre a cordialidade e educação das pessoas aqui, tomara que não comece a ficar uma festa de baixo nível como minha imaginação temia.

Assim como em qualquer boate, conferência ou jantar, ficar parada é um ímã para pessoas estranhas, então decido sair andando, e mesmo não iniciando nenhuma interação com as pessoas, não passo despercebida. As pessoas me cumprimentam. Uma ainda me diz 'Que vontade de beijar sua meia boca.' Mas fica por aí. Nem chega perto.

Percebo que alguns não usam máscaras, apenas maquiagem extremamente trabalhada, assim como os recepcionistas. Uma mulher parece uma leoa, usa uma peruca alaranjada com um chapéu verde brilhante, outra contornou os olhos com um desenho fazendo um gradiente para um véu de metal entrelaçado entre o nariz e a boca, e uma peruca azulada enorme. Seria impossível saber quem são essas pessoas na rua. Estão de fato, mascaradas.

Uma das pessoas disfarçadas atrás da maquiagem passa muito perto de mim, olhando-me nos olhos e tornando suas características naturais mais visíveis, embora ainda irreconhecíveis. É um *ele* e eu posso ver que os seus olhos são cor-de-laranja. Lentes de contato, com certeza.

'Por que esconde teus olhos, bela da noite?' me pergunta.

Repito o que aprendi com o senhor cego: 'Porque são poucos para poucos.'

O sorriso que recebo de volta confirma a sabedoria do que o cego me disse. Ele faz uma reverência e se põe no seu caminho.

Percebo que ninguém encosta em você se não deixar. Muito diferente das boates, shows e bares que já frequentei. Apesar de minoria, as pessoas que parecem ter saído de um filme com estas maquiagens estonteantes são fascinantes. Poderia passar a noite observando seus comportamentos, que beiram o limite entre o animal e o humano. Eu, aqui, protegida pelo preto, pela renda, pela maquiagem em volta dos meus olhos, me sinto presa diante da liberdade que vejo irradiar dessas criaturas. Algo que mude seus rostos, seus cabelos e seus pescoços é o suficiente para que tirem as máscaras de seu dia a dia. Sem medo de fazer o que querem, sem medo de serem julgadas por se exibirem, por experimentarem seus próprios corpos e os dos outros também, ao que tudo indica até agora.

A esta altura, certos convidados se entrelaçam entre beijos, abraços e amassos. As poltronas, convidativas para se aninhar com um estranho são ocupadas muito rapidamente, as pessoas com roupas mais duras e menos maleáveis, como saias pesadas e rodadas, permanecem em pé, alguns encostados nos bancos altos perto das mesas, onde tentam comer amendoins e beber da forma que suas máscaras permitem. A grande maioria esquenta a temperatura do lugar com uma grande dança sincronizada no salão, a qual observo com afinco para poder me juntar quando finalmente entender que ninguém aqui sabe ou tem como saber quem eu sou.

Procuro pelo cara da livraria, eu sei que não devo. Ando pelo meio das pessoas calculando mentalmente se alguém tem a mesma diferença da altura dele para mim. Considerando-se que a minha altura vem de genes europeus, meu espaço amostral é limitado. As comidas que passam em bandejas brancas são elaboradas por um chefe e sua equipe, que podemos ver através de um vidro. Eles não estão mascarados, imagino que por bons motivos de higiene. Quem teria vergonha de ser um chef, de fazer pratos lindos assim? Por que deveríamos ter vergonha de fazer qualquer coisa que fazemos? Atrás de qual máscara nos escondemos? Temos medo de quê? Minha caminhada exploratória ainda na fase de reconhecimento de território nota uma porta entreaberta que deixa escapar uma luz clara como se fosse dia e, pendurada com uma corda bruta, uma placa diz *Nó*. Consigo perceber que há um corpo pendurado em um emaranhado de cordas com outra pessoa ao seu redor, quando sou interrompida por um segurança gentil, porém grande e intimidador:

'Está na capacidade máxima, por favor, volte em aproximadamente uma hora'

Agradeço com um pequeno aceno que mais deve ter parecido uma desculpa e volto ao salão de dança.

Os efeitos colaterais de usar máscaras tão fechadas e densas são ter o campo de visão reduzido e o calor aumentado. Mas o calor ainda não me incomoda. O campo de visão, sim. Me pergunto se tenho um quê de claustrofobia, mas não dou asas a este pensamento porque seria uma ladeira ao desespero e a noite acabaria. Rapidamente, percebo que preciso mexer a cabeça para ver o que antes nem precisava me esforçar. Mas, reduzida não é eliminada e, enquanto continuo a olhar o salão de dança, vejo uma ponta dourada que me intriga na periferia do meu lado esquerdo. Viro o pescoço e enxergo alguém, que instantaneamente julgo ser um homem. Ele usa uma inconfundível máscara de nariz enorme. Dourada.

Esse cara não vai chegar longe com esse nariz. Como vai dançar? Ou Beijar? Pauso meus pensamentos e sorrio. Valeu a pena ter vindo. Basta. Posso ir para casa e descansar minha cabeça em paz no travesseiro depois de ligar pro Caio. Nada demais. Criei mais problemas com minha imaginação do que era preciso.

Me viro pra colocar o meu drink de volta no balcão e, por uma coincidência do destino, dessas que apenas almas românticas e tolas escolhem enxergar, meu amigo narigudo se vira no mesmo instante e, claro, é inevitável a colisão entre seu nariz mascarado e meu braço.

'Opa! Desculpe-me, senhorita. Minhas profundas desculpas. Você sabe, narizes não param de crescer nunca e, se usar sua esperteza, saberá quantos anos eu tenho', diz ele apologeticamente com algum senso de humor.

'Uns 150', respondo rindo, é obviamente uma piada.

Calculo pela sua altura, ombros largos e postura ereta que talvez seja um pouco mais velho do que eu, talvez da mesma idade. Sem acesso às rugas do rosto, pescoço e mãos, é difícil prever a idade de alguém.

'Acertou, pequena, sou uma tartaruga', diz ele, esbanjando um sorriso charmoso, encantador, e percebo que sorrio de volta. Estou sendo recíproca? Isso é flerte? O que estou fazendo? Nada. Não estou fazendo nada, apenas conversando.

Enquanto isso, um atendente do bar limpou a bebida derrubada e o narigudo me deu o lenço de seu bolso da jaqueta para que eu me limpasse. Ou ele é muito educado, ou é gay. Nem tentou chegar perto de mim para me secar, como a maioria dos homens faria. Eu esperava um típico, *seu vestido está molhado, melhor eu te ajudar a secar*. Mas este cara não, ele apenas me entrega um lenço.

'Obrigada. Não vejo lenços desde...'

'A época do seu avô, imagino. Este foi um presente de casamento... '

Um cara casado? Seria possível o mundo ser repleto de idiotas nojentos?

'O que você disse? Não consigo ouvir direito. A música, o nariz na frente da sua boca...'

Ele chega mais perto e, ao invés de me olhar de frente, vira o rosto um pouco de lado, de forma que o seu bico dourado fique por cima do meu ombro e, com sua boca mais próxima ao meu ouvido, posso escutá-lo melhor. Ao perceber o arrepio involuntário na minha pele que percorre meu corpo inteiro, a vontade de não querer sair de perto dele e o calor que trocamos no espaço entre seu queixo e o meu ombro, concluo que minha trepidação pelo cara da livraria não foi à toa. Não foi exclusivo dele, a não ser que o do bico dourado seja o cara da livraria. Já faz muito tempo que outro homem chega perto de mim, tão perto assim.

'Melhorou? Consegue me ouvir? Esse nariz... Vou te contar, é um problema!', diz ele de bom humor.

Concordo com a cabeça e ele me explica que ganhou o lenço quando foi madrinha - sim, *madrinha* - do casamento da irmã. O único propósito para me contar isso seria para esclarecer que não é casado, ou para dizer que tem uma irmã e é muito carinhoso com ela. Talvez os dois.

'Ela disse que madrinha de casamento deveria ser sua melhor amiga, alguém que você vai ter certeza de que estará ao seu lado em vinte anos, e que só tinha esta certeza comigo. Ela teve outras madrinhas, mas eu fui a principal', disse orgulhoso e continuou: ' Achei propício usar hoje, combinava com o traje.' É possível sentir a leveza em sua voz. 'O que você está bebendo? Eu pego outro para você.' oferece.

'Imagina, não estou com sede. É melhor evitar as bebidas, fazer xixi com este vestido seria terrivelmente complicado.'

Ele ri e estende a mão pra mim. Percebo a abotoadura dourada combinando com a máscara num paletó-jaqueta-blazer-fantasia azul marinho. Caprichoso.

'Dança comigo?'

Olhou-me nos olhos tão fixamente. Presumo que não há mais onde se olha quando não se tem visão periférica e não há um rosto para ver, não há expressão para analisar, exceto os olhos e um canto de boca? Será que ele consegue ver através da renda? Será que consegue *ver* meus olhos? Hesito contra minha vontade, mas o acelerado batimento cardíaco e a imagem de Caio na minha cabeça me indicam um alerta, e demoro a retribuir sua mão. Meu lado racional me convence de que é apenas uma dança, em grupo. Nada mais. Noto que há mais músicos na orquestra e a música é mais acelerada. Se eu fosse dançar com uma mulher, Caio não teria o menor problema, até gostaria.

Logo nos juntamos ao restante do salão e, graças ao meu poder de observação, coordenação motora e à sua condução, dançamos ao ritmo de todos. Um torpor de felicidade surge nos meus pés, subindo tal como as violentas ondas criadas quando encontram barreiras nos litorais, e tão logo atinge meus quadris, se espalha para todo meu corpo. Pairo sobre o chão. Todos dançam, todos estão felizes. Danço de mão em mão, seguindo as coreografias que logo domino com desenvoltura e facilidade. Aqueles que estão nessa arena sequer tentam se beijar, tocar, puxar, esfregar ou apalpar. É tudo uma grande e respeitosa brincadeira. As risadas, as trocas de olhares, as mãos nas mãos, as mãos nas cinturas, os rodopios e o bater das palmas transportam para um mundo que eu já não via há muito tempo. Talvez tempo demais, talvez eu não tenha nunca estado num lugar assim. Não consigo lembrar quando foi a última vez que me senti flutuar. É impossível conter o sorriso, o riso e a gargalhada. É reciprocidade, é liberdade. Eu faço da noite deles, como eles fazem da minha, um momento inesquecível. É como voltar a ter dois anos num parquinho com um monte de outras crianças que você jamais encontrará de novo.

No silêncio da música e na música das palmas, a orquestra se levanta após a última peça tocada e convida um DJ para compartilhar o palco. Ele é recebido com grande comoção pelo público. As luzes das velas, que já perderam a força por terem terminado de queimar, dão espaço a novas lanternas-luminárias penduradas no teto. O clima íntimo e familiar não termina por conta do DJ e das músicas eletrônicas. Perdi meu narigudo de vista durante a grande dança, mas não me sinto sozinha, sinto-me muito bem acolhida por essa nova família. Eu pertenço a esse lugar e esse lugar agora me pertence.

'Eu amo vocês! Todos vocês!', alguém grita.

'Eu te amo também!' grita outra voz.

'Eu também!' grita uma terceira, logo seguida por um coro dos convidados.

O narigudo dourado aparece por entre algumas cabeças, ele cola seu olhar na renda preta que cobre os meus olhos, parece penetrá-la enquanto caminha em minha direção.

'Vem, quero te mostrar uma coisa', me diz perto do ouvido, segurando uma de minhas mãos.

Subimos uma escada circular que leva até o mezanino, eu atrás dele. Assim que chegamos lá, ele me diz:

'Está tudo bem, pode subir, não há guerra de comidas aqui.'

Trocamos uma risada rápida, logo ele me mostra as pessoas dançando no grande salão e me diz: 'Vê, fizemos parte do quadro, do mar anterior.'

'Sim, fizemos',

Concordo e pairamos lado a lado em um gostoso silêncio. Algo que não se encontra em qualquer lugar. Ele tem que ser um artista. Talvez um músico, talvez um pintor. Nunca Caio teria falado algo com tanta sensibilidade. Aliás, Caio jamais estaria aqui. Me forço a parar de fazer comparações pouco saudáveis na minha cabeça.

'Então, dama de negro...' ele quebra o silencio 'Além de usar preto e de dançar, quem é você?'

'Uma pergunta um tanto filosófica, não?'

'Completamente! Eu nem sei se existe uma resposta.'

Leve, aberta e criativa como a música e o suor nos deixam, respondo:

'Eu sou amiga, filha, *ir...*' A palavra *irmã* gruda na minha garganta e sai através de lágrimas silenciosas. Lágrimas que percebem que a dama de negro faz todo sentido: luto. Vejo meu guarda-roupa à minha frente numa velocidade estrondosa e fico pasma em dar conta de que a maioria das minhas roupas são pretas. A memória dos meus vestidos e biquínis estampados e vibrantes da minha infância invadem esse pensamento e concluo que gosto de monocromia pelos motivos errados. Sempre atribuí a minha monocromia primeiro, à uma simples questão da idade, uma adolescente não querendo parecer criança, e tempos mais tarde, incorporando o estereótipo do arquiteto. Quem nunca ouviu dizer que arquiteto só usa preto?

'ir...' ele repete me chamando de volta para onde parei.

'Você sabe...' eu gaguejo e engulo as lágrimas que ainda não saíram 'Posso dizer o que eu estudei, no que trabalho, mas quem sou eu? Não sei.' Eu troco o meu papel de entrevistada para entrevistadora 'Quem é você?'

'Sou uma tartaruga, como você já sabe...'

Ele percebe meu sorriso, diferente das lágrimas. Ele não teria como saber que o passado me assustou há alguns segundos. Há outras pessoas no mezanino comendo, dançando, bebendo e, sim, algumas se beijando e se enroscando em colunas e poltronas, como permitem suas fantasias e máscaras. Elas se exploram massageando as mãos, os cabelos, os ombros e mais outras partes de seus corpos.

'Desculpa, me distraí' digo quando não consigo prestar atenção no que ele fala.

'Eu só disse que sou uma tartaruga. O que te distrai? O que prende a sua atenção?'

Aponto discretamente para as pessoas enroscando-se umas nas outras.

'Isso é o que eu chamo de talento. Bacana é que fogem daquela pegação sequencial tradicional de boca-bunda-peito', ele diz rindo, fazendo gestos engraçados com as mãos.

'Eu sei uma coisa que você é: divertido… Leve.'

Me surpreendo com o elogio que dou. Não sou conhecida por celebrar o que os outros têm de melhor, pelo menos não na frente deles. Sou daquelas que não critica, mas também não vou exaltar características óbvias. Desta vez saiu sem pensar. Talvez seja a certeza de que nunca mais o verei e ele não tem a menor ideia de quem eu sou, me deixa livre para elogiá-lo e diminua as reticências.

'Bom saber…Gostou de dançar?'

'Acho que não me divertia assim há décadas!'

'Você parece ter tido uma infância como toda infância deveria ser.'

'Eu tive.'

Respondo sem hesitar, fui uma criança muito feliz. O que não consegue sair, e agora nem pelas lágrimas é que minha infância acabou aos quatorze anos. Não pela chegada da minha adolescência ou pelos ciclos que me tornaram uma mulher, mas sim pela ruptura abrupta, como uma linha de trem infinita que corta uma floresta e te deixa sem chance de poder atravessar os trilhos. Fico deste lado, tentando enxergá-lo do outro e, apesar do seu espírito que vem me acalmar nos meus sonhos, durante o dia, é como ouvir seu chamado pedindo socorro. Quando estou acordada, ele é mais um fantasma.

'Vou te deixar em paz. Se quiser dançar, você consegue me achar.'

'Não, desculpa, viajei aqui. Na minha cabeça, Eu não tenho poderes de teletransporte ou velocidade super rápida. Eu fiquei, mas minha cabeça foi.' aponto para minha cabeça. 'Mas estou de volta, então me diz, quem você gostaria de ser hoje?'

'Acho que essa é mais difícil do que tentar descobrir quem eu sou. Como devo te chamar? Qual o seu... nome?' ele pergunta.

'Não sei. O nome que inventei foi crucificado por uma outra pessoa. Ela me disse que não era...Esqueci a palavra...Ardente?' seu maxilar se mexe, deve estar sorrindo 'Acho que foi sim, ela disse que meu nome não era ardente o suficiente. E o seu, qual nome inventou?'

'Também ainda não decidi, na verdade, nem pensei.'

'Ok, então somos Não Sei e Não Pensei', eu digo e ele ri

'Que tal eu te dar um nome à meia-noite e você me dar um nome à meia-noite?' sugere ele.

Não lembro de ter lido que a festa acaba à meia-noite, mas para não querer dar uma pista entregando que é a minha primeira vez aqui, apenas concordo com a hora.

'Será que temos tanto para conversar até a carruagem virar abóbora?' Eu pareço não ter freios na língua hoje! O que há de errado comigo?

'E se temos! Precisamos resolver quem somos e quem queremos ser!'

Caminhamos pelo mezanino e, em algum ponto da noite, nos vimos no jardim, rimos à toa, filosofamos sobre as vidas das pessoas do outro lado da Baía, inventando histórias fictícias para elas. Não nos atemos a saber nossos nomes, de onde viemos, para onde vamos, o que estudamos, onde trabalhamos e todas as perguntas que, para mim, agora, parecem uma lista de compras de relacionamentos. Para que me interessa saber de suas aspirações profissionais se depois de hoje nunca mais o verei? Tratamos apenas de nos divertir, contar piadas, casos passados e, aos poucos, conhecer o que um permite do outro. Ele pede licença, oferecendo-se para buscar uma bebida para mim, e aceito uma água com limão. Ele insiste em algo mais elaborado como um *mocktail* de lichia e frente à minha recusa, ele sorri e parece encantado com o tempo que passamos juntos. Nos poucos minutos em que fico sozinha, percebo que não sei como me portar sem o meu celular, meus dedos cutucam as unhas num tique nervoso, minha mente dispara em culpa e a excitação da noite não é mais suficiente para me manter aquecida.

Ele volta com as bebidas, percebe o meu frio e imediatamente pergunta se pode me dar seu blazer, tento negar afirmando que quem vai ficar com frio é ele. Ele diz que é besteira, tira o blazer e pergunta mais uma vez se pode colocar sobre meus ombros. Eu agradeço.

'Voltando aos nomes...Como você não tem um nome para usar na festa? É a primeira vez que você vem ou inventa um nome novo sempre?', me dou conta que se ele for observador, vai juntar o início da conversa de nomes e essa pergunta e entender que é a primeira vez que eu venho.

Seria tão trágico ele saber que é minha primeira vez na festa? A não ser que ele seja o cara da livraria, ninguém mais viu meu rosto. Ele não parece ser o cara.

'Segunda vez. Mas, da primeira, não falei com ninguém, então não precisei inventar um.'

'Por que não falou com ninguém?' segunda vez? Ele poderia ser o cara da livraria, ele foi o último convidado, se eu peguei o livro com ele, então...a não ser que exista mais de um livro.

'Sou tímido'

'Tímido? Com esse nariz dourado? Como pode ser tímido?' digo incrédula.

'Tá vendo, não vim com o nariz dourado da primeira vez...'

'Então basta uma vez aqui para ter a coragem de usar uma máscara dourada com esse nariz enorme?'

'Sim! Vai me dizer que depois de dançar daquele jeito e estar imersa nisso tudo, você não está um pouco mais leve? Livre do que te impede de usar um nariz enorme e dourado?'

'Não sei se eu teria coragem de ter tanto dourado no meu rosto. Nem sei se eu iria querer parecer um pássaro', toco com o dedo indicador a ponta da sua máscara que treme um pouco.

Ele levanta o braço, esticando a mão esquerda e me chama para dançar:

'Que tal você vir voar comigo?'

E de volta ao salão estamos.

É isso! Desvendei o mistério do livro! Preciso encontrar alguém para passá-lo à diante. A voz penetrante do cara da livraria não parece me atormentar mais, a voz do mascarado não é a do cara da livraria. Será que estou começando uma série de contos onde, a cada semana, vou me enamorar por algum misterioso estranho que nunca voltarei a ver? Será esta a substituição das viagens que tanto gosto? É esta a nova aventura da minha vida? Ficar nessa corda bamba entre o certo e o não tão certo? Caio não gostaria de me ver dançando com um homem, e muito menos saber que eu acho graça nele, de que há uma aceleração do meu coração, um interesse em alimentar essa tensão entre eu e os outros. Eu gosto.

Ao final da música, de volta ao bar buscando uns *mocktails*, pergunto como ele passou o livro adiante. Algo em mim acha que ele pode ser o cara da livraria.

'Boa pergunta. Eu achei alguém interessado. E você?'

Se eu falo que ainda estou para passar o livro, ele vai saber que sou a última; e no caso de só haver um livro, ele vai poder me reconhecer na rua, porque ele seria o cara da livraria. Resolvo generalizar para não mentir e não entregar muito.

'Livraria.'

'Livraria? Que coincidência'

'Você também?'

'Sim.'

O olho com afinco duvidando de que ele não é o cara da livraria. Não consigo sobrepor seus olhares. Eles não parecem ser a mesma pessoa. Mais de duas pessoas podem ter escolhido seus convidados em meios de outros livros numa livraria. Talvez, essa seja a sua segunda festa, mas a primeira não foi semana passada, ou, ele poderia ter demorado para ir à primeira festa. Quieto com os olhos grudados nos meus, me deixa observá-lo. No que será que está pensando? Gosto quando me olha assim, mas acho que esconde alguma coisa. Está escondendo alguma coisa? Ele me reconhece?

'Você sabe se encontrou aqui a pessoa que escolheu?', pergunto em uma tentativa de fazê-lo pensar que eu sou a quem ele escolheu. Se ele for o cara da livraria.

'Acho que não. Também não procurei por el... eles', diz.

'Eles?'

'Ah, só não quero dizer se foi uma mulher ou um homem. Poderia dar dicas desnecessárias...' ele parece confuso 'É estupidez, na verdade. Era um ele, eu dei o livro pra um homem. Pensei que seria bom ter mais homens aprendendo a respeitar a liberdade das mulheres. Ideológico, não?'

Apesar das semelhanças de altura, elegância e maxilar, não acho que eles são a mesma pessoa. A voz não bate e a personalidade, também não.

Pouco tempo depois, enquanto nos engajamos em dicas de livros e porque alguns deles nunca deveriam ter virado filmes, o badalar da meia noite bateu à nossa porta. As luzes ficam gradualmente mais brilhantes, a música mais suave, algumas pessoas vão em direção à saída, enquanto outros pares, trios e até quartetos vão para um outro lugar. Imagino ser onde possam continuar a noite, na privacidade dos quartos da casa. Parece uma calma migração inversa, na qual saímos do verão para o inverno lá fora.

'Parece que é a nossa hora' diz ele e caminhamos para o fim da nossa noite. Entre brincadeiras de carruagens, abóboras e sapatos de cristal, ele me entrega um papel logo antes de me colocar num táxi e um aperto no estômago confirma que lamento não poder voltar a vê-lo.

'Leia em casa', pede e concordo com a cabeça

'Eva', diz ele.

'O quê?', pergunto sem entender.

'Vou lembrar de você como Eva.'

'Espero ser um elogio.' O tom da minha voz demonstra um certo ceticismo e desconfiança.

Ele se aproxima de mim, seu olhar extraordinário atravessa as rendas que cobrem meus olhos e desejo que enxergue a minha vontade de que esta noite não acabe. Coloca seu nariz dourado por cima do meu ombro esquerdo e sussurra no meu ouvido sem encostar em mim:

'Você tem dúvidas?'

Aspiro o ar gelado e o calor da sua aura que emana pelo seu pescoço. Meu corpo quente por dentro contrasta com a minha pele que se arrepia de frio. O arrepio pode ser outra coisa... Se ele sabe que é a única vez que nos veremos, por que não tentou me beijar? Por que não tenta agora? Dou uma chance ao desejo e viro o meu rosto em direção ao seu. Um beijo seria impraticável com a máscara dele, mas me sinto protegida quando ele se afasta. Ele tomou a decisão por mim. Deve saber que eu não deveria estar falando com ele, ou ele não deveria ter ficado a noite comigo. É por um triz que não traio meu namorado. Exalo alívio e castração ao mesmo tempo. Qual terá o meu mascarado percebido?

Entro no carro, e aceno um tchau. Um pesaroso e aliviado tchau.

Um novo portal se abre quando entro no apartamento de Kirribilli, me transporto a um mundo lotado de exuberância e marcado pelo final desta noite. Me deleito numa manta de lisonjas do flerte com meu mascarado, da atmosfera verdadeira da festa e, principalmente, no orgulho que sinto de mim mesma por saber até onde posso ir se ninguém souber quem eu sou.

7

Quero gritar para o mundo, espalhar às janelas abertas a felicidade que me envergonha, e me anima, pelo mesmo motivo. Mas, como não posso, grito no meu travesseiro. *Enamorada. Envergonhada. Satisfeita.*

Repasso todos os momentos desde a livraria, que me levaram a achar essa cidade um pouco mais interessante ontem à noite. Muito mais interessante.

O anonimato parece recuperar aquilo que já perdemos: nossa privacidade, nossa liberdade. Abro, pela milésima vez, o guardanapo que o mascarado me deu de presente, e admito gostar da vaidade que me causa.

O fino papel tem um desenho feito à caneta esferográfica de mim, esperando por ele na varanda. A lua é o símbolo do meu cordão - como ele prestou mesmo atenção! Ao lado do desenho, um pequeno poema - um poema! - escrito em letras excessivamente minúsculas.

E se eu nunca mais te ver?
Não posso perder a chance de te dizer
Se nada mais for de mim e você
Depois que hoje passar
saiba que de você para sempre vou lembrar

Guardar segredo é uma arte, é preciso ser muito seguro de si mesmo para não dizer ao mundo o quão bom guardador de segredo se é. Seria possível uma criança realmente esconder que conseguiu achar seus presentes escondidos? Seria possível para ela não mencionar, não rir, não cochichar, não falar para o irmãozinho, pedindo para ele então guardar segredo de que achou um tesouro? Seria possível guardar segredo sem deixar que nada mude em você? Serei capaz de jamais mencionar nada para o Caio sobre esta festa e sobre os motivos pelos quais busquei as pistas para ela? Seria um "estava entediada" desculpa plausível o suficiente? Poderia eu colocar a culpa na sua ausência? Quão severo deve ser o castigo para impedir que alguém siga seu coração, sua curiosidade, seu desejo?

Digito e apago três mensagens para ele. Não sei o que dizer. Gravo um áudio dizendo que estou com saudade, que mal posso esperar vê-lo na sexta-feira, mas apago antes de enviar. Soo muito suspeita: muito feliz em comparação com nossas últimas ligações. Eu não estou *tão* feliz por ele vir. Lamento não estar tão animada com sua chegada como deveria. Estava mais entusiasmada coma festa de ontem. A minha voz enérgica é por lá, por ontem, por ele e por isto: o guardanapo com o desenho e o poema. Nunca o esquecerei nem a ele nem a ela – a festa. Se há mais livros de convites por aí, ontem poderia ter sido também a sua primeira vez naquela festa e, como eu, ele não quis dizer por medo de alguém saber quem ele é.

Minha mensagem final para Caio diz: *Mal posso esperar para te ver na sexta-feira.* Mando um desenho de aeroporto com um ponto de interrogação. Algumas horas depois, ele me responde com uma simples mensagem que não preciso buscá-lo.

No dia seguinte, acordo com o meu telefone apitando algumas vezes, é um monte das suas mensagens com uma ou duas palavras cada. Será que ele quer me acordar? Deve ser grave, é muito cedo em Cingapura. As mensagens não são importantes, não sei por que é que ele está fazendo caso sobre isso, tudo o que ele quer é saber porque é que eu não estou gastando dinheiro - *vejo que não tem gastado muito, se cuida, amore* - e se a empresa está me pagando direito, pois ele não viu nenhum depósito de salário em nossa conta nos últimos meses - *Somos uma família. Não precisamos separar as finanças. Nos tornarmos mais ricos juntos. Nada vai te faltar. Basta me pedir. Eu te dou.* Só respondo que tenho o suficiente, não preciso gastar dinheiro. Não quero – nem sei – explicar por que tenho uma conta separada, eu sei que não tem nada a ver com a festa. Abri essa conta bem antes de achar o livro, a festa e o mascarado.

Tommy aproveita meu dia relativamente calmo para colocar a fofoca em dia. O dia está assim por alguns motivos, primeiro porque a minha chefe-vaca não está aqui para bagunçar a organização do meu fluxo de trabalho, e depois porque estou naquele estado da consciência onde poucas vezes estamos. Estou conectada com uma parte nova dentro de mim, uma parte que reconheço como sendo eu. Sinto ser alguém além de quem todos veem. Sou mais do que uma menina solitária com uma vida nômade.

Vivi muito tempo com as pessoas sentindo pena de mim, e aprendi que história trágica interessa aos outros porque faz a vida deles melhor. Não é compaixão, é egoísmo. É aquele prazer obsceno que as pessoas sentem quando uma mulher linda está doente ou é largada pelo namorado. Ninguém admite, é claro, mas a primeira coisa que pensam é, *linda, mas burra e chata...Só pode.* A felicidade alheia incomoda, o sofrimento alheio nos valida. Uma triste realidade. Por isso, poucos sabem dos meus lutos desde que saí de casa.

Desgraças também te fazem sentir menos culpado(a) pelo sucesso que se tem: a te faz merecer aquilo que você tem de bom. Você não pode ser chamado de ganancioso, é apenas bom carma para compensar o mal que aconteceu.

É como Gaudì, um gênio com uma vida miserável, repleta de sofrimento. De todos os arquitetos que eu conheço, nenhum trocaria a sua vida pelo sucesso profissional de Gaudí se esse sucesso tivesse que vir acompanhado da vida pessoal. Tristeza mesmo são os que passam a vida com desgraças e não conseguem alcançar sucesso algum. Desaparecem. Suas vidas passam, seus nomes nunca serão lembrados e eles não deixaram ninguém para contar sua miserável – e valiosa – história.

Pois, enfim, Tommy cansou de sua vida amorosa tão pacata e resolveu usar um aplicativo de namoro há algumas semanas e quer me atualizar de sua nova paixão. Sua excitação e coragem merecem atenção, e respondo com o mesmo interesse que ele tem em dividir sua vida comigo.

'Uau, T! Ele é um gato. Você já o viu em carne e osso?'

'Não! Tá louca? Ainda não, preciso cozinhar ele um pouco!'

'Claro. Preliminares. Online? Isso funciona?

'Quantos anos você tem, criatura? É só o que funciona! Vai dizer que nunca...você sabe...transou' sussurra 'à distância?'

A realidade aparece: estou namorando há distância desde fevereiro! Acho que não estamos fazendo um bom trabalho.

'Nunca tive que conquistar ninguém à distância, não.'

'Nunca? Que sorte! Mas também, os homens...Você é hetero né?'

'Sim, bem hetero.'

'Os homens devem babar por você, babar que nem cachorro em porta de açougue.'

'Nem tanto. Você não tem medo?' volto o foco para ele.

'Medo de quê?'

'Sei lá, um *serial killer*, um pervertido fazendo filmes seus e vendendo na internet? Como tem certeza que não é uma pessoa bizarra, nojenta?'

'Você acha que conhecer alguém cara a cara é garantia de segurança? De amor verdadeiro?'

'Sim, acho que sim. Pelo menos, a gente consegue olhar nos olhos, saber se falam a verdade ou não...se mentem.'

'E quem garante? O cara que chega em casa e pega a mulher no flagra com o jardineiro?'

'Você está assistindo muito filme pornô…' digo e rimos um bocado.

Mas ele tem razão. Como sabemos se as pessoas que encontramos falam a verdade?

'Olha em volta, quem você realmente conhece? Ninguém é um livro aberto. É tudo um jogo, uma putaria se quer saber…' ele diz.

'Acho que você tem toda razão! É tudo uma merda!'

Gargalhamos, ele me elogia, perguntando por onde estive todos esses anos, pois sou tudo que esse escritório precisa para animar as coisas por aqui. Eu digo o mesmo dele. Digo falando para ele. Mais um elogio. Uma sensação estranha e boa.

Concluímos o papo da manhã com minha pergunta:

'Hey, Tommy, o que você faria se ninguém soubesse seu nome ou seu rosto?'

'Hum...Roubava um banco! Não aguento mais trabalhar!'

'É sério, qual seria a primeira coisa que você faria?'

Percebendo que minha pergunta é genuína, ele se transforma para um estado mais reflexivo:

'Se ninguém tivesse como descobrir quem eu sou?'

'Isso.'

'Interessante, minha cara Tainá...' trocamos olhares filosóficos. 'Vou ter que pensar.'

Pisco com um olho. Não flerte, apenas em concordância. Nada foi mais interessante nesse dia, exceto por estar chegando naquele ponto no qual todo imigrante chega e adora: as amizades começam a se solidificar enquanto outras novas surgem. É um lindo equilíbrio entre ter em quem confiar e ter novidades para explorar.

Quinta-feira à noite é sempre movimentada. É o único dia da semana em que as lojas ficam abertas até às 21h e por isso as ruas ficam apinhadas de gente. Hoje, eu e Fleur vamos à Myer para fazermos a lista do enxoval. Quem sabe por que ela quer coisas novas para o terceiro bebê? Além de algumas peças básicas que foram destruídas pelo vômito, cocô e papinha, do que mais um bebê pode precisar? Mas quem sou eu para dizer alguma coisa? Não entendo nada quando se trata de bebês. Nada. Em dez minutos navegando e conversando, descobri um produto incrível: blusas de amamentação. Acrescento algumas à lista. Seus olhos enchem de lágrimas, ela esconde o choro, mas não a emoção, com um abraço apertado e demorado que eu retribuo prazerosamente. Acho que ela já não se sentia abraçada há muito tempo e esse pequeno estímulo abre uma comporta de cuidado consigo mesma. Sutiãs, chás, óleos anti-estrias e sais de banho entram na lista. Insisto numa xícara nova e um livro para que se dê vinte minutos por dia.

'O que eu faria sem você?' me diz agradecida me apertando com seus braços mais uma vez.

Ela me proíbe colocar velas na lista. Velas são proibidas em casas com bebês, aparentemente. Passada a muito eficiente montagem do enxoval, ela me pede o melhor presente que eu posso dar. Histórias da vida dos solteiros na casa dos 20. Não sou solteira e tenho que manter um segredo sobre a única coisa excitante que me aconteceu em Sydney até agora, então tenho minhas ressalvas quanto a contar qualquer coisa em relação ao desenho e ao poema que o mascarado me deu, seria difícil não dizer como descobri o clube e, se eu contar, sabe-se lá o que vai acontecer, talvez me expulsem. Vai que ela é um membro do clube? Apesar de ter visto algumas mulheres grávidas lá, não creio que Fleur teria tempo de ir a festas tendo duas outras crianças em casa para cuidar. A gente não fala sobre trabalho nas noites de compras de quinta-feira, então conto sobre o que carrego na sacola: um vestido que ganhei ao acaso e à contragosto da produtora de moda da revista quando fui entregar a prancha de revestimentos hoje à tarde. Os olhos de Fleur brilham quando abro a sacola e mostro o tecido esvoaçante e verde. O entusiasmo dela em querer me ver dentro dele é tão grande que cedo à sua vontade e o experimento ali mesmo, na cabine da loja e evito dizer que acho uma trivialidade essas peças caríssimas só para deixar mulheres mais bonitas. Não digo por um bom motivo: duvido dessa minha crença. A única pele que você pode ver é do meu colo, ombros e mãos.

Estou intrigada com sua construção, pois prende uma longa manga semitransparente abalonada à parte superior apertada do corpo. A cintura marcada abre para baixo em uma saia fluida de muitas camadas até o chão. A música ambiente é apropriada para uma dança e Fleur não deixa isso escapar de mim, guiando nossa pequena valsa de alguns segundos. Além de me sentir sublime, estou com alguém ao meu lado que não tem o menor motivo para me dizer alguma mentira e ela me coloca num pedestal. Ela me vê como há muito – se é que algum dia – me vi.

'Você é como minha irmã, alta, linda, magra e sem filhos!', me diz. 'Quem fez esse vestido?'

'Não tenho a menor ideia!' respondo rindo embaraçosamente.

Apesar do nome do promissor *designer* ter sido repetido inúmeras vezes enquanto as estagiárias da revista berravam o quanto sou sortuda por ganhar um vestido desses de graça, eu não guardo espaço na memória para ele. Eu, preocupada com questões éticas e mundanas, peço auxílio à Fleur sobre se devo reportar o fato ao escritório, já que não tenho ideia se há alguma política sobre receber presentes de clientes. Explico que foi um brinde casual, uma obra do acaso por eu estar na hora certa, no lugar certo com a pessoa certa.

'Se não foi assédio ou pedido de favores, eu não falaria nada. Corre o risco de ficar sem vestido à toa!'

Fleur parece criança em uma loja de sorvete. E lá foi dizer que eu deveria usar o vestido numa noite romântica com o Caio neste fim de semana. Certa que preciso de lingerie nova para a ocasião, porque ainda sou muito nova para ter só calcinhas grandes e sutiãs esporte, ela, me arruma um conjunto de calcinha e sutiã que empinarão o que tem que ser empinado e excitarão quem deveria ser excitado. Algumas centenas de dólares gastos depois, estou pronta para o final de semana com o namorado.

'Não que o Caio precise de lingerie especial, não é? A não ser que esteja com uma amante lá, basta te olhar no aeroporto e vai querer tirar sua roupa ali mesmo!' dá gargalhadas segurando a barriga que, de tão grande, mal a deixa passar pelas araras sem encostar nas roupas.

A ideia de pessoas sexualmente ativas diverte Fleur, o que me parece uma contradição, visto que ela tem três filhos e eles não são grãos de feijão germinados em algodão.

Seu comentário coloca uma dúvida na minha cabeça: teria Caio uma amante? Será que ele consegue ficar tanto tempo sem ninguém ao seu lado?

O dia termina gostoso, com surpresas agradáveis evocando cheiro de casa e abraço de mãe. Meu telefone é quem acaba me abraçando, com uma mensagem de mamãe dizendo que virá me ver, foi convidada a participar de uma pesquisa na Universidade de Auckland sobre seu trabalho com neurociência e psicanálise. Ela pediu para eles comprarem uma passagem para Sydney e ela pagará a perna para Auckland. Vai ficar aqui uma semana. É pouco, sabemos, mas é melhor do que nada. Me garante que as passagens foram compradas, mas não lembra o dia que chega, vai checar e me dizer. Abraço virtual que para quem está longe já basta, às vezes. Mando um áudio, extravasando a leveza de hoje, agradecendo a ela e, mentalmente, agradeço ao seu retiro hippie, que deve ter dado a ela um acesso ilimitado à minhas angústias - as quais nem eu tenho consciência.

Caio apenas mandou uma mensagem bem mais simples, como de costume: *Boa noite, te vejo amanhã*

Amanhã promete ser um dia, no mínimo, curioso.

*

Cento e vinte pessoas que dizem trabalhar juntas, mas que mal saberiam reconhecer uns aos outros na rua, vão se misturar em grupos para uma atividade de desenvolvimento de equipe - o que quer que isso signifique. Estamos todos chegando aos poucos e nos reunindo aos indivíduos a quem reconheceríamos na rua. É nítido que as pessoas preferem falar com quem já conhecem a se arriscar a sentar perto de alguém insuportável o resto do dia. A palavra que correu pelos corredores essa semana foi que hoje será a primeira vez que a empresa faz esse *workshop* com todo mundo. Aparentemente, no passado apenas os líderes de projeto, recursos humanos e diretores faziam esse tipo de treinamento, enquanto a plebe - eu, Fleur, Tommy e a grande maioria - fazíamos treinamentos de programas de computador. Para trabalharmos mais eficientemente, é claro. Estou feliz em participar de um dia tão novo para todo mundo, sempre tive uma certa inveja destas atividades corporativas que o Caio fazia e das quais falava tanto.

Apesar de não dar muita importância para uniformes, aliás eu os desprezo, acho que regras de vestuário deveriam ser cumpridas e claramente explícitas. A normal *sexta-feira casual* - que já tem seus problemas com jeans rasgados e tênis sujos - se transforma hoje. Para uns, mais parece que é dia de ir à feira, para outros, principalmente para Martha, uma das mulheres da administração, parece dia de ir a um casamento. Nunca a vi com tanta maquiagem, andando com tamanha postura num salto alto enorme e os cabelos ondulados profissionalmente. Aposto que ela terminou um relacionamento agora - mulher quando se veste que nem um pavão para atrair o outro, só pode estar tentando preencher uma falta. Só espero que ela esteja feliz. Para ser justa com Martha e com as mulheres a quem devo ter ofendido agora, alguns homens aparentam estar igualmente desesperados por alguma interatividade social além das relações de trabalho. Entre esses dois grupos extremos, há eu e a maioria das pessoas que se deu o trabalho de vir com um bom jeans, blusas sem botão, atendendo ao pedido de serem roupas confortáveis, sapatos rasteiros e higiene completa.

O barulho no salão de conferência parece o de um restaurante, há uma mesa com chás, cafés e biscoitos, maçãs e bananas, os quais são apenas tocados pelos membros mais saudáveis - eu, alguns que eu não conheço, e aqueles que entopem o pratinho do café com biscoitos, pegam uma banana e as colocam na mesa. Acho que as pessoas têm uma dificuldade incrível de ficar sem nada nas mãos, talvez nem seja por causa da nicotina que o cigarro vicia tanto, talvez seja só a necessidade de segurar alguma coisa. Tanto meus pensamentos muito críticos quanto os negativos são frutos da minha irritação de acordar com a mensagem - de texto - de Caio hoje de manhã, dizendo que não vem mais hoje à noite para Sydney. Tento ligar para saber o porquê, ele responde com uma mensagem de áudio, *Estou tentando terminar uma coisa aqui no trabalho. Tive que cancelar minha ida porque vamos ter uma festa para esse cara mega importante, me avisaram hoje. Te ligo mais tarde.* Bufo de raiva só de lembrar. Será que ele vai remarcar a passagem ou dar uma de rico e simplesmente cancelar? Acho bom ele me ligar ao invés de ficar mandando mensagens.

Decido ter um bom dia e lutar contra a vontade da minha irritabilidade. Hoje é um dia de trabalho como outro qualquer. Estamos presos na mesma sala até às 17hrs.

Os animados facilitadores começam o dia com umas atividades daquelas de deixar todo mundo constrangido. Qual o adjetivo que você se daria com a letra do seu sobrenome? *D*. O primeiro que atravessa minha mente - e nem sei se é para o meu espanto - foi *deprimida.* Prefero não começar a me apresentar para outras cento e dezenove pessoas deste jeito. Não que eu esteja realmente deprimida, só tenho estado muito sozinha. Provavelmente estou menosprezando as pessoas que estão verdadeiramente deprimidas. É involuntário e ignorante da minha parte. até porque a segunda palavra que me vem à cabeça é *desejada,* e essa sim é um surpreende. Quando foi a última vez que eu me senti desejada? Certamente não é hoje. Fui abandonada internacionalmente por uma *festa de um cara mega-importante.* Minha mãe teria alguma explicação para estas palavras virem do meu subconsciente. Explicações científicas. Talvez eu devesse perguntar a ela. Talvez não. Depois de rejeitar o adjetivo *divina* - influência da minha mãe -, *dependente* e *decente*, resolvi ficar com *dançante.* A festa de terça-feira me lembrou o quanto eu adoro dançar.

Dividiram o grande grupo em dois, depois em mais dois, e assim até chegarmos em grupos de seis pessoas. No meu, a única pessoa com quem já havia falado era o Luke, o cara que consertou meu computador esta semana, os outros quatro, eu só havia visto de rabo de olho, trocando gentis e educados gestos de *bom-dia* e *até amanhã.* Na nossa primeira tarefa, que parece ser o tema da minha semana desde que o cara da livraria apareceu, temos que olhar nos olhos de cada um por vinte segundos. Vinte segundos parece um tempo curto demais para se ter qualquer resultado, mas não, todos damos bastante risadas e algo muda, pelo menos neste pequeno grupo. Somos quatro homens e duas mulheres. Michael é um engenheiro estrutural, avô quarentão bem despojado e, ao que tudo indica, divertido. Jack e Greg são os bebês, cursando o último ano do bacharelado, trabalham loucamente para começar o mestrado ano que vem. Bec é da minha idade, mas tem uma carreira muito mais avançada que a minha e trabalha em urbanismo. Ela é local, nunca morou fora. Talvez por essa estabilidade já seja gerente.

Conseguimos completar a primeira etapa: fazer um quadrado com uma corda enquanto estamos de olhos vendados por uma dessas almofadinhas de dormir. É bastante interessante ver como dependemos de nossos olhos para resolver problemas, e quando os tiramos, somos forçados a usar um discurso mais claro para comunicar. Temos que ser mais cuidadosos com as palavras que escolhemos, há também mais toques de mãos e batidas acidentais de corpos. Nos parabenizamos mutuamente e, apesar de controlar meu ímpeto latino de sair abraçando todo mundo, Michael iniciou nossa celebração grupal dando uma *toca aqui* em todos nós. É divertido.

Depois de nos soltarmos com algumas atividades mais simples e uma pausa para o chá da manhã, quando mais uma vez as pessoas se entupiram de gordura saturada e cafeína, fomos reunidos em pares. Coincidentemente, eu fui colocada com Luke e nos tornamos um par até a hora do almoço. Precisamos escolher um de nós para ter nossos olhos vendados novamente.

'O que você prefere? Quer experimentar ser cego por alguns minutos?' pergunto.

'Você sabe o que temos que fazer?', ele prova que não prestou atenção no que acabou de ser explicado.

Alguém faz a mesma pergunta em voz alta e a resposta é clara:

'Por agora, só escolham uma pessoa para ter os macios e sedutores tapa-olhos. Não fiquem tímidos, é de seda!'

Me pergunto de onde esses animadores tiram tanta energia.

'Quer botar o tapa-olho? Prometo ser um bom cão-guia', ele sorri e, como não há motivos para discordar, aceito.

O que sinto agora é o extremo oposto da segurança que senti na terça-feira passada. Com os tapa-olhos no lugar, todos me veem e não vejo ninguém, há um buraco – metafórico - sob meus pés e torço para que o tremor nas minhas pernas só seja percebido por mim. O porquê do meu medo é normal, afinal quantas vezes passamos pela experiência de estar cegos? Lembro do senhor da loja de máscaras. Luke segura minha mão e notando meu nervosismo, me diz:

'Confie em mim, você não vai cair nem bater em nada, prometo.' Ele coloca minhas mãos na corda. 'A corda não é muito comprida, mas é fina e longa o suficiente para eu prender em torno da minha cintura e você pode segurar atrás. Ainda não vi os obstáculos, mas acho que pode dar certo. Quer tentar?'

'Boa ideia, vamos.'

Ele não está autorizado a fazer nada com a corda, então eu a enrolo como um cinto e lhe peço para entrar. Eu a levanto até onde eu acho que sua cintura está e aperto o nó ajustável que acabei de fazer.

'Impressionante! Fazer nós não é para qualquer um', ele elogia e pergunta se eu fui escoteira quando criança.

'Não, só aprendi a me desfazer de nós caso eu fosse sequestrada...' pelo seu silêncio prolongado, concluo que ele não entendeu a brincadeira. 'Estou brincando…'

'Vou dar o ritmo para a gente andar, ok? Meu braço está na sua frente.' Oferece-me e eu aceito enganchar o meu braço com o de um outro homem. Caio ficaria uma arara se visse, mas o que tem de errado nisso? Não sou a única mulher comprometida aqui sendo dupla com um homem. 'Vou começar com o pé direito, esquerdo, direito...' E assim e me guia até chegarmos no início do circuito de obstáculos. 'Respira fundo, somos os primeiros.'

'Tem muita gente olhando?'

'Metade das pessoas.'

'Engraçadinho.' Digo, mostrando que entendi sua piada.

'Não se preocupe, prometo dizer o que vem à sua frente com tempo suficiente, ok?'

'Ok.'

'Bom, o circuito é todo acolchoado. É um desses negócios infláveis gigantes, não tem como bater em nada, mas tem como cair. Algumas duplas também se amarraram pela cintura como a gente.'

'Boas ideias têm que ser copiadas', digo, tentando aliviar a minha tensão com uma comédia meia-tigela - como são todas as minhas tentativas de ser engraçada.

'Eu dei um pequeno sorriso, mas você não viu'. Sensivelmente, ele me descreve o que faz.

'Obrigada, Luke. Não precisa me dizer o que as outras pessoas estão fazendo, tá? Qual o tamanho da corda entre a gente?' Ele me dá a mão e se afasta até a corda estar esticada ao máximo. Nossos dedos se tocam.

'Viu? Não é muito longa.' diz ele.

Enfim, é dada a largada com uma buzina estridente deixando meus ouvidos tinindo. Luke narra tudo exatamente como prometeu e, depois de umas primeiras quedas e tropeços, achamos nosso compasso. Venço a submissa sensação de ser guiada em uma condição tão vulnerável logo na segunda descida após uma íngreme subida. Outros obstáculos, como pequenos túneis, balanços em cordas, pés alternados em pneus infláveis, e muitas novas tarefas ocupam os próximos minutos das nossas vidas. Talvez quinze minutos. Não sei ao certo. Completamos a corrida nos sentindo realizados, com aquela excitação nos nervos que nos eleva a um plano superior, uma transcendência inocente, uma experiência dividida e alcançada na confiança. Começo a dar meu respeito a estes animadores de festa de adultos. Luke me abraça enquanto tiro o meu tapa-olhos, e pulamos em celebração por termos terminado. Saber nosso tempo ou se ganharemos do resto do grupo não tem importância.

'Toca aqui, parceira!', diz ele enquanto caminhamos para a parte onde esperamos as outras cinquenta e nove duplas. 'Obrigado por confiar em mim'

'Obrigada por me guiar tão bem, depois daquela buzina, até que deu certo. Antes da gente entrar, achei que ia tirar esse negócio em dois segundos', digo em relação ao tapa-olhos e rio orgulhosa de que não o tirei. 'Será que teremos que trocar agora? Você usa o tapa-olhos e eu te guio?'

'Espero que não, não vou conseguir a mesma performance que você. Mas se for preciso, eu troco com você, confio que não vai me deixar passar vergonha!'

A atividade demora muito tempo, quase uma hora com muitos tombos e duplas estressadas, algumas até tiram as vendas e, no final, a fome e o cansaço aplacam mais uma vez. Luke não precisa tapar seus olhos e sinto uma pequena decepção.

No final do dia, depois do dia oficial acabar, alguns de nós, eufóricos pelos divertidos momentos compartilhados, decidimos ir ver o show de luzes na cidade, um evento anual que tira as pessoas do sofá e das cobertas para as ruas, a fim de gastarem dinheiro e se encantarem com as maravilhas da tecnologia. Depois de uma normal disseminação do grupo escolhendo seus jantares nas barraquinhas e vans de comida, conseguimos nos juntar de volta nos gramados em frente ao MCA para um pic-nic noturno. Passamos boa parte da noite andando pelo Circular Quay diversas vezes, vendo as luzes, debatendo conteúdos arquitetônicos, tecnológicos, sociais e culturais, até que fazemos nosso caminho para uma boate próxima. Reluto como posso, mas Tommy e Bec insistem e desejo ter uma desculpa para sair dessa como Fleur, que precisou buscar os filhos antes das seis da tarde.

O clima muda um pouco depois das 21hrs - eu já deveria estar dormindo. As famílias, idosos e casais, abrem alas para uma cidade escura, onde as pessoas se vestem para mostrar quanto dinheiro gastam em suas roupas, e bebem para poder viver. Exceto nós. Estamos todos muito despojados com a roupa que passamos o dia, alguns inclusive de tênis comprados em promoção.

A boate é um ótimo exemplar de restauração de prédios antigos. Escura, exceto quando os raios das luzes neon giratórias atingem uma superfície ou um rosto. Fedida, com o denso cheiro de cerveja misturado com vômito e outros odores de fluídos diversos. Inóspita, a falta de sorriso dos seguranças e atendentes de bar indica que bêbados e provavelmente drogados apinham esse lugar.

'Opa! Uma moeda pelos seus pensamentos', diz Tommy. 'Quem é o cara?'

'Que cara? Não estou pensando em cara nenhum.' Minto, é claro que pensar nele, no mascarado me faz sorrir. 'Só estou feliz de finalmente sair pra noitada com você!', falo a verdade.

Estou combinando em sair com o Tommy há séculos e acabo sempre dormindo cedo. Tento não comparar esta festa com a minha terça-feira passada, mas é quase inevitável, afinal, são as duas únicas festas que eu visitei ultimamente. Quero voltar para a outra.

A certa altura, quando todo mundo já sedado o suficiente para deixar a vergonha de lado e dizer coisas das quais irão se arrepender no dia seguinte, ou rir das pequenas gafes de hoje, alguém sugere um jogo de verdades e mentiras. Cada um deve dizer três afirmações, duas verdadeiras e uma falsa.

Descobrimos que Bec era uma *chef* antes de se tornar arquiteta, que Jack acabou de sair do armário para sua mãe e nunca foi tão feliz. Luke gosta de velejar como eu, Tommy aprendeu a falar espanhol para fazer um mochilão pela América Latina e descobriu, ao chegar ao Brasil que lá se fala português e pagou muitos micos. Martha e Michael, descobrem que têm muito em comum e somem pelas sombras da boate ou talvez da noite lá fora.

'Sua vez, Tainá', Jack me instiga como sou a última do grupo a falar, não posso dizer não e empurrar para depois.

'Eu? Ok, lá vai: Eu já fui atacada por um guepardo. Eu namoro há sete anos. Eu participei das olimpíadas de Vela na categoria laser.'

'Fácil!', berra Tommy. 'Namoro! Ninguém namora sete anos', uma onda comovente concordou com ele.

'Vocês acham mais verossímil eu ter sido atacada por um guepardo ou ser uma atleta olímpica do que namorar há sete anos?', pergunto em meios a gargalhadas e descrença.

Todos concordam, às risadas. A mentira é a atleta olímpica. Eu quase fui uma atleta olímpica. Quase. Talvez seja a caipiroska, talvez a companhia, mas quando finalmente consigo expulsar a minha comparação com a festa de terça-feira e me deixar levar pelas bobeiras de todo mundo, me divirto horrores.

Caio liga tarde da noite e, em meio a risadas, músicas e copos brindando, é difícil ouvir o que ele tem a dizer. Aviso que saí com o pessoal do trabalho e ligo quando chegar em casa. Sem saber se consegue ouvir, mando uma mensagem para não se preocupar, afinal, ele deve estar tão surpreso quanto eu em me ver numa boate.

Vou ao bar comprar a bebida que perdi para Luke e Bec, quando um cara pequeno e magrelo invade meu espaço, e porque não dizer meu corpo, e me dá um beijo na bochecha. Eu o empurro para longe e Luke me pergunta se estou bem.

'Não entendo como tem tanto cara nojento por aí', diz ele colocando-se ao meu lado, como se sua presença fosse me proteger de outros vermes rastejantes. Relutantemente, aceito concordar. Havia esquecido como eram essas boates e porque não faço tanta questão de ir mais. Acho que chega. É hora de ir para casa.

'Um cara desses não pode estragar a sua noite, vamos dançar! Cadê a Tainá Drummond, Dançante?', Bec me puxa com sua bebida em mãos e, depois de algumas investidas de uns caras igualmente abusados, confirmo que não há como se divertir num lugar desses e vou pra casa, sem deixar transparecer para ninguém que já passei dos meus limites.

Ouço uns passos apressados atrás de mim. Apreensiva, tiro o telefone do bolso e ligo para o primeiro nome que está ali, Caio.

'Tainá!' quem grita meu nome é Luke e eu desligo o telefone.

'Que susto me deu!'

'Posso te levar para casa? Quero saber se você vai chegar bem...'

'Não precisa, você não mora por aqui?'

‘Eu vou para Tamarama, seria bom dividir a conversa no caminho. Não se preocupe’, ele aponta para a sua aliança de casamento. ‘Não vou nem sair do carro.’

Entramos no táxi, cada um em uma janela. Luke fala quase como num monólogo sobre tudo que está errado em Sydney e no mundo, e como ele consertaria tudo isso. Aos poucos minhas suspeitas de más intenções vão embora. Fala dos filhos e que eu não deveria namorar por tanto tempo, porque quando a gente sabe quem nosso parceiro de vida é, não há nada melhor do que criar experiências juntos e, se possível, proliferar mais vida. Ele deve ser um bom pai, apaixonado pelos filhos e pela mulher. Como prometido, me deixa na porta do prédio, e muito cavalheiramente, me acena dois boa-noite: um assim que saio do carro e outro assim que entro no prédio.

*

O inverno em Sydney seria motivo suficiente para ser feliz aqui. Mal sabem os que moram aqui que o céu azul e esse sol sempre quente é o motivo pelo qual a cidade é tão famosa. Muito prontamente, me levanto para correr e expulsar essa dor de cabeça causada pelo genérico de caipirinha, a caipiroska, que tomei na noite passada. Mal posso acreditar que uma bebidinha me deixa com uma enxaqueca horrível assim. Tão ruim como as dores de cabeça que tinha antes de ir morar em Barcelona. Quando dou por mim, lembro que não liguei para o Caio e meu telefone tem 27 chamadas não atendidas, todas da mesma pessoa. O próprio namorado. Ligo de volta e ele ainda está acordado, esperando que eu ligasse, segundo ele. Já nem sei há quantos dias que não nos falamos direito, talvez uma semana.

'Que noite, hein? Só acordou agora? Se divertiu?' diz sem eu conseguir perceber se era sarcasmo ou se ele está feliz por mim. Poderia ser alegria? 'Fiquei preocupado. Vai que você se encontra na noite?' sarcasmo, definitivamente sarcasmo.

'Não tem por que se preocupar. Era só trabalho. Foi um dia bem longo.'

'O que fizeram? Quem estava lá?'

'Todo mundo do trabalho.'

'Todo mundo?', noto uma suspeita na sua voz e não gosto de forma alguma

'Sim, todo mundo foi pro negócio durante o dia e, aos poucos, as pessoas foram indo para casa, nem todos ficaram para a noite'

'E quem estava lá à noite?'

'Caio, você tá com ciúme?', digo brincando, sem saber Lanço uma pequena isca para ver se este interrogatório é porque ele se sente inseguro.

'Ciúme? Claro que não. Por que eu teria ciúme? Eu tenho motivos pra ter ciúmes?' responde com certa agressividade e um tom de desdém. Fico confusa se ele insinua que ninguém mais teria interesse em mim ou se eu teria a capacidade de traí-lo.

'Não, claro que não.'

Falo a verdade sobre ontem, não há por que sentir ciúmes, mas nossa conversa não é lá das melhores. Caio não tenta ligar o vídeo pra me ver. Eu também não tento, mas, em minha defesa, nunca tentei. Atribuo o nosso atrito à nossa distância e numa tentativa de dar tempo ao tempo, mudo o rumo da nossa conversa para assuntos mais tangíveis e objetivos.

'Você sabe quando vem de novo?'

'Não', responde ele secamente.

Sinto uma hostilidade nesse "não" e insisto numa resposta verdadeira, daquelas que você pode fazer alguma coisa com ela: 'Você está chateado comigo?'

'De forma alguma', diz Caio, fingindo não estar amargurado e irritado.

'Você está com ciúme por causa das comemorações do trabalho ontem?', faço uma última tentativa de ter uma interação produtiva. Ele não responde, fica em silêncio até mudar de assunto, perguntando o que eu iria fazer hoje. Sinto que meu impulso é responder no mesmo tom irônico e passivo-agressivo, mas decido acalmar seus ânimos ciumentos, dizendo que não tinha muitos planos porque estava planejando ficar com ele torrando na praia.

'Tainá, você sabe como nós nos conhecemos. Vai que…', o que ele insinua é que a gente começou a se interessar um pelo outro enquanto eu estava com Miguel, o que ele não diz, apesar de saber, é que eu e meu espanhol estávamos num relacionamento aberto. Tanto Miguel quanto eu sabíamos muito bem que duraríamos uma estação, os seis meses que faltavam para eu acabar a faculdade em Barcelona. Um romance passageiro, intenso e com data marcada para terminar. É entendível que Caio esteja inseguro agora, mas à toa.

'Caio, eu acabei de ir a uma boate com sei lá quantos homens, muito gatos por sinal, e não me interessei por nenhum. Não seja bobo. Já você aí... A gente sabe que homem bem-sucedido sozinho é ímã para aproveitadoras.'

'Tainá Drummond, você está com ciúmes?'

Seu tom paternalista e diminutivo, como se falasse com uma criança, me irrita.

'Não, definitivamente não. Ciúme, só tenho do seu trabalho. Quanto às mulheres, eu... confio em você.'

Verdade que tenho uma mistura de inveja e ciúme de seu trabalho, o deixando sempre tão ocupado, esquece que existe uma vida fora dele. Esquece que eu existo. Já quanto às mulheres, me surpreendo com esta afirmação, sinto como se uma mentira tenha acabado de sair da minha boca. Nunca havia pensado se confiava nele ou não, agora, estou com uma pulga atrás da orelha. Quais seriam os sinais de que ele me trai? Eu poderia ter beijado o mascarado, teria sido tão simples. Imagino que para Caio seria ainda mais fácil arrumar um outro par de pernas para satisfazer seus prazeres.

'É, eu sei, meu trabalho realmente consome muito as nossas vidas.'

E assim, em uma singela palavra, consigo perceber que ele ainda está comigo, que ainda somos um casal, que ainda há chance de voltarmos a ser o que éramos. Uma palavra é capaz de preencher um buraco que nem eu sabia que estava tão fundo. Promete-me estar mais presente. De novo. Estou cheia de esperança e repleta de dúvidas. Ele nem por um momento pede desculpas por desmarcar seu vôo em cima da hora, muito menos me dá detalhes do que fez na noite passada. Caio tem uma capacidade única de se esquivar de respostas difíceis, uma habilidade que ele nem deve saber que tem.

O problema da dúvida é que uma vez instalada, é difícil sair. Várias perguntas passam pela minha cabeça. Por que será que ele realmente precisava ir naquela festa, quem é esse cara, por que tudo do trabalho é mais importante do que eu? Não falo nada. Deixo para lá. Não vale a pena discutir à distância. Resolvemos quando ele vier pra cá.

Finalmente saio para correr e não consigo chegar na metade do caminho. Paro no cemitério de Bronte. E volto andando para casa. Passo por uma farmácia e compro um anti-inflamatório, minhas pernas ardem de tanta dor. Meus músculos não estão aguentando uma noitezinha daquelas? Estou ficando velha.

Enquanto pago pelo remédio, o canto do meu olho esquerdo vê um estande com uma pilha de jornal. Penso na festa. A data da próxima está ali, bem na minha frente. Sei que as chances de ver o narigudo mascarado de novo são infinitesimais. Não há perigo de encontrá-lo de novo. Ele foi... Ele foi aquele papel, aquele desenho, assim como lembrará de mim para sempre, eu lembrarei dele. Assim como eu lembro de Miguel e Miguel deve se lembrar de mim. O aroma de Barcelona e a pele rosada das minhas manhãs apaixonantes com Miguel se materializam. Tenho certeza de que é apenas o meu cérebro ativando partes de si e me enganando, me convencendo de que estou lá com ele Miguel agora. Por via das dúvidas, olho para os lados e obviamente não o vejo, mas vejo um perfume *Sì*. Esse não é o nosso cheiro, mas é um sinal daqueles que a gente escolhe notar porque acreditar neles traz um gosto especial à vida. Tudo isso acontece numa fração de segundos, enquanto a atendente me pergunta se eu quero mais alguma coisa. Coloco o jornal no balcão e pago com o dinheiro que dobrei no pequeno bolso na parte de trás da minha calça.

Passo o restante do sábado e o domingo lendo, caminhando, bebendo sucos, água de coco e me alimentando de pensamentos contraditórios, nostálgicos, esperançosos e pragmáticos. Exceto pelo pragmatismo, sinto na pele as memórias e as ilusões do futuro. Enquanto Miguel, o cara da livraria e o mascarado perturbam minha moral, lembro de uma noite marcante com o Caio. Não foi na primeira vez que ficamos juntos, porque como a maioria dos namorados que se amam pela primeira vez, fomos cheios de expectativas, apressados e fora de ritmo. A noite que sinto na pele foi quando nos conhecemos a fundo e confiamos um no outro de forma que não é preciso se limitar ao belo, ao correto e ao convencional. Ele me desejou com a sede de um homem perdido no deserto que acabara de encontrar água doce, e com a transcendência de quem quase perdeu a vida. Naquela noite, Caio elevou minha existência sem dizer uma única palavra. Como uma luta digna de filme, ele colocou sua própria vida em perigo para que eu pudesse viver. Poucas coisas vão mudar alguém tanto quanto passar por uma experiência desse tipo. Agradecemos dia após dia a vida um do outro, nos amando como almas fundidas até que, progressivamente, o cotidiano tratou de abafar a mágica de quando nascemos de novo. Tenho apenas que agradecê-lo por ainda estar viva.

O final de semana termina com uma conversa com mamãe ao telefone. Tudo certo para a sua chegada em algumas semanas.

*

O jeito que Caio escolhe para estar mais presente é me entupindo de flores. Todo dia, chega um arranjo diferente que vai ficando cada vez maior. Sem cartões, dizeres ou telefonema, só manda as flores e elas chegam sempre entre 20hrs e 21hrs, talvez porque ele sabe que vou estar em casa. Eu é quem tenho que mandar a foto para ele dizendo *chegaram!* Talvez eu tenha que tirar a exclamação. Acho que Cingapura o mudou. Não sei como, mas ele nunca teria me mandado flores antes. Caio sabe que eu não suporto flores que vão murchar e morrer em poucos dias.

Uma parte do meu sangue que há muito estava adormecida foi desperta, talvez tenha sido a vontade de vê-lo com mais ciúme, ou a de dançar de novo sem bêbados no meu pescoço, ou a noite de terça passada na qual o cortejo, a alegria e a liberdade trouxeram uma alegria autêntica, o que quer que seja, a sedução me acordou. A próxima festa é quinta-feira, 21 de junho. Solstício de inverno.

8

O dia chega mais rápido do que o esperado, talvez porque o mísero clima chuvoso tenha me forçado a trabalhar mais, ou pela antecipação de ir a uma nova festa, ou porque o trabalho ficou de fato muito mais divertido depois das interações na sexta-feira passada. Agora, todo mundo parece se conhecer e me pergunto qual o prazo ou o cliente que virá destruir este delicado equilíbrio. Até minha chefe, a quem agora chamarei de Joanne, seu nome verdadeiro, me parece mais humana. Descobri que o real motivo dela chegar atrasada todas às segundas-feiras é a doença da sogra, que está demente, e o filho, ex-marido de Joanne, desapareceu por escolha. O pacto que ele prometeu a ela foi de cuidarem um do outro até a velhice, a convenceu de que filhos só estragam o romance, as finanças e a sanidade. Joanne, apaixonada e grata por ter um bom homem ao seu lado, acreditou. Bastou ela começar a ter rugas e a chance de ter filhos com um próximo romance, que a largou para morar no Havaí com uma *siriguete* - palavras dela – de vinte e poucos anos e agora tem dois filhos pequenos. Ele, insensível como só, ainda manda fotos da linda família para a ex-mulher aqui. Se não bastasse, abandonou não só a mulher que o viu sair da pobreza e ascender à riqueza, mas também a que o pariu nesse mundo, nos primeiros sinais de demência. Joanne, agora cuida da ex-sogra porque ela é uma boa mulher, que se une a ela no ódio tenebroso ao *novo* filho, porque o de antes, aquele que ela criou não a teria largado à sorte. A ex-sogra diz a ela que se a vida fosse só desejo, nos indulgenciaríamos de doces, gordura, bebidas, drogas, sexo e tudo aquilo que nos faz perder a saúde. Talvez por isso, Joanne tenha tanta raiva de mim, ou tanta raiva da vida. Não a culpo. Quero ver se alguém seria diferente no seu lugar. Desde sexta-feira, nunca mais a xinguei, e essa semana cheguei numa paz erudita com suas agressões. Acho, mas posso estar errada, que ela me respeita agora. A outra boa resolução de sexta-feira são Martha e Michael que parecem se achar pelos corredores, e Jack e Tommy que são companhias de almoço inseparáveis. Concluo que o amor está no ar.

Aproveito este ar expansivo e embarco na minha segunda festa à fantasia para me desconectar e esquecer as inúmeras insinuações de infidelidade e o ciúme do Caio. Ele não admite, mas sei que está querendo saber o que faço a cada segundo. Sei que assim que eu sair da festa, terá uma mensagem dele me desejando boa noite. Talvez até mais do que uma. Bibi está com dificuldades de alugar o apartamento e eu, mais uma vez, peço ficar por aqui para facilitar minha ida e vinda da festa.

A casa de Bibi é bem menos equipada do que a minha, mas me sinto em paz aqui. As árvores na janela da sala e da cozinha me nutrem, me fazem acreditar que estou numa floresta. A vista da água e da cidade do outro lado da baía seguram a minha alma que geralmente voa até além do horizonte. Tenho bem menos hesitação do que na primeira festa, conseguindo ganhar tempo e me arrumar bem mais rápido. A maquiagem precisa ser um pouco mais elaborada, já que essa máscara não tem rendas sobre os olhos. Comprei uma máscara nova para evitar um óbvio reconhecimento pelo mascarado e pisar na linha tênue da tentação. Mas, como a vida me parece ser uma eterna dicotomia, uso o mesmo cordão numa remota esperança de que ele conseguirá me achar. Estou muito precavida para poder me chamar de corajosa. É fácil ter forças e ideais na imaginação, mas o que eu vou fazer se ele me achar? E se eu o achar? Se ele for com a mesma máscara, será difícil não o achar. O que vou fazer?

Uso o vestido verde que ganhei dos clientes da revista e, só de pensar na cara da Fleur me vendo experimentá-lo na loja, sorrio calma pela nossa amizade. O colo e os ombros de fora talvez sejam um pouco ousado demais, o torso estilo corpete espreme meus seios revelando uma curvatura que nunca vi antes. A minha capa irá cobri-los na rua, mas não durante a festa. Tenho uma vaga suposição para onde devo ir hoje, mas ainda não tenho certeza. Hoje de manhã, caminhei para o escritório pelo trajeto mais longo que passa pelo meio do The Rocks para poder ver que as flores nos canteiros são brancas. Passei todo e qualquer tempo livre do dia relendo a poesia no meu celular, a ponto de me distrair do que eu tinha que estar fazendo: trabalhando. Retardei e-mails, apurrinhei pessoas com charadas para que elas me ajudassem a decifrar o poema sem saber de mais nada na festa, e levei mais tempo na hora do almoço do que gostaria.

As brancas Petúnias
aglomeradas como ondas estourando no pilar
Resolvem um sonho de andar
sobre as águas sem se molhar

Agora à noite, me parece bem óbvio que a resposta é um píer. Colunas que ajudam o homem a andar sobre as águas só podem ser as de um píer, caso contrário seria um barco. Barcos não têm colunas. Como tudo está relacionado ao The Rocks, peço para o taxista me deixar em Walsh Bay, no lado Oeste do bairro, onde há vários píeres e, logo antes das 19hrs, os mascarados que andam pelas ruas indicam em qual porta devo entrar.

Apesar de uma entrada bem mais imponente em comparação com a casa Celeste, as formalidades iniciais são iguais. Há um mascarado recebendo as pessoas e as guiando através da grande porta de correr em madeira pesada, contrastando com o saguão do hotel em mármore e os acabamentos contemporâneos. A ambiência é similar a da primeira festa, elegante e íntima no que parece ser uma conversão de um antigo armazém para uma casa de eventos. A iluminação com arandelas marca as colunas de aço em perfil *I*, e as outras luzes de destaque marcam as vigas, formando uma caixa com repetições estruturais. O lugar é fechado por pedras em algumas partes e tijolos em outras e onde o material original não aguentou as intempéries, paredes, vigas e colunas de concreto aparente preenchem o vazio. O chão é feito de tábuas de madeira desgastadas pelo uso, o pé direito chega ao céu num *skylight* triangular no centro do telhado e, por um instante, admiro a sensação etérea que olhar para cima me proporciona. Os arranjos de sofás, mesas, bar e banheiros são de altíssima qualidade e super novos. Uma conversão primorosa de um grande armazém para um uso muito mais prazeroso. Observo o lugar tanto quanto observo os detalhes nos convidados, com uma pequena alteração nos batimentos cardíacos toda vez que acredito ver uma máscara dourada, de nariz enorme. Todas são alarmes falsos e tento me recompor respirando fundo a cada frustração. *É melhor, Tainá, é melhor você não o ver.* Me forço a olhar para outras partes da festa e me dou conta que estou na frente de uma sala fechada que diz em letras grandes, *Cultura do Corpo Livre,* e embaixo em letras pequenas, *baseado no movimento germânico FKK.* Uma outra placa com as regras explica de uma maneira mais detalhada o que é o FKK e como foi adaptada para este grupo. Em resumo, devemos permanecer de máscara, mas as roupas são retiradas e colocadas num armário dentro da própria sala. É um espaço de nudismo para não-nudistas e, como eles dizem, um lugar *de experimentação da liberdade do corpo durante o cotidiano.* As atividades listadas incluem cozinhar, jogar ping-pong, ver tv e jogar vídeo-game, tomar banho em uma jacuzzi, fazer yoga, meditar, andar de bicicleta - estacionária - e correr na esteira. O que mais me chama atenção é o fato de ser comunitário. Você não faz isso sozinho, você divide com um grupo de pessoas. Há um número eletrônico na porta dizendo que a capacidade de vinte e cinco pessoas ainda tem duas vagas. Pondero por um tempo muito pequeno e entro. O que tenho a perder?

Meu vestido é particularmente difícil de tirar sozinha, mas consigo depois de um pequeno contorcionismo. Até aqui tudo bem. Nada de diferente do que ir a uma praia. Minha nova lingerie que Fleur fez questão que eu comprasse ficou em casa porque marca no vestido, e tenho minhas dúvidas de porque eu deveria usá-las num dia como hoje. Consigo controlar os reflexos da inibição com a ideia de que visto duas peças um pouco maiores do que meu biquíni. O toque dos meus pés no chão aquecido é como um alimento que me dá forças para continuar a me despir. Tirar o sutiã me causa um pouco de receio e imagino que todos que me olham devem saber que sou uma novata, pareço estar em câmera lenta, mas quando espio ao meu redor noto que ninguém está olhando para mim. Não causo furor, tirar a roupa aqui é normal, como deveria ser em todo lugar. Assim, ganho forças para tirar a parte de baixo e, com uma profunda respiração, me vejo nua no meio de estranhos. Aos poucos, a cada passo, o medo da humilhação se desfaz e consigo perceber que meus ombros se abrem e minhas costas espicham. Enquanto usamos nossas máscaras, enquanto nossa identidade estiver segura, não existe como levar o que acontece aqui para o mundo lá fora.

Não sei ao certo se pareço como me sinto – uma turista perdida –, mas ninguém oferece ajuda, ninguém me chama, apenas singelos cumprimentos muito educados a uma distância agradável e confortável. E é assim com todo mundo. Uma aceitação instantânea. Você não tem que fazer nada para ser bem-vindo, você é expulso se fizer algo errado, contra as regras. Me junto aos dois cozinheiros que decidem fazer uma pizza para ser dividida por todos. Acabamos fazendo quinze pizzas com uma variedade enorme de sabores. Deixamos as pizzas no balcão, cortadas em pequenos quadradinhos - minha ideia - com palitinhos de bambu para cada um se servir. Depois disso, faço uma curta aula de yoga. Perco a conta de com quantas pessoas conversei. Nunca me senti tão confortável, a máscara começa a incomodar, e me dizem que há outros clubes nudistas em que não se usa máscara, mas não nessa festa. Talvez eu devesse procurar por eles também, mas não sei se tenho coragem. Vai que encontro um cliente do escritório ou um colega? A ideia de alguém do mundo real dormir pensando em mim, nua e livre, me causa repulsa.

Quase uma hora depois, o tempo máximo de permanência, saio da sala de nudismo e, inteiramente vestida, me junto à festa principal. Minha serenidade de quando estava nua some assim que me vejo procurando pelo meu mascarado e lembro do desenho com o meu pendente sendo a lua. O nervosismo me leva a segurar meu cordão. Sinto uma apertada lembrança no coração, não no coração *órgão*, o qual os médicos conhecem muito bem e estão cheios de remédios para curar suas dores. Digo o outro coração, aquele que segura as emoções e não me parece ter solução simples que se venda em farmácia para afastar os cortes de sofrimento. A minha angústia vem da lembrança da viagem à Nova Zelândia quando meu irmão fez quinze anos e onde juramos, com este cordão, que mesmo durante as turbulências da vida, estaríamos sempre juntos. *Como sinto sua falta, meu irmão.* Sua voz parece sussurrar como se estivesse aqui, minha mão absorve um calor que emana do momento de vida que foi selado dentro deste pingente. Sou uma sopa de contradição, minhas pernas que há pouco se libertavam à nudez, agora estão duras como uma árvore centenária, mas com o centro esponjoso em que um pequeno aperto a desmorona.

Me distraio do passado com a culpa de estar procurando pelo mascarado. Por que quero vê-lo? Estar aqui deveria bastar. Hoje, apesar das semelhanças com a semana passada, é tudo bem diferente. Uma mulher notável, que a julgar pelas linhas em seu colo e pescoço já anda por esse mundo há mais décadas do que eu, se aproxima de mim. Sua pele exposta, espremida pelos seios fartos, mostra sinais de manchas de sol e perda de elasticidade. Nada que a impeça de brilhar.

'Você parece que seria igualmente feliz sem essa máscara', eu digo admirando sua exuberância energética.

'Igualmente? Impossível, menina! Isso aqui…', ela leva o dedo indicador à máscara, '.me dá uma liberdade incrível. Vai que aquele cara ali é alguém do trabalho? Não iria poder chacoalhar essas belezuras assim!'

Nem é preciso dizer que as belezuras são os dois melões que se sobressaem do seu corpo.

'Tente!' ela me encoraja

'Os meus não balançam assim... Estão mais para uvas do que melões', caio na gargalhada, descrente que acabei de pronunciar estas palavras.

'Uva são as frutas dos deuses, garota! Aproveita!', ela pega seu copo e faz um brinde à mim - ou às minhas uvas e seus melões - sugerindo que eu beba também, rimos juntas e, tão logo ela volta a chacoalhar seus dotes por entre as pessoas, sou surpreendida com um sussurro ao pé do ouvido esquerdo. Um sussurro familiar.

'Sua risada é inconfundível'

É ele! Esta voz, só pode ser dele. Meu sorriso extravasa o que resta de decência em mim. A voluptuosa mulher me olha a uns quatro passos de distância, no meio da multidão, levanta o copo mais uma vez e diz: 'Aproveita!'

'Aproveita o quê?', me pergunta ele.

'Uvas.'

'Uvas?', ele repete confuso.

'Não queira saber', viro para ficar de frente e me deparo com uma nova máscara. De cor preta, vinho com detalhes em bronze, as pontas da orelha arredondadas puxadas para cima, os recorte para os olhos é circundado por pequenas reentrâncias que desenham penas. O bico dourado é muito menor do que da última vez e confirma que seu pássaro escolhido é uma coruja. De frente, o bico cobre sua boca, mas basta estar num pequeno ângulo que é possível vê-la junto com seu queixo. A parte que cobre o restante da cabeça é moldada com linhas como se seus cabelos estivessem penteados para trás. Reclassifico sua máscara para um capacete. Me parece ser de couro, mas não tenho certeza. Sua roupa é toda preta, a calça parece ser do mesmo material que o capacete, sua blusa tem babados no centro e na ponta da manga que sai pelo blazer comprido e sob medida. Sua luva é preta e mal posso esperar para sentir de que é feita. 'O que aconteceu com o bico, quebrou?', minhas mãos fazem um arco grande, exagerando o tamanho do nariz da antiga máscara.

'Foi difícil passar por essa cirurgia. Vai que o nariz grande foi tudo que você viu em mim?' Seu bom humor é como o despontar de uma beleza rara. Convida, prende e hipnotiza. Nessa ordem. 'Arrisquei você não me reconhecer, mas precisava tirá-lo. Fica difícil te escutar nessa barulheira toda tendo que ficar a um metro de distância.'

'Exagerado, seu nariz não tinha um metro! E como vai me escutar se seu ouvido está coberto?' Falo alto e sorrindo por ele ter me achado e por essa pausa confortável entre nós. Por dentro, estou dividida em duas. Uma parte de mim não está em paz, está se recolhendo em culpa num canto cinza e gelado, se sentindo uma miséria, a escória do mundo.

'Consigo te ouvir perfeitamente, tem uns buraquinhos aqui' ele aponta para as orelhas.

'Obrigada pelo desenho', digo honestamente, sem revelar que perdi a conta de quantas vezes li, que memorizei sem querer e que me pegava toda hora pensando no poema e nele desde a última vez que o vi.

'Obrigado pela companhia.'

'Não achei que te encontraria aqui de novo.'

'Eu não esperava encontrar você aqui, achei que seria impossível cruzar com a mesma pessoa duas vezes numa dessas festas. Você não deixou muito fácil te achar. Mudou de dama de negro para gata de... está usando botas?'

Levanto o vestido levemente para ver que sim, uso uma bota marrom que comprei num impulso infantil quando estava com Fleur montando seu enxoval. A nova máscara é muito diferente da primeira. O gato escolhido por motivos que só o meu inconsciente deve saber combina com um chapéu de abas grandes que eu já tinha. Bastou prender com um alfinete, colocar uma pena que tirei da própria máscara e pareço uma gata mosqueteira, uma representação moderna e feminina do gato de botas. Ele fala que meus cabelos cacheados também não facilitaram me achar.

'Coloquei o mesmo cordão...'

'Uma pequena pista para me testar. Gostei do teste, te achei pela risada'

Não consigo esconder minha vergonha com seu flerte, é difícil imaginar que possa se interessar por mim. Ele nem sabe quem eu sou ou será que sabe o suficiente?

'Por que estava procurando por mim? Tanta gente por aí…'

'Não sei, tem coisa que a gente não consegue explicar.'

'Você já foi ali?', aponto para o salão de nudismo.

'Não. Ainda não estou pronto para isso. E você?'

'Já.' respondo sem alarde.

'Acho que a gata comeu minha língua'. Ele não sabe o que dizer, uma novidade.

Sinto que sou mais progressista e liberal que ele, mas talvez seja um engano. Gosto da sensação e evito dizer que entrei na sala apenas uma vez. Deixo ele imaginar o que quiser. Eu queria poder ver suas sobrancelhas e completar de formar seus olhos. Malditas máscaras. Benditas máscaras. Com apenas um charmoso sorriso e um leve toque nas minhas costas, ele me conduz à pista de dança. A euforia desses momentos é impagável. Me sinto levitar a um outro plano, as risadas, a música, os sorrisos, os olhares, os instrumentos, os toques, a sincronia de estranhos transformam minha vida transcendente. Vivo num outro lugar sem responsabilidades, livre, sem preocupações, apenas seguimos o ritmo, seguimos a deixa do outro, improvisando a cada segundo. A segurança dá uma liberdade incrível.

De repente, tudo para. Não para os outros, mas para mim. Depois de rodarmos o salão algumas vezes, me dou conta de estar enlaçada com seus braços ao redor da minha cintura e seu olhar fixado no meu. É a linha, a linha que não posso cruzar. A linha perturbadora do respeito aos últimos sete anos da minha vida.

'Gosto de ver seus olhos sem a renda'

O mundo ao redor continua dançando, mas nós entramos numa outra dança, que só pertence a nós dois e a um outro, que não está aqui para ser consultado. A contar pela nossa hipnose recíproca que vêem para além do tamanho da pupila ou da cor da íris ou do formato de das pálpebras, tenho certeza que o seu mundo parou também, só não sei, se nessa dança há uma quarta pessoa vinda dele. A permutação entre nós, muda de palavras e gritante de significados, dá a sensação de conhecê-lo há milênios, como se não houvesse segredos. Uma mera ilusão. Inúmeros são os segredos que nos cercam! A começar pelos nomes. O que é claro entre nós é a sincronia difícil de explicar. Nunca estive tão perto de alguém que me cause esse rebuliço contraditório de timidez e de poder. Mesmo no meio desse barulho todo, tenho certeza de que ele ouve e sente o suspiro incontrolável que sai de meus lábios entreabertos. Uma reação física a tudo que aconteceu nas últimas - nem duas ainda! - semanas. Na minha imaginação, posso sentir o seu gosto, o molhado da sua boca, a textura da sua pele. Agradeço pelas máscaras já que, se não fosse por elas, oferecendo uma distância real entre nós, eu iria cometer um grande erro. Um erro sem volta. Um erro que poderia custar meu futuro com o outro... o oficial, o Caio. Preciso ir embora antes que seja tarde. Relutantemente, quebro o encanto e saio da pista de dança. Sem olhar para trás, sinto suas dúvidas me seguindo e ele caminha com elas e com um passo rápido abrindo espaço por entre as pessoas, ele chega em mim quando alcanço o *hall* de entrada. O piso de mármore ecoa sua preocupação.

'Está tudo bem?' É claro que *ele* vai perguntar, é claro que *ele* vai se importar em como me sinto.

'Tá tudo bem, só fiquei meio... tonta', olhando pela janela, evitando encará-lo de frente e admitindo para mim mesma que minto, eu deveria ser clara e dizer que o *tonta* é um eufemismo para a guerra que se trava entre os meus valores e o que meu corpo anseia. 'Preciso ir…', digo enquanto eu olho pela janela, mas sem me mover um centímetro. Talvez à espera de um sinal de que eu não sou de todo ruim assim, e como Bibi disse, sou apenas humana.

Ele fica mudo, à minha espera imagino. Depois diz:

'Vamos tomar um ar puro e uma água. Você vai se sentir melhor...'

No meu melhor estilo *silêncio*, não consegui abrir a boca para explicar que minha tontura nada tinha a ver com falta de ar ou de água. Uma vez na varanda, talvez ele tenha percebido meu olhar evasivo e meu corpo se fechando e, enquanto me entrega o copo de martini com água, lança-me sua própria frase:

'Você é livre para escolher o que te faz mais feliz.'

Fico imóvel, só penso no Caio e no que me faria feliz. O narigudo, ou melhor, a coruja, me faz alegre, suas piadas são refrescantes, mas é isso. Quem é ele? Será que seria possível ser amiga dele, vir aqui, dançar, conversar, rir e fazer tudo de novo semana que vem? Será que o Caio me trai? Não sei quanto tempo pondero sobre minha felicidade e o Caio, mas, quando volto à mim, o mascarado ainda está aqui. Há uma distância educada e respeitosa entre nós e assim como eu, ele olha através do horizonte de luzes ínfimas na paisagem. Respiro fundo e tomo coragem para dizer nas entrelinhas que tenho outra pessoa me esperando.

'Eu não quero te iludir', digo.

'Não se preocupe com isso. Eu também tomo as minhas próprias decisões. Se estou aqui, é porque quero estar do jeito que você me deixa estar. Se é que isso faz algum sentido', sorri segurando seu olhar no meu.

'Faz todo sentido', aceno com a cabeça em acordo e a distância entre nós diminui ainda mais. Não a distância física, mas a distância de alma.

'Correndo o risco de parecer piegas…', ele continua, '...a lua orbita a Terra, não Marte. Por quê? Talvez a lua não saiba da existência de Marte, mas ela só sabe que está feliz demais por ver a Terra girar ao seu lado.'

'Você é filósofo...'

'Não deveríamos ser todos?'

Por que, mesmo com a máscara, mesmo sem ter como sabermos quem somos, não falamos a verdade? Eu poderia dizer que tenho um namorado, mas talvez não haja necessidade, porque já está entendido. Não preciso dar detalhes de quem namoro, o que importa, aquilo que importa do meu caráter já foi revelado. O resto é só acessório.

'Será que vou acertar um dia?', pergunto sobre sua profissão.

'Quem sabe eu falo?'

'Sério?!', exclamo para logo depois murchar com o seu: *ainda não.*

'De onde é o seu sotaque?' ele estava demorando a perguntar, geralmente é uma das perguntas padrões que ouço logo de cara.

'Vários lugares...'

'Londres?'

'Também.'

'Espanha?'

'Oficialmente, sim.'

'Amsterdã?'

'Acertou mais um! Estão faltando dois, talvez três...'

'E você não vai me dizer?'

'Não...Quantas pessoas você conhece com um sotaque tão misturado? Não posso arriscar, vai que você trabalha comigo e eu não sei?'

'O que você faz?', ele pergunta.

'Fotógrafa', digo sem saber muito bem o que responder.

'Carismática você é, as pessoas devem confiar em você.'

'Tiro fotos de prédios, as pessoas que passam na frente da câmera aleatoriamente só ajudam mostrando que o prédio só existe se for para alguém.' Não estou mentindo, apenas omitindo que a fotografia é um *hobby*. Eu poderia ter falado que sou arquiteta, não sei por que não falei. Talvez para dar menos pistas de quem sou de verdade.

'*A lua existe mesmo se não a vemos...*' ele diz e não posso deixar de me surpreender com a conexão que faz entre o que eu falei e essa citação que acredito ser de Einstein.

'Einstein?'

'Acho que sim, quem pode confiar em qualquer coisa achada na Internet hoje em dia?' Seu bom humor entregue à mim com essa voz calorosa e amigável acompanha um sorriso e um gesto singelo com a cabeça. Cativante. Ele continua: 'Sem os humanos, a lua seria apenas um monte de rochas, um satélite que orbita a Terra sem parar, nem nunca saber todo o seu potencial de encantar.'

'Somos nós que damos motivo aos prédios existirem. Só se pode chamar de arquitetura aquele prédio que é além de concreto, aço, vidro, madeira...'

'...serve para tocar algo além dentro dos seres humanos.' ele completa minha fala com uma sensibilidade desnorteadora.

Falamos tudo isso olhando dentro dos olhos um do outro, sem distração, e não consigo lembrar da última vez que fiz isso.

'Pediria para ver algumas fotos, mas já que não podemos ter nossos celulares ou... nomes.'

'Quem sabe, um dia.'

'Talvez, se pudermos.'

'E você? Me diz o que você faz?'

'T.I.'

'T.I.? Tecnologia da Informação? Você pode ser QUALQUER pessoa e você escolhe ser um cara de TI?! Por favor, é só dizer que eu sou chata e eu vou embora.'

'Não preciso inventar que faço outra coisa. Eu gosto do que eu faço. E me diz, quantos caras de dados você vai encontrar no mundo? Milhões! e tenho a impressão de que você não trabalha no mesmo prédio do que eu, mas obrigado por achar que eu poderia ser o seu assistente de fotografia.'

Uma estranha sensação de ser fraude me toma o peito e o estômago, um vazio interno me inquieta. Suspeito que não acredita que eu seja fotógrafa.

'Eu adoro programas e aprendo bem rápido, mas acho as coxias da computação difíceis e nada interessantes, apesar de adorar dados.'

'Coxias...Você é uma atriz ou uma amante do teatro.'

'Mais ou menos...Talvez eu goste só de prédios e teatro é um prédio.'

Um breve silêncio preenche o vazio que meus pensamentos criam. Me martirizo por estar aqui, mas também não faço o mínimo esforço para ir embora. Não quero sair. É errado ficar e dar vazão à essa luxúria e me transformar em uma traidora. Um adjetivo que não quero ao lado do meu nome.

'Você manda, o que acontece agora?', ele escuta o que falo nas entrelinhas do meu silêncio, onde mora aquilo que sem a máscara, eu já teria revelado no primeiro encontro como sempre fiz.

'Eu acho que preciso ir pra casa.'

Evito seu olhar, sinto meus pés pesados como se afundassem numa calçada com o concreto ainda mole. O orgulho que tive de viver meus valores na semana passada agora me confunde. Estou tomando uma decisão para não magoar o Caio, mas estou negando a mim mesma.

Ele

procura meus olhos, mexendo a cabeça até me ver por entre as frestas:

'Eu não preciso saber dos seus bastidores, está tudo bem.'

'Obrigada. Eu venho semana que vem. É que hoje…'

'Eu vou estar aqui. Esperando. estarei esperando. Venha, te levo até a saída, posso?'

Concordo com a cabeça. Ele não encosta em mim, apenas afasta aqueles que estão no caminho. O ar entre nós mistura decepção, frustração e uma pequena parcela de admiração. Admiração minha por ele entender, não tentar me convencer de fazer uma besteira. Ele diz que estará esperando por mim.

Aponta para o elevador, indico a escada, não saberia o que falar no silêncio esmagador do elevador.

Chegando na recepção, faço sinais para me despedir. Ele avança até o balcão para pegar suas coisas quando eu o interrompo encostando no seu braço:

'Você não precisa ir.'

'Eu pedi para te acompanhar até a saída. Ainda não chegamos lá.'

Tenho vontade de perguntar por que ele não vai atrás de outro rabo de saia, porque imagino que conseguiria várias mulheres por noite, mulheres que topariam muita coisa, muito mais do que eu.

'Eu iria oferecer uma comida, mas acho que vai ser difícil alguma coisa além de batata frita com estas máscaras. E correríamos o risco de sermos presos andando com elas na rua. Algum louco chamaria a polícia e você descobriria que sou realmente um cara de TI e nunca mais iria querer me ver.'

'Se você é realmente de TI, deve fazer um sucesso danado…' Quando a gente não sabe o que falar, é melhor não falar nada.

'E você precisa ir pra casa…'

'Resolver umas coisas...'

'Eu vou estar aqui quando você voltar, esperando para terminar a nossa dança.'

'Não vá embora agora por minha causa. Fica e divirta-se! Aproveita. É divertido com ou sem *migo*' e assim tiro mais um sorriso dele. Queria sentir suas mãos na minha cintura mais uma vez, mas ele não tenta.

'Outras festas virão. Estou com fome, vim direto do trabalho e prefiro ir embora.' Ele diz insinuando ou esclarecendo que eu sou o motivo para ele ficar aqui.

Os recepcionistas pedem para que nos afastemos um do outro porque não podem entregar as caixas se estivermos perto para evitar qualquer tipo de possibilidade de olhares bisbilhoteiros. O meu coruja de hoje, coloca a minha capa enquanto damos os últimos passos para a saída. Qualquer quase-toque que ele me dá, eu tremo. Se não tivesse que prestar contas com a minha consciência, deixaria que esse espaço que eu criei entre a gente sumisse.

Já do lado de fora, ele se prende no fundo dos meus olhos como se tentasse decifrá-los:

'O que você me diria agora se eu pudesse saber quem você é?'

Desta vez, o momento de vulnerabilidade é dele, e consigo ter certeza de que minha leitura do seu olhar não falhou. Ele quer saber quem eu sou.

'Você nunca teria chegado tão perto, se não fosse pelas máscaras', e logo percebo que isso não é verdade. Talvez eu não teria saído à sua procura, mas se deixei o cara da livraria vir tão perto, por que seria diferente se fosse com ele?

'Eu não acho que estou falando com o corcunda de Notre Dame, se bem que mesmo horroroso, ele era bem legal.' Ele entende que me acho feia e que ele não teria se interessado por mim.

'Não pela beleza ou feiura, mas pelos meu... meus limites. '

'Me considero um cara de sorte então, essas máscaras já valeram a pena.'

'E eu odeio um carma ruim.'

'Admiro o porquê da nossa dança não ter terminado' ele sorri, fortalecendo o vínculo que criamos aos poucos e tão intensamente.

Terei que voltar, mesmo se eu não conseguir essa abertura com o Caio, e as minhas dúvidas sobre se ele sabe quem eu sou desaparecem. Ele entendeu as minhas entrelinhas.

Pego o último taxi do ponto. Ele me agradece por hoje e sinto que fui muito bem tratada. Tenho a impressão de que ele é mais velho e me pergunto quantos anos. Por que não seria casado? Será que é mais novo, mas não quis admitir quando nos conhecemos? Tantas perguntas sem respostas.

Entro no banco de trás do carro, a porta se fecha, eu baixo o vidro a seu pedido:

'Não deixe essa ser a última vez que te vejo.' E, depois de uma leve pausa, posso sentir de novo sua vontade de me ver: 'Por favor. Tira uma boa foto minha com a sua retina.'

Sorrio e digo:

'Não se preocupe. Eu não quebro promessas.'

Ele dá aquela batidinha na janela do carro, sorri de leve com um suspiro, se afasta e acena com a mão direita. Viro para trás e ele sai andando para longe do hotel, vejo que tira a máscara, mas está de costas para mim, penso em pedir para o táxi mudar de direção, mas não o faço... Misturar esses mundos seria demais.

Tudo que penso no caminho de casa é como terminar com o Caio, e o quão estúpida a ideia me parece. Sinceramente, daqui a cinco anos, eu não estarei frequentando essa festa. Ou estarei? Seria possível sustentar um relacionamento com alguém que não pode saber meu nome verdadeiro? Definitivamente, não. As perguntas que ficam sem resposta são, então, por quanto tempo seria possível e será que vale a pena?

As imagens de um futuro com o Caio contradizem o que quero agora, com o que quis hoje à noite. Se ele estivesse aqui, estaríamos em casa assistindo filmes ou saindo para uma festa de trabalho dele. Um saco. O que sinto perto do mascarado não se compara, é como uma troca de almas, uma conexão que me remete aos tempos passados com o Caio, de volta à África, quando me salvou da morte. Se o que eu sinto pelo mascarado é tão forte assim, teria eu já passado o limite da traição? Estou eu à deriva, esperando Caio chegar de sua aventura corporativa e juntos tentarmos sair desse marasmo?

Enquanto me preparo para dormir, tiro minha maquiagem com toneladas de algodão, tomo uma ducha e preparo um chá para acalmar minha mente e minhas emoções que oscilam entre dois extremos. Sorrisos gratificantes e arrepios pelo galanteio do pouco tempo que passamos juntos hoje à noite, e a nuvem cinzenta de culpa e dúvida do que devo fazer em relação a Caio e eu. A insônia nunca me abalou, mesmo nos momentos mais trágicos da minha vida, e agora não é diferente. Desejei sonhar com o meu mascarado, mas ficou ali, na minha vontade; acordo sem nenhum sonho para lembrar.

*

Faz duas semanas que não coloco o pé numa livraria, o que faz sentido, visto a confusão que me meti na última vez que fui. Acabo, finalmente, conseguindo cumprir com minha promessa de levar Fleur para almoçar.

'Me conte!' diz ela entusiasmadíssima. 'Nem acredito, só nós duas almoçando!'

'Não tenho muito pra contar.'

'Duvido! Eu adoro fofoca e problemas de gente solteira! Fico enfurnada em casa, com problemas de criança e família, ou no trabalho, com os problemas bem... De trabalho. Não tem paixão, aventura. Vamos, me alimente com alguma excitação!'

'Caio cancelou o voo para sexta-feira passada e foi por isso que fui na boate com todo mundo.'

'Sim, sim, e fiquei sabendo que você e o Luke entraram no carro juntos.'

'Como assim *ficou sabendo*? Nada aconteceu entre a gente. Ele só me levou na porta de casa, nem do carro saiu. Eu tenho um namorado, há muitos quilômetros daqui, mas eu tenho.'

'Ah, sério isso? Eu achava que ele era apaixonadinho por você. Ele não tentou nada? Nadinha?'

'Não, nada, ainda bem!'

'Luke é um partidão. Tudo bem que ele tem filhos e parece que ele se dá bem com a ex-mulher, mas fora isso... eu não diria não. Quer dizer, se eu não fosse muito bem-casada, né?' Fleur passa a mão na barriga com uma felicidade exuberante no rosto.

'Por que ela se separou dele?'

'Não sei detalhes, mas acho que foi ele que largou ela. Aqui o divórcio é muito demorado, talvez nem estejam oficialmente divorciados, mas ela parecia ser uma pessoa muito difícil. Ele vivia saindo do trabalho quando ela ligava, o homem vivia uma pilha! Ele parece bem mais calmo agora. Agora, e esse seu namorado aí. Conte-me dele, amo dramas de noivos porque são *vai ou racha*! Não tem meio termo. Ou estão apaixonados ou, então, já era. Casamento cancelado.'

'Não tem casamento marcado! Ele está em Cingapura por mais alguns meses, até setembro.'

'Hum...*Sexting*!'

'De jeito nenhum! Morro de vergonha!'

'E como vocês matam a vontade? Vocês estão num relacionamento aberto durante esse tempo todo? Quando eu e o Benji tiramos um ano para viver separados, um pouco antes de casar, a gente combinou de conhecer o maior número possível de pessoas, seguir nossas vontades, ser super loucos! Se fosse para ficarmos juntos, nós iríamos correr pros braços um do outro no final daquele ano. Deu certo, e aqui estamos nós, felizes e cheios de manchas de banana na roupa!'

Se Fleur fosse um animal seria um pássaro desses que cantam o dia todo, energizando e trazendo felicidade por onde passa. Imagino que a mancha de banana é claramente uma referência aos seus filhos pequenos.

'A gente não combinou nada, nem pensou. Ele foi e…'

'Achou que você, linda desse jeito, toda exótica com essa pele de terra, esses olhos de água-marinha e esse corpo de deusa grega, ia ficar a ver navios? Ou você tem se trancado em casa ou não tá vendo os homens babarem por você. Talvez até algumas mulheres, tenho umas amigas que iriam amar você, se é que me entende. Gata, trate de se resolver já. Existem duas coisas que destroem um relacionamento. A distância e a proximidade excessiva.'

Ela me olha com aquele olhar de *tá na hora né?*

No caminho de volta para casa, gasto cada minuto pesquisando formas de conversar com o Caio. Inacreditável e vergonhosamente me pego procurando na Internet por "Relacionamentos à distância funcionam?". Como esperado, as respostas são as mais óbvias possíveis: *Claro que podem funcionar, mas depende do casal. O quanto o contato físico e sexual são importantes para você* e *para ele, você sabe? Quanto tempo durará a relação à distância?* E lembro do Miguel. Foram seis meses incríveis. Leves. Sem futuro. E daí apareceu o Caio. *Tem um prazo para se verem? Quais foram os compromissos que vocês arranjaram antes de começar a distância? A fidelidade numa monogamia à distância deve valer para os dois lados. O quanto vocês vão falar da vida social para o outro?* Enquanto leio as perguntas, percebo que não organizamos nada, ficou tudo em aberto. Depois de mais algumas lidas rápidas, chego no ponto onde preciso admitir para mim mesma que abro algumas questões que não havia cogitado antes. Lembro dele me dando tchau no aeroporto, dizendo, *Espera por mim,* e eu concordando com a cabeça. Em nenhum momento pedi ou pensei se *ele* estaria esperando por *mim.*

Tento me convencer que Caio é tão monogâmico quanto eu, mas como posso ter certeza? Ele não fala muito da sua vida lá exceto por algumas frivolidades do trabalho. Está certo que eu também não pergunto muito.

*

Sábado chega devagar, durmo até tarde e fico deitada na cama, lendo. O livro, o qual eu já deveria ter passado adiante, ainda senta na minha mesa de cabeceira. Não preciso mais dele, penso em entregá-lo da mesma forma como recebi. Pedalo até Gertrude & Alice, uma pequena e histórica livraria na Hall St, um dos meus cantos preferidos daqui, onde as paredes são feitas de livros e o ar é um perfume de seus cheiros misturados à vinhos, queijos, cafés e chás. Meu objetivo é menos egoísta, eu preciso entregar o livro a alguém que poderá ser um apreciador das festas. Coloco o livro na grande mesa compartilhada e sento à uma confortável distância dele. Dou o espaço necessário para que quem passa possa pensar que o livro é meu e passar batido ou, se a curiosidade for maior, pode abrir para ver. Tenho um caderno de anotações em mãos, um *chai latte* que esfria conforme o tempo voa e um livro que eu finjo ler enquanto observo a reação dos outros. Todas as seis pessoas que param para abrir o livro, cada uma do seu jeito e no seu tempo, dão uma risadinha e gesticulam sinais obscenos. Uma imaturidade desprezível. Nenhuma ganha o livro. Levanto-me e vou embora.

*

Tento voltar a uma certa normalidade, e hoje, segunda-feira, me vejo de volta na mesma livraria e hora onde tudo isso começou. A distração é um empecilho. O meu canto, o sol no meu sofá, tudo continua lá, os mesmos livros, a mesma música de fundo, tudo muito em paz e na calma, inclusive eu, sentada no mesmo compasso. Quem me vê por fora não pode, no entanto, imaginar o tumulto de imagens, sons, palavras e memórias que despertam minha pele e minha autocrítica. A culpa e as dúvidas fazem a paz sumir. Voa pra longe como as pombas brancas hão de voar.

No meu caminho de volta para o trabalho, vou no Westfield para comprar um suco e me deparo com uma loja de lingerie belíssima. Entro por curiosidade e fico por interesse. Percorro as araras à procura de uma peça com mais pano e menos renda do que a lingerie que a Fleur me fez comprar. Algo entre as minhas práticas peças, que uso no dia a dia, e algo tão sedutor e revelador como o novo conjunto que ainda não usei. Ainda amarrada às minhas próprias dúvidas, fico muda até a assistente vir me oferecer ajuda e mostrar alguns itens que servirão bem em mim. Um deles se encaixa perfeitamente no meu corpo e, sem saber como, quando e nem com quem vou usá-lo, sinto que foi feito pra mim.

Talvez seja a culpa que me faça gastar mais um punhado de dinheiro na minha próxima ostentação consumista. Mais uma máscara. A hora do almoço termina e nada mais de excitante acontece hoje.

A noite chega e penso em formas cautelosas de falar sobre o assunto com o Caio para não abrir a porta do ciúme. Não quero ter uma casa repleta de flores semimortas de novo. Escrevo no meu diário, com a intenção de ler para ele, mas serve apenas para tirar de mim o que me atormenta. *Seria mais fácil se terminasse comigo, se mostrasse meus erros. Seria mais fácil você não ser tão perfeito. Seria mais fácil se você não existisse, se você me descobrisse, seria mais fácil se eu parasse de imaginar você existindo no presente quando na verdade, você está lá trás, num dia que só existe porque minha memória ainda funciona. Seria mais fácil eu parar de te fazer existir num futuro que não sei se vai existir.*

Ligo para ele e assim que tomo coragem logo após nossa conversa fiada inicial, tento dizer o que escrevi, mas com palavras menos marcantes, menos traumatizantes.

'Caio, eu... Estou muito confusa, gostaria de propor que a gente tentasse…'

'Se ver mais, eu sei. Sei que eu cancelei semana passada, mas eu vou dar um jeito.'

As palavras me faltam, gaguejo entre sílabas e sons até conseguir falar.

'Também, mas acho que enquanto a gente não se vê, eu queria... Eu acho que... Eu queria... Deixar você livre.' Nem acredito, saiu! 'Queria que a gente organizasse um acordo, que a gente pudesse não ficar com ciúme um do outro, nem perguntar o que se passa.' Talvez eu tenha falado demais. Ele está mudo, olho o relógio e já tem um minuto. 'Caio...'

'Eu tô aqui. Tainá, não sei o que dizer.'

'A gente ainda tá junto, mas enquanto você estiver aí…' Como a Fleur e a Bianca fizeram isso!? Que chateação, que tremor.

'Eu não quero ver ninguém...Você quer?'

‘Não. Não necessariamente.’ Penso rápido e jogo a bola para ele: ‘Mas eu não estou feliz, sem saber o que você faz aí.’

‘Tatá! Ah, que graça você, não fica assim!’

‘E tem as flores, Caio. O seu... Ciúme. Eu não fiz nada, fui a um dia de trabalho, saí com o pessoal, depois e nada aconteceu, romanticamente, com ninguém. E você não acredita em mim, e você me entope de flores, lindas, muito bonitas, mas que eu tenho que jogar fora agora. Tá tudo morto.’

'Puts, Tá, a maior bola fora a minha! Prometo, não vou fazer mais isso.’

‘Ok. Obrigada.’

Terminamos a noite com nossas conversas normais de tempo, nossas mães, comida, exercício e trabalho. Será que algo mudou?

9

Venho na revista depois de passar o dia preparando a prancha de revestimentos e as imagens para montar o painel na recepção mostrando como vai ficar o escritório depois da reforma. Já passei tantos dias aqui entrevistando pessoas para saber o que queriam, que desenvolvi ótimos relacionamentos de confiança e respeito. Toda vez que chego aqui, me sinto acolhida e paparicada. Além dos abraços, elogios, conversas e – como esquecer - dos vestidos que ganhei da produtora de moda, um dos maquiadores decide que eu preciso colocar mais cor no meu rosto. Diante da minha recusa, ele pede para que eu o ajude a escolher cores para um editorial de moda com diferentes etnias, adoraria testar na minha pele *meio vermelha, meio branca, meio floresta*, em suas próprias palavras.

'Tão única!', repete diversas vezes.

Como sempre, se segue a pergunta de onde vim e como consigo ter esta pele avermelhada com os olhos tão azuis, digo que é apenas fruto de violência e colonização. Meus pais e meus avós se casaram por amor, mas minha bisavó, para espanto de muitos, foi laçada pelo meu bisavô no meio da floresta

Amazônica e nunca mais viu sua família. Isso não tem quatrocentos anos, foi há menos de cem, no século XXI. Foi obrigada a sair da sua tribo e viver entre a fazenda e a cidade. Tudo o que sei, ela me contou no leito de sua morte quando eu ainda nem sabia escrever. Disse que recebeu a voz do canto de sabiá quando eu nasci, e que só iria viver até o dia que eu fosse velha suficiente para lembrar dela. Eu lembro, mas queria que ela tivesse vivido mais.

As lágrimas apareceram nos olhos de todos, sendo rapidamente eliminadas para não destruir suas maquiagens. Eu também chorei, um pouco. Eu queria chorar mais, não só por sentir falta dela, mas por toda a violência que ela teve que suportar. Tudo isso está bloqueado na minha garganta. O que dá a alguém o direito de invadir a vida de outra pessoa?

Em meio a esse momento íntimo no melhor estilo conto-ao-redor-da-fogueira, recebo a maquiagem mais bonita da minha vida. Emoldurada por uma tarja vermelha nos olhos do mesmo jeito como foi enterrada a bisa, vejo ela em mim, sinto sua coragem e suas dores tomarem conta das minhas veias. Agradeço por ter dito sim ao maquiador e tenho um momento esclarecedor: não há melhor lugar para deixar o livro. A maioria - para não ousar afirmar que todas - das pessoas que conheci aqui precisam se libertar das imagens que têm de si próprias e da necessidade de receber aprovação externa. Deixo o livro por entre as roupas, numa mesa pequena junto com um monte de amostras. Não sei quem vai pegar o livro, mas sei que, quem quer que seja, vai achar o caminho para a festa.

Bisa sussurra nos meus ouvidos, que o único nó que deve existir entre duas pessoas é o nó da palavra *nós*. Eu vou à festa, me desfazer desse enlace que o Caio me colocou por tantos anos.

*

Quando o mar estiver rosa
Os prédios que arranham o céu
levam ao paraíso escondido
no Horizonte finito

Releio o trecho do livro que indica o lugar da festa quando as flores são rosas. O paraíso nada mais é do que um lugar utópico e imaginário onde todos são felizes, saudáveis, sem problemas nem discórdias pertencentes ao ego do ser humano. Penso sobre o horizonte finito. Horizontes são infinitos, eu os conheço bem. A gente nunca chega, nunca pega, nunca alcança. É a linha entre o céu e o mar. É visível e imaterial ao mesmo tempo. Olhar para o horizonte é expandir a mente, pensar em quão pequenos somos, o quanto as coisas não são aquilo que parecem ser. Como as máscaras. O horizonte é como o desejo, quando conseguimos chegar lá, descobrimos que queremos outra coisa, queremos mais. Um objetivo inatingível. Um horizonte finito só é possível se tivermos dois planos se encontrando, como uma parede e um chão, formando uma aresta. A aresta é um encontro com início e fim, porque, ou tocamos a parede ou tocamos o chão. A aresta é o horizonte finito. Uma procura na Internet me leva a descobrir o endereço de um restaurante em um dos arranha-céus daqui que se chama *Aresta do Horizonte*. Ligo, tentando fazer uma reserva, o telefone atende com uma mensagem eletrônica dizendo que atualmente, só convidados. Algo me diz que não é apenas um restaurante e sim, um grande salão de festas.

Uso a minha nova máscara, com meus olhos emoldurados pela maquiagem profissional e étnica que recebi hoje à tarde, meus cabelos lambidos jogados para trás, encostando na metade das minhas costas, a máscara que só deixa a minha boca e o meu queixo de fora, com plumas que saem dos dois lados da máscara para trás. Sou uma mistura de indígena, pássaro e gato. Meu vestido, que há muito tempo não usava, não poderia ser considerado gala, ele evoca as cores da terra, terra batida, terra clara e escura mesclando-se com minha própria cor. A minha pulseira de lápis lazúli, que ganhei de mamãe quando estivemos de férias no Chile quando eu era criança, ainda cabe no meu pulso. Eu comprei o vestido numa viagem pela Espanha que fiz com Miguel e outras pessoas da faculdade, num brechó no meio do nada, e ele se encaixa perfeitamente no espírito da bisa, e no meu agora. Esvoaçante. Beirando o campestre, o vestido longo e semitransparente toca o chão tem marcações nos braços que tornam as mangas compridas ligeiramente abauladas. Abro apenas dois dos botões revestidos do mesmo tecido descem do pescoço até a cintura. A fina corda prende o vestido ao invés da gola, fica solta, caindo pela frente do meu corpo. Não tiro o valor dele só por ter sido comprado com um miserê de salário de estudante. Foi comprado por mim, em um patamar financeiro mais apropriado à minha condição, do que todos esses vestidos de marca que me foram dados, e faz exatamente o que deveria fazer, me deixa ser eu. Me preocupo por não ser um vestido de inverno, então coloco um modelador cavado na frente e atrás que precisei comprar ano passado para uma das festas de trabalho em que acompanhei o Caio. Funciona perfeitamente como uma camada térmica.

*

A coragem que me fez vir hoje de novo e de me vestir tão aberta ao mundo, expandindo minha energia, chamando aqueles que se identificam com ela, desaparece assim que vejo o meu mascarado. As máscaras nos obrigam a colocar palavras em sentimentos, porque não é possível decifrar e ler as reações dos outros músculos do rosto de um e de outro, mas quem disse que conseguimos saber expressar o que sentimos? Só sei que o corpo não mente. Ficamos parados, nos olhando de frente, no meio da multidão. Reconhece-me pelo olhar, e pelo colar. Eu o reconheço pela máscara, a mesma da semana passada.

'Foi difícil achar você hoje.' Ele sorri.

'Não sei porque, coloquei o mesmo cordão.' É um alívio poder achá-lo de novo.

Sem desviar seu olhar, ele fica mudo, sinto que palavras querem sair de sua garganta, mas ele não consegue.

'O gato comeu sua língua?'

'Quase, você é um gato ou um pássaro?'

Sorrio e ele me pergunta sobre meu olhar emoldurado de vermelho. Explico sem filtros ou preocupações a história da minha bisa, e agora me arrependo porque esta é uma história que não pode ser inventada e vai que ele é alguém que eu conheço lá fora.

'Acho que agora você vai poder me reconhecer fora daqui.'

'É, essa história não é a mesma banalidade de sempre, da vida de um... Dentista, por exemplo.'

'Definitivamente, não. O que foi?' sorrio de volta.

'Nada.'

'Eu sei que você quer perguntar alguma coisa.'

'Estou tentando saber se você pode continuar a nossa dança...'

Continuo evasiva, pensativa e... medrosa. Repasso a conversa com Caio na minha mente e acho que sim, ok. Não precisamos ter ciúme um do outro, ele não precisa saber o que eu faço, eu não preciso saber o que ele faz. Duvido de mim mesma. Sabendo que não vou conseguir resistir se dançarmos como semana passada, tomo coragem para dar o próximo passo.

'Que tal alguma coisa diferente?', olho para a sala de cordas.

'Eu não saberia o que fazer lá dentro.'

'Nem eu', dou de ombros. 'Você quer descobrir junto comigo... agora?'

Com um pequeno gesto, ele aceita o convite. Inclina o tronco, dobrando o braço direito atrás do corpo e, com o esquerdo, me indica o caminho: 'Você na frente'.

Ao chegarmos na porta de vidro da sala chamada *Nó*, percebo reticências no ar, uma hesitação talvez por estarmos parados em frente à porta sem tocar na maçaneta, sem dizer uma palavra, nem olharmos um para o outro. Estamos ali, duros como dois arranha-céus esperando o chão ceder para tombarem como Torres de Pisa e se encostarem um ao outro.

'O que tem lá?'

'Cordas e pessoas. Eu só vi brevemente no meu... Num dia que eu vim.' Percebo que quase disse quando foi meu primeiro dia e acho que já dei dicas demais de quem eu sou. É melhor conter as palavras, deixá-las saírem com meus amigos, aqueles a quem podemos contar tudo, ou no diário.

'Então tá, isso ao invés de dançar...'

Consigo sentir sua apreensão assim como quem está prestes a pular de um avião pela primeira vez. Quando a dúvida entre não ir por medo do perigo e ir, pela excitação da descoberta do desconhecido. Mais uma porta que se abre, mais uma experiência na vida que somente a demência poderá roubar um dia.

Ele dá espaço a um outro casal que sai assim que abre a porta. Eles nos dizem que nada vai ser melhor do que entrar na oficina.

'É de outro mundo', fala um deles.

'Vocês nunca mais serão os mesmos.' diz o outro.

Lá dentro, no canto à esquerda de quem entra, somos recepcionados por um homem, estilo professor de yoga, com uma calça típica e uma camiseta. Ambas em cor branca. A sala é bem aquecida, uma temperatura amena como o meio-dia de uma ensolarada primavera, é bem iluminada como um amanhecer de um dia de verão. A atmosfera consegue ser íntima e intensa. O instrutor pergunta se é nossa primeira vez, e se queremos fazer juntos ou separados.

Respondemos 'juntos' ao mesmo tempo. Rimos com nossa sincronicidade. Ele pede para que tenhamos um código, um código verbal como uma palavra, e um código corporal como piscar os olhos três vezes. Algumas pessoas completamente nuas parecem ser bem experientes visto que suas amarrações envolvem a suspensão, e um número enorme de nós que param seus movimentos por completo, mas a maioria está com roupas esportivas que expõem a pele como shorts e tops, os homens, quase todos, apenas com shorts. E máscaras. Sempre com as máscaras. Seus corpos estão pendurados, amarrados, há um silêncio no ar, quebrado por gemidos de dor ou de prazer. Difícil dizer. O instrutor nos pede para ficarmos prontos, o que significa escolher a nossa palavra e gesto de segurança e tirarmos a roupa.

'Que palavra você quer?', pergunto.

'Café?', ele sugere.

'O que você disse?'

Tirando suas luvas e as colocando nos bolsos do paletó ele procura minhas mãos, se aproxima da minha orelha esquerda e repete sussurrando pausadamente: 'Café.'

'Café' repito, achando graça da palavra escolhida, e por isso mesmo deve ser a palavra, ao mesmo tempo que me vejo congelada, fixada nesse ato de atenção das suas mãos sobre as minhas.

'Confia em mim...Você pode me amarrar também.'

Não sei se teria forças para amarrá-lo, mas deixo por isso mesmo e não digo nada.

'E os gestos?'

Meu mascarado pisca três vezes e concordo com a cabeça. Admito que o tirar do meu vestido causa rebuliços bons e ruins dentro de mim. Os bons, eu dou crédito a todo esse envoltório, o tirar da roupa em si e a antecipação do desconhecido. Estou satisfeita de estar usando meu modelador confortável, colado no meu corpo, moldando cada curva, não me sinto exposta, nem tão pouco me sinto erotizada, ele não está vendo nada mais do que meu professor de natação via ou nossos amigos veem quando vamos à praia. Os rebuliços ruins são por conta do Caio. Duvido se nosso papo sobre um relacionamento aberto foi um acordo. Talvez ele achasse que o estou traindo, e detestaria magoá-lo.

O mascarado leva muito mais tempo para tirar todas as partes da sua roupa, no canto do meu olho direito, vejo que meu mascarado usa uma cueca estilo short, apenas pela cor, preto intenso, imagino que seja nova. Não percebo se analisa meu corpo, mas não me sinto demasiadamente nua, às vezes tenho mais pele à mostra quando corro. O instrutor nos leva a uma área grande o suficiente para três tapetes de yoga lado a lado.

No meio, cordas vermelhas presas por um aro circular no teto. Ele mostra mais outros três aros vazios ao lado e cordas extras numa estante, e nos entrega duas toalhas. Com uma voz calma e serena, ele ensina a pressão das cordas, inclusive como posso amarrar o mascarado, os pontos no corpo, os tipos de nós, pergunta se temos algum problema médico e nos certifica de que podemos chamá-lo se quisermos e que temos todo o tempo necessário. Ele explica que cada pessoa sente emoções diferentes e que não há certo nem errado, pede para deixarmos fluir e realmente parece nos tratar como um casal. A princípio, parecemos mesmo. Seu último pedido é para irmos devagar e deitarmos no tapete de yoga para assentarmos as sensações e transformações no sistema neurológico.

E assim fazemos. Trocamos olhares que dizem 'eu confio em você', e estou deslumbrada, espantada como dou tanto de mim para um estranho. É a terceira vez que o vejo. É a terceira vez que eu falo com ele. Não sei seu nome, não sei seu rosto. Jamais poderia reconhecê-lo na rua, ou numa delegacia, viesse ele a me machucar.

Gentilmente, ele me pergunta se eu quero ir primeiro e, visto a minha negação, pergunta se tem alguma área que não quero que encoste ou alguma cicatriz. Eu digo que não. O que acontece a partir daqui é quase uma alucinação, um estado alterado de consciência. Por meio das cordas, das marcas, dos gemidos de dor e prazer, sinto que nos unimos, nos amamos numa troca transcendental sem uma conotação erótica por si só. Em algum momento, quando sinto algumas cordas cortando minha pele, enquanto ele consegue me amarrar para me suspender e meu pescoço pendura querendo se libertar do meu corpo, nossos lábios se encostam, se sugam, se beijam. Saliva, suor, culpa e rendição juntos. A dor, o prazer e a confiança me fazem, sem preâmbulos, abandonar meus preconceitos e meus medos. Sua respiração acorda minha pele por onde passa. Lágrimas de exorcização do meu passado mancham minha maquiagem por baixo da máscara, meus lábios, a única parte que ainda tenho controle de mexer, revelam o prazer que o resto do meu ser experimenta. A marcação de tempo é desnecessária e o chão encontra meu corpo gentilmente e devagar, o corpo dele abraça o meu, agora descansando no chão com as cordas ainda restringindo meus movimentos.

Ele sussurra:

'Obrigado', e beija a minha testa acima da máscara.

Um sinal de respeito. Depois me beija nos lábios tomando o tempo que nós dois queremos. Calmo e em paz, ele desfaz os nós, um a um. O barulho das cordas, nossas e dos outros, misturados com os gemidos e sussurros, é uma música. Uma música chamada reciprocidade.

Ao final da nossa experiência, deitados lado a lado nos tapetes de yoga, ele estica sua mão para segurar a minha. Um gesto para fechar essa experiência inesquecível. O instrutor se aproxima, depois de alguns minutos, quando a temperatura do meu corpo começa a esfriar, e pergunta como nos sentimos. Explica que essa é uma forma de restrição de movimentos japonesa chamada *kinbaku*, ele gosta de dizer que é uma forma de amarração ou conexão profunda. Afirma que lembraremos um do outro para sempre, que esta relação foi abençoada com absoluta confiança.

Tão logo o instrutor vai embora, nos abraçamos de frente enquanto sentados no chão, as testas das nossas máscaras encontram descanso uma na outra. Nos olhamos sem conseguir focar de tão perto.

'Preciso perguntar o que passa na sua cabeça?' digo.

Ele sacode a cabeça em negação, me beija segurando meu rosto pelo maxilar e fala enquanto ainda cola sua boca contra a minha:

'Você não sabe? Você já me deu mais do que eu poderia imaginar' ele sorri e me pede para esperá-lo do lado de fora da sala. A roupa dele demora consideravelmente mais tempo para ser colocada do que a minha.

É surreal sair de uma experiência destas e voltar ao mundo normal. Sinto-me flutuar, mas tenho certeza que meus pés estão no chão.

'Eu te machuquei?', pergunta ele com um olhar carinhoso e, arrisco-me dizer, grato. Respondo que não. A festa ainda não acabou, não faço ideia da hora, mas vejo que uma banda ao vivo começa a se preparar para tocar em alguns minutos depois. Eu poderia ir para casa agora e dormir enfeitiçada, mas ir embora é dizer adeus a ele por mais uma semana, então, sem arranjos, planos ou preparativos, embarcamos juntos no restante da noite.

Quando chego em casa e esvazio os bolsos do meu sobretudo, acho um papel, tamanho quase A5, com um desenho feito à lápis grafite. Estou subindo uma escada em direção a um mundo sombrio, as pessoas não riem, bem denso. Atrás de mim, por onde meu desproporcionalmente longo e esvoaçante vestido já passou, tudo é feliz e tem vários tons, formas e estampas, a meu ver, a forma como ele representa cor com o lápis. Não dá pra ver a expressão no meu rosto, mas a máscara que o cobre é a máscara de hoje. No canto inferior direito, numa mancha branca do papel, diz:

Você é o sopro do vento que carrega cor
Muitas, inúmeras cores

Deixadas ao mundo pelo rastro do seu cheiro
Na direção contrária da sua caminhada.
Aos olhos especiais daqueles que veem magia no dia-a-dia.

*

Um aceno vindo de uma parte escura do escritório me chama, é a mulher de RH. Deve ser encrenca, o que eu posso ter feito de errado? Salas grandes com poucas pessoas são sempre intimidadoras e frias. Não sei se fico com frio porque estou intimidada ou se fico intimidada porque estou com frio. Ela, de cabelos prateados, lindos, escorridos e brilhantes, um sorriso que certamente vê o dentista regularmente, e uma postura impecável. Como eu, ela também parece não tratar o escritório como um desfile de moda e se veste de forma profissional e discreta, mas muito elegante e limpa. O *limpa* vem de Fleur, que constantemente aparece para trabalhar com manchas na roupa e é forçada a disfarçá-las com echarpes, blazers e cardigãs que deixa aqui para que não sejam "infectados em casa". Palavras dela. Torço para que a mulher de RH se apresente de novo porque não lembro seu nome, pensei em procurar antes da nossa reunião, mas vista a confusão e as novidades de semana passada, acabou passando na minha lista de coisas a fazer.

'Nunca nos apresentamos direito, permita que eu me apresente. Sou Stephanie, mas a maioria das pessoas me chama de Steph. Sou a gerente de RH e queria saber como andam as coisas com você, se tem algum time que você gostaria de estar ou algum tipo de projeto que prefere trabalhar. Enfim, uma conversa casual para que eu possa conhecê-la melhor e ajudar na sua carreira.'

Surpresa, aliviada, nunca imaginei ouvir algo deste tipo, entrei aqui achando que teria algum problema de visto ou de performance, e ela quer saber o que eu *quero* fazer? Nem sei! Mas é claro que isso não é uma resposta muito útil. Eu, então, falo que gostaria de trabalhar com projetos maiores, como escolas, museus e arranha-céus. Projetos complexos. Ela me dá os parabéns por ser tão determinada - nunca percebi que era - e me promete um novo projeto logo.

O frio desaparece por completo. O dia é deslumbrante! Mas como a alegria não é um estado permanente, há de ser sempre perseguida pelas dúvidas. Tarde da noite, antes de ir dormir, naquela hora em que a solidão, as angústias e os medos assolam nossa mente e se misturam com sonhos e imaginações românticas, ligo para Bianca.

'Pode falar?'

A única que vai tratar dos meus monstros com o devido respeito e o sigilo necessário. Ela, no meio de seu dia, feliz e contente com sua contínua legião de seguidores fiéis e seus novos muitos amigos culinários, tira tempo de uma cozinha abarrotada de gente para falar comigo. Conto apenas que conheci um cara numa festa de máscaras sem mencionar livros nem eventos secretos. Minha dúvida é como resolver isso comigo mesma e com o Caio. Seus conselhos são os melhores possíveis, sem nem pestanejar, não me julga, não me diz que faço algo errado, e vai num rompante falando que mesmo nós, que crescemos livres, sofremos com os preceitos pudicos, machistas da sociedade.

'Amiga do peito, minha gata, desde quando você precisa negar um sentimento? Não tem que ter culpa de achar o cara bonitão, gostoso, charmoso, poético. Não estou dizendo para trair o Caio, só falando que a gente não controla o que sente. Sem contar que seu namoro virou um namorico, né? Você está com um cara há uns quinhentos anos, que fica correndo o mundo a bel prazer, achando que você vai segui-lo como um cordeiro. Acorda, flor! Está na hora de você fazer as coisas que gosta e, se o Caio não chegar junto... bem... roda ele. Não você'

Tão protetora. Ela me sugere conversar com o Caio sobre o que fazer enquanto estamos namorando à distância, e me oferece o seu apê em Kirribilli até alguém alugá-lo se eu quiser sair de Bondi. Acrescenta que, sem cobrar nada, apenas as contas mundanas como luz, água, essas coisas. Só amiga faz isso.

'Obrigada, amiga.'

'Imagina! Preciso ir, mas liga mais viu?!'

Ainda não consigo confessar sobre o mascarado, mas acho que tudo bem. Nem sempre é preciso revelar todos os nossos segredos para a gente receber a ajuda que precisa. Bianca, como toda boa amiga, consegue me colocar no prumo de novo. Quando perdemos o controle, precisamos dos outros para nos lembrar de quem somos.

Passo o fim de semana tentando concordar com Caio sobre o que vamos fazer em nosso relacionamento enquanto estamos longe um do outro. Pensei demais no que dizer e não tenho certeza de quão claro eu sou, preciso dele aqui para que possamos conversar cara a cara. Pergunto se ele ainda está vindo para Sydney e se tem alguma ideia de quando. Sua resposta é tão seca quanto nós dois desde que ele partiu: 'Sim. Não'. Depois de ser ignorado algumas vezes, desisto de insistir.

A chegada da mãe na próxima sexta-feira, por apenas uma semana, me encoraja a tirar férias para que eu fique muito ocupado no trabalho para terminar tudo o que é necessário e entregar o que precisa ser feito antes que ela chegue. É uma semana movimentada. Muito ocupada, eu nem tive tempo de correr, mas consegui pensar na logística para ainda fazer a festa - também na sexta-feira.

10

Ninguém é imigrante porque quer. Alguns anjos incorporados migram ou passam a vida viajando por uma causa como salvar uma floresta, defender um país, sei lá. Outros, mais bobos, se mudam por amor. Sem saber que, se o amor e a paixão não acabam, são transformados em pequenos gestos em datas especiais. Os mais mundanos, egoístas que só eles, saem à procura do emprego dos sonhos. Mas estes são poucos, muito poucos. A maioria dos expatriados se muda por medo. A imigração é uma sobremesa salgada. É um pacto com os seres do submundo, é preciso assinar um contrato no qual sua alma vai vagar para sempre entre as memórias do passado e aquele lindo futuro da próxima viagem de volta à terra natal. Um lugar pacífico e abundante. Imigrante é imigrante por necessidade ou ignorância. Eu me encaixo em todas estas categorias. Quando a gente migra ou imigra, não há presente, exceto aqui no aeroporto.

O aeroporto é uma espécie de igreja para as almas andarilhas. Aqui, mesmo sem ir, estou a esperar o conforto e a turbulência da minha alma. Onde a culpa e a redenção se encontram. Minha mãe. Aqui, confronto meus erros, minhas angústias, minhas más decisões durante um tempo que depende da direção do vento, da boa vontade dos empregados na alfândega e da astúcia de mamãe em pegar a própria mala no carrossel apinhado de gente. E, no final, no final eu recebo um sorriso, uma corrida e um abraço maravilhoso, me mostrando que estou perdoada. Santa mãe. Já experiente nesse processo, eu aguardo ansiosamente por este expurgo emocional que só o aeroporto me dá, e hoje não haveria de ser diferente. Mas é. É porque meu telefone toca com uma mensagem do Caio.

Ele diz que chega *hoje* e vai me levar para almoçar, *ele tá falando sério?* Ligo de volta e, para variar, ele não atende. Irritada pela sua interrupção e grata pelo esforço em entrar no avião, peço para ele me ligar. Relembro-o que estou no aeroporto, que vou trabalhar até as 16hrs e levar minha mãe para jantar. Ele responde, por mensagem, dizendo que ok, que passa no trabalho para me dar um beijo. Na hora do almoço. Talvez eu não tenha sido clara.

Tendo que replanejar todo o final de semana - imagino que Caio só venha para o final de semana - mando mensagens para Fleur, perguntando se posso levá-lo para o seu chá de bebê, tento adicionar mais um no meu ingresso para o Ópera House com mamãe amanhã, mas, na impossibilidade, visto ser menos do que 48 horas, preciso achar alguém para dar estes convites. Sem contar com a festa e o mascarado hoje à noite. Como vou resolver isso? *Te amo! Mal posso esperar para te ver!*, é a última mensagem. Nem parece que me conhece: aparecer assim do nada, sem perguntar, sem acordar planos!

Sem decepções, mamãe aparece, como uma amazona sexagenária correndo na minha direção como se não tivesse ficado mais de trinta horas em trânsito entre sua casa e aqui. Seu abraço não precisa de nenhuma palavra, mas não nos contemos, e ela fala repetidamente o quanto me ama e quanta saudade sente. Eu tentando pegar sua mala, e ela segurando meu rosto como se fosse a última vez que me visse. Não vai ser mãe, tá tudo bem.

Com a mesma energia e coragem que sempre a impeliu a fazer tudo na vida, ela prontamente caminha para o balcão da companhia de telefone para resolver sua situação comunicativa.

'Vou precisar de um chip só, eu trouxe o meu telefone meio antiguinho destravado e acho que vai funcionar.'

Ela não aceita minha sugestão de usar um telefone com dois números. É muito confuso. Ela prefere ter dois telefones separados enquanto estiver aqui.

'Você tá com medo de tecnologia agora, mãe?'

'Não, mas facilita ter dois.'

Noto que apesar da sua centelha energética, algo envelheceu, não teria sido assim no passado. Ela ainda é fascinante, eu a admiro enquanto se vira com seu inglês torto pedindo, *I want all Internet, infinite Internet. Yes, I do email, music, maps...'* O rapaz do quiosque entende e mamãe sai com dois telefones funcionando: um brasileiro em *roaming* e um local funcionando perfeitamente bem. *Você é demais, mãe!* O telefone dela toca com sua primeira mensagem australiana.

No táxi para casa, mando a bomba de que Caio está chegando hoje, daqui a pouco. Prontamente ela se oferece para ir a um hotel.

'De jeito nenhum!', respondo e ofereço a casa de Bianca para o final de semana e, na segunda, vamos a Bondi e ela pode ficar lá até o final.

Chego ao trabalho tarde, como havia combinado com Joanne e, depois de frenéticas duas horas trabalhando, Caio aparece às 12:30 com cheiro de avião para me levar para almoçar. Lynnette me assusta por trás, dizendo que tem 'um gatão aqui para te ver'. Sim, concordo que Caio é lindo e, pessoalmente, ainda mais. Meu coração palpita forte, parece que o ver em carne e osso me faz apaixonar por ele de novo. O vazio da nossa vida virtual desaparece.

'Quem é?', pergunta Joanne fazendo questão de ir vê-lo.

'Meu almoço, ao que parece', respondo sorrindo.

Ele, como sempre muito charmoso, convence Joanne a não precisar de mim de forma que consegue que ela me libere para um almoço prolongado com ele. Ela o convida para os drinks no fim do dia.

'Joanne, eu vou levar minha mãe para jantar cedo, lembra?', digo e ela responde animadíssima:

'Claro, traz ela e o maridão também!'

E respondo apressada:

'Namorado, ele é namorado!'

Peço licença aos dois, vou para minha mesa salvar meus arquivos, travar o computador e pegar minha bolsa. Penso no meu mascarado. Meu plano era perfeito, iria levar mamãe para um jantar cedo e encontrar com o mascarado. Agora, o que faço?

Caio me leva para almoçar no Customs House. Maravilhoso o lugar, mas não quando se tem apenas uma hora. Ele fala sobre como seu trabalho é estressante e que não vê a hora de vir para Sydney de vez.

'Tenho que ir Caio, já está super tarde, estou atrasada. Vou sair cedo para levar mamãe para jantar. Eu te vejo depois em Bondi.'

'Tatá, eu também estou perdendo o dia de trabalho para ficar com você, achei que era isso que queria.'

'Sim, mas a diferença é que você escolheu perder hoje, eu vou entrar de férias para ficar com mamãe, você poderia ter avisado antes ou, se tivesse me ouvido, vir semana que vem.'

'Já entendi, não precisa entrar num monólogo. Te levo de volta pro trampo de carro.'

'Não precisa, tem muito trânsito. Eu vou andando.'

'Vamos fazer assim, sua mãe dorme agora, você trabalha a tarde toda, eu te encontro aqui às 17:30 para o drinks com o seu pessoal e levamos sua mãe para jantar às 18:30, 19hrs. Ela vai estar descansada da viagem e você vai ter conseguido terminar seu trabalho.'

Relutantemente, aceito sua proposta. Mamãe está dormindo e, se a conheço, colocou o despertador para às 3:30 para poder me encontrar às 16hrs. Sua mensagem às 3:35 confirma. Ela aceita a mudança de planos e, de boa como sempre, vai dar uma passeada, conhecer o bairro.

Aceitar esta proposta do Caio também significa que não tenho como de ver o meu mascarado hoje. Deveria tentar avisá-lo que não posso ir. De alguma forma.

Caio volta cheiroso para o *Friday drinks*, e conquista a todos no trabalho, inclusive nossa gama de diretores que quiseram conhecer meu "noivo", o homem que conseguiu amolecer o meu coração. Mal sabem o quão despedaçado é o meu coração, segurado por cola, fitas e costuras. Fui obrigada a parar a animada conversa sobre assuntos corporativos - porque pra isso que serve socialização no trabalho - entre os diretores e Caio, e não dar mais uma bola fora com mamãe e chegar atrasada.

Chego cinco minutos atrasada e me parte o coração ver mamãe numa mesa sozinha, ao mesmo tempo que agradeço por ela ser tão independente e não esperar no frio lá fora. O restaurante indiano em Lavender Bay estava na minha lista de lugares para ir desde que dormi na casa de Bibi pela primeira vez e corri por todas essas ruas. Hoje, finalmente posso levar minha mãe - e Caio. Caio e mamãe já não se veem desde que viemos para cá em dezembro passado, alguns meses depois que papai se foi, e não há nenhuma estranheza entre eles. Parece que se viram ontem. Familiar. Caio, gentilmente trouxe para ela uma caixa de chocolates que ela adora, e um marcador de livro. Disse que está doido para levar a gente para Ásia. Ele parece genuinamente interessado no retiro de yoga de mamãe e, durante todo o jantar, faz questão de dizer que ela está bem. Minha família. Eu, ela e ele. São tudo que me resta.

O meu estado enfeitiçado pelo carinho e atenção de Caio some quando meu relógio bate às 19hrs. As luzes da cidade me chamam, me distraindo da vida real, me levando a um lugar onde não posso ir hoje e talvez não possa ir mais. A festa, a dança, e a nudez despretensiosa parecem irrelevantes quando estou com a minha família aqui. A entrega, o que senti com ele não são tão irrelevantes, mas talvez sejam passageiras. Talvez, só seja possível se sentir assim uma vez. Até quando vou a uma festa dessas e a qual custo? Me obrigo a mudar de lugar e ficar de costas para a vista, para conseguir dar atenção às pessoas que realmente importam. Caio sugere que mamãe durma em Bondi conosco. Ele vai dormir na sala. Mamãe, sabiamente, resolve ficar na casa de Bibi para nos dar privacidade, como ela mesmo diz.

De volta a Bondi, eu espero ansiosamente para que Caio e eu consigamos resgatar a conexão que está quebrada. A única diferença no apartamento é a sua mala pequena de mão perto da cama. Fico aliviada que minhas máscaras estão em Kirribilli. E se mamãe as achar? Será que é um problema?

Caio não espera muito mais do que o tempo de tirar os sapatos para matar a sede que a distância lhe deu. Suas mãos por trás dos meus quadris logo fazem caminho para dentro da minha saia, alisando minha meia calça e dizendo o quanto me ama e o quanto sentiu minha falta. Seu vocabulário, assim como seus movimentos de mãos, pernas, boca, língua e corpo contradizem com o gentil homem com quem acabei de jantar. O levo para o quarto na tentativa da maciez do colchão e das almofadas acariciarem e arredondarem suas arestas. Sua pressa deselegante e egocêntrica é produto da saudade, segundo ele, e diz que vai me recompensar amanhã à noite num jantar romântico.

A luz do mundo entra pela fresta da cortina, deixando-o metade na sombra e metade na luz. Enquanto ele dorme, tiro minha roupa, coloco-a para lavar, tomo uma ducha rápida sem saber se algumas das linhas que escorrem no meu rosto são lágrimas ou apenas água. As marcas das cordas já desapareceram, mas ensaboo meu corpo por onde elas passaram, tentando lembrar de como me senti na última vez que vi meu mascarado. Da sensação de se estar livre e leve. Entro embaixo das cobertas com meu pijama quente e completo, esperando um sonho que apague esse abismo entre Caio e eu.

*

Sábado amanhece com uma mensagem de mamãe dizendo que arrumou um grupo de mães de brasileiros em Sydney e vai com eles para Hunter Valley numa excursão de dois dias. Volta amanhã à tarde e não preciso me preocupar com ela. Só minha mãe. Vai me mandar fotos à noite.

Caio só acorda às 10hrs depois que eu já corri meus 11km e estou de volta na nossa varanda tomando meu suco verde.

'Eu sou o cara mais sortudo ou o quê?' diz ele, vestindo um short-cueca de dormir e se sentando ao meu lado.

Sorrio timidamente em resposta, esperando ele dizer alguma coisa sobre a noite passada. Meus olhos se fixam ao mar, ao horizonte, aos surfistas e principalmente ao penhasco. Naquele lugar onde as ondas arrebentam, no lugar entre a calmaria das águas e a força das rochas.

'Parece Itacoá, não é?', diz ele lembrando minha casa, aquela onde o evento mais importante da minha vida passou. Onde perdi tudo e vivo zumbi desde então. Concordo muda, e um Caio gentil volta a aparecer 'É triste para você?'

Concordo em silêncio, de novo. Não queria chorar na sua frente, mas ele sabe, ele percebe.

'Estou me acostumando.' digo engolindo as lágrimas, duvidando de mim mesma. Não acho que vou me acostumar nunca.

Caio me beija gentilmente, me abraça e nos aninhamos por alguns segundos - talvez minutos - na espreguiçadeira. Um pequeno gesto de esperança em nós.

'Você não precisa ficar aqui, posso arrumar outro lugar', diz ele. Gosto de quando me protege, quando mostra que existem coisas no meu passado que não consigo superar sozinha.

'Não, não precisa.'

Nos arrumamos e vamos para a praia, sem grandes acontecimentos.

'Mal posso esperar para ficarmos na praia o dia inteiro!' ele diz enquanto escolhemos um lugar para sentar.

'É inverno, Caio.'

'Não parece. Ali, até aquelas crianças estão na água.'

'Até o joelho.'

'E os surfistas? Cadê a surfista dentro de você, hein? Ainda quero te ver no *wetsuit.*' Ele coloca o braço por cima dos meus ombros e beija o topo da minha cabeça.

'Preciso ver se consigo alguém para pegar os ingressos do Ópera House, ninguém me respondeu ontem.' desconverso.

'Quantos ingressos são? Podemos ir só nós dois?'

'É, podemos. Se você quiser e estiver a fim de ver ópera. Eu ia só por causa da mamãe, porque ela nunca viu uma.'

'Se você estiver a fim, vamos então. Que tal irmos jantar antes?'

'Só iria para não perder dinheiro, acho que seria melhor para gente ficar em casa, matando a saudade.' Aliso suas costas até a curva inferior das costas, antes de insinuar meus dedos pela margem de sua bermuda. Levo um choque ao sentir que sua mão para a minha, não me deixando continuar.

'O que está fazendo? Estamos no meio da rua...', diz ele num tom ao mesmo tempo sedutor e reprovador. 'Vamos jantar, depois decidimos o que fazer…'

Murcho como todas as plantas que precisam ser regadas para viver. Desejo estar sobre areia movediça e parar do outro lado do mundo, atravessando um centro da terra fantasiado e mágico, que funcionasse como uma máquina do tempo, me levando para quatorze anos atrás. O maldito silêncio com tantos assuntos não falados passa de desconfortável a insuportável. Da minha boca, sai um pedido, ou uma crítica. Depende a quem se pergunta.

'Você acha que a gente se acomodou muito? Caiu na mesmice? Será que somos mais amigos do que... amantes?'

Sua resposta vem tão rápida que duvido ter entrado uma gota de pensamento nela.

'Depois de ontem à noite? Tá doida, mulher?'

Ele continua elogiando minha flexibilidade e capacidade de levá-lo às nuvens. Sexualmente, claro. Todas as outras partes da minha vida não devem inspirá-lo, pelo contrário.

São poucas coisas que me deixam perplexa, e esta atitude dele é uma. O jeito como ele se deita na areia, inserido no seu mundo como se eu estivesse a quilômetros de distância - pensando bem, assim como me tratou ontem à noite - me irrita, mas a irritação continua dentro de mim e só sai a confusão no que eu digo:

'Eu não fiz... muito... ontem à noite… eu não... Eu não fiz muita coisa…'

Nem gostei, mas quem gostaria do jeito que foi? Eu omito essa parte. Sei que podemos melhorar, foi só uma noite ruim, atrapalhada.

'Tudo bem,' diz ele. 'Só de você malhar desse jeito e ficar com esse corpo... Já tá feito o seu trabalho.' ele me rouba um beijo alisando meu corpo.

A areia parece menos brilhante e o céu menos azul. meu corpo encolhe. Porque será que me sinto ofendida? Será que foi sempre assim? Que Caio é esse?

'Caio…' tento entender o seu comentário e tirar esse gosto amargo da minha cabeça.

'Fala', ele diz.

'Nada, deixa pra lá'

'O que houve, fala? Olha, sei que ontem não foi a melhor noite da sua vida, mas sabe como é, né? Muitos meses sem te ver... Não consegui controlar.'

Pelo menos, tenho que ser grata pelo que ele reconhece. Não que tenha pedido desculpas, mas, é melhor do que nada

Há uma certa familiaridade entre nós, aquele silêncio que agora não é tão abissal. Sei que vamos melhorar, ele já aceitou e reconheceu. Essa coisa de relacionamento à distância é complicada. Estamos deitados em nossas toalhas de praia quando se levanta abruptamente e diz que tem que resolver umas coisas. Precisa sair e volta logo na hora do almoço. Imagino que isso seja a forma de fazer uma surpresa para mim discretamente. Nada discreto.

*

Como imaginei, Caio tirou algumas horas para ir à Bondi Junction e trazer um vestido, sapatos e, sim, lingerie, para mim. Sei que deveria estar me sentindo lisonjeada pelo paparico, mas algo me faz me sentir incômoda. Ele não gosta das minhas roupas? Ele quer me ver diferente? Desde que comecei a trabalhar no projeto da sede da editora de moda, meu conhecimento sobre tecidos e *designers* aumentou exponencialmente. Algo que nunca tive interesse agora parece ser natural. O vestido formal de *chiffon*, longo e com decote em V, cai muito bem em mim, ele acertou o tamanho e o formato, mas a cor... Se eu pudesse dar uma dica a todas as pessoas que vão dar presente para arquitetos, designers e artistas em geral, por favor, entenda sobre cor, ou se garanta no preto. Preto. Nem pense em branco, porque há inúmeras variantes de branco e cada um de nós tem a sua preferência. O azul-marinho que ele escolheu pode ficar muito bem nele mesmo, mas em mim, fica horrível. Deixa meus olhos cinzentos, e minha pele, apagada.

Eu não sei de onde ele tirou azul-marinho, nunca tive uma única peça desta cor. Para seu crédito, também acertou no quanto eu sinto frio e me trouxe um vestido de manga comprida, um novo sobretudo que marca a cintura assim como o vestido, e uma echarpe vermelha. Esta sim, combina com a minha pele, mas não combina com a minha personalidade. O batom, ele também comprou batom, é igualmente vermelho e, apesar de agradecer, recuso firmemente que irei usá-lo. Caio insiste, dizendo então pare eu usar mais tarde, só pra ele. Tem coisas que não dá pra entender na cabeça desses homens. Ele consegue também acertar o tamanho do sapato, apesar de incômodo como todo sapato de salto é. Foi um bom gesto, uma boa atenção. Acho.

Durante nosso jantar no Opera Bar, esbarramos com Luke, seus filhos - dois meninos - e uma mulher, claramente a mãe de seus filhos. Podia jurar que estava divorciado. Uma reunião familiar, talvez. Eles haviam passado o dia velejando.

'As crianças adoram', dizem Luke e a mulher, trocando olhares calorosos.

Caio conversa como um vendedor de carros, expondo meu passado, dizendo que eu quase participei das Olimpíadas na categoria laser anos atrás. Quase.

'Oh! Você disse no jogo que o atleta olímpico era a mentira'. Luke lembra.

'Que jogo?'. pergunta Caio.

'Sim, foi a mentira, porque eu disse que era uma atleta olímpica. Eu não era. Eu não sou. Não me qualifiquei para as Olimpíadas'.

'Que jogo é esse?', ele pergunta novamente.

'Um desses de sexta-feira à noite.' respondo irritada. Que direito ele dá a si mesmo de dizer coisas a meu respeito?

'É tão bom que você pode velejar! Talvez possamos ir todos juntos um dia', a sua mulher-ex-mulher me convida muito alegremente.

'Já não velejo há algum tempo'. Sei que isto se espalhará rapidamente pelo escritório e terei que explicar por que não velejo mais e assim por diante. Obrigada, Caio. 'Então, crianças, o que vão comer?' as crianças são uma grande distração dos momentos desconfortáveis. Eles respondem pizza e peixe com batatas fritas.

Caio expõe meu passado, dizendo que eu quase participei das Olimpíadas na categoria laser, anos atrás. Quase. Com que direito ele se dá. Eu sei que isso rapidamente irá se espalhar pelo escritório e eu terei que explicar, dizer que não velejo mais e por aí vai. Obrigada, Caio. Luke me pergunta se vamos encontrar com o pessoal do trabalho no The Rocks mais tarde, e eu digo que não, vamos à Ópera. Caio discorda e nos vemos a caminho de uma boate.

'Caio, eu realmente não quero ir para uma boate. Vai estragar o meu vestido e a gente não consegue conversar...'

'A gente pode conversar em casa, vamos nos divertir um pouco, fazer o que fazíamos antes...'

'Antes?', pergunto. 'Antes quando?' Me refiro quando nos conhecemos, há sete anos na Espanha, íamos a festas incríveis e, ainda tentando entender os hormônios da juventude, éramos como animais no cio. O tempo todo, em todo lugar, com uma qualidade que supria as necessidades da época. 'Caio, a gente tem um apartamento com uma varanda de frente pra praia, pra que nos enfiarmos numa boate? É sujo, barulhento, fedorento...'

Ele me interrompe e diz:

'Não se preocupe, em casa a gente continua, faz de novo. Quero te ver dançar.'

Enquanto Caio vai ao bar comprar bebida, fico com Bec, que se mostra muito animada com a nossa chegada. Ninguém dança, ficamos de pé na beirada da pista de dança, esperando quem foi ao bar voltar - a maioria homens - e conversamos sobre trabalho e fofocas. Alguém me chama no meio da multidão. Chamar é um pouco vago. Nossos olhares se cruzam, eu já o vi antes, eu já o ouvi antes, eu até já cheirei o seu perfume, ele já me deu um presente. O cara da livraria! Sigo-o no meio da multidão porque é a única coisa a fazer, e espero que ninguém esteja me seguindo. Desço a escada sem o perder de vista e, quando finalmente consigo encostar em seu braço, ele se vira, sorrindo:

'Tem gostado das festas?'

'Sim, esta é uma porcaria.'

'Liberte-se.'

'Do que?'

'Do seu passado'. E, chegando naquela perigosa distância do meu ouvido em que consigo sentir seu perfume, ele sussurra: 'Cadê as suas asas?' Me olha com afinco e começa a se afastar. 'Seria bom ver você semana que vem…Quarta-feira... Batendo asas'

Observo-o ir embora, determinado e calmo, alinhado, esguio e sozinho, quando sou interrompida por Caio:

'Quem é?', pergunta, agressivo, e eu desconverso, dizendo que era um fornecedor lá do escritório. 'Muito assanhado pro meu gosto.'

Ele, com razão, desaprova.

'Não precisa ter ciúme. É só um colega de trabalho.'

'Vem, vamos fazer algo incrível como nos velhos tempos!'

Caio me leva pelas mãos para fora da boate, agitado e andando rápido, sinto a testosterona, a raiva e o medo saindo por entre suas narinas. Em canto escuro, ele me encosta à parede, segura meu rosto e me beija como um bêbado beija. Peço para parar, nunca o vi assim, mas parece que faz parte de quem ele se transformou desde a última vez que nos encontramos. Preciso empurrá-lo com força quando um outro casal passar por perto para ele parar. Para intimidar um homem, apenas outro ou uma ferramenta como uma arma.

'Qual o seu problema?! Não vou transar com você, bêbado no meio da rua! O que você acha que eu sou?'

Ele vem atrás de mim, pedindo desculpas, dizendo que era pra mim, que ele quer me fazer feliz. Não dou ouvidos.

'Tainá, não faça uma cena.'

'Cena quem fez, foi você! O que Cingapura fez com você? Acabou. Vá embora e me esquece!'

Entro no primeiro táxi e as lágrimas escorrem no caminho para meu refúgio em Kirribilli. Lágrimas de silêncio, escondidas do motorista pelos cabelos. Abro a porta com um alívio, tinha minha carteira e a chave para não ter que ir de volta a Bondi com ele.

Uma vez que meus nervos estão menos reativos, percebo que exagerei. É o Caio, imagina! Não tenho motivos para me sentir insegura com ele. O que disse para ele foi um pouco forte. *Vá embora e me esquece.*

Será que é isso mesmo que quero? É claro que eu não quero que ele me esqueça, só a idade e a demência podem fazer esquecermos um ao outro, mas quero mesmo que ele vá embora? Tenho esperado por Caio desde fevereiro e planejava esperá-lo até setembro. O homem mascarado e o cara da livraria aparecem na minha frente - imaginação, é claro – enquanto olho as luzes da cidade pela minha varanda. Acho que esse plano já era.

*

Caio nunca foi uma pessoa de pedir desculpas, ao invés, é preciso enxergar seus generosos gestos como tal. Por isso, nunca imaginei que o veria em Kirribilli às 9h da manhã, na frente do prédio, encostado num poste, sem presentes ou flores.

'Deixa eu melhorar as coisas para você, pra gente.'

'Caio, eu tenho que ir para a casa da Fleur.'

'Eu sei, por isso que estou aqui agora, eu tomei Coca-Cola com banana, como seu pai me disse uma vez. Ele estava certo. É a melhor cura para ressaca.' Um silêncio paira sobre nós. 'Me desculpa, não sei o que deu em mim, eu te amo, eu... Não quero te perder...me deixa andar ao seu lado até chegar lá e você decide se posso ou não entrar. Comprei um presente para o bebê, para a mãe, para as outras duas crianças e... Acredite ou não, para o pai também.'

Preciso tirar o chapéu para ele pela eficiência e carinho. Exceto pela sua fúria descontada em mim com suas pontas afiadas e egocentrismo, não há nada de errado com ele. Nós vamos nos achar de novo e vamos conseguir resolver o problema da sua impulsividade quase adolescente. Andamos quietos, separados por aquela distância que quer ser quebrada com um toque de mãos, mas que permanece pelo medo de dar o braço a torcer. Dar minha mão a ele seria dizer que eu o desculpo, quando ainda estou magoada por me tratar do jeito que me tratou ontem à noite – e por aparecer em Sydney sem avisar. Ele me dar a mão seria me dizer que ele acha que eu já o desculpei e aumentar a minha irritação pela sua arrogância e prepotência. Caio sabe que errou e não só uma vez.

'Desculpe sobre falar que você veleja. Veleja muito bem. Eu não tinha o direito, eu sei que você não entra na água há um bom tempo. Eu vi o *wetsuit*. Você ainda não o usou.'

É bom quando alguém te entende sem ter que entrar em longas explicações. Já passamos por tanta coisa juntos.

'E você sabe por que...

'Sim, eu sei por quê', ele para, espera que eu me vire para ele. 'Me desculpa', diz ele, olhando profundamente nos meus olhos. 'Não sei o que Cingapura me fez, mas eu vou consertar isso'.

Eu noto um conforto em nós. Conexão. Real.

'Obrigado.'

Quando nos aproximamos da casa de Fleur, eu estendo minha mão para ele, ele a pega e entramos.

Somos os primeiros a chegar, e mesmo contra a vontade inicial de Fleur, ajudamos a organizar o que faltava para o churrasco-vegetariano-de-chá-de-bebê.

'Nunca tive uma amiga brasileira que não chega meia hora atrasada!'

'Dez minutos é o máximo quando é uma festa.' digo e vejo que Caio sorri.

Na nossa noite de compras há algumas semanas, vi um aparelho que era ao mesmo tempo brinquedo erótico e um fortalecedor para os músculos pélvicos - imagino que ela precisaria depois de três partos. Adicionados a este presente engraçado - a julgar pelas suas gargalhadas - trouxe chocolate, umas fraldas reutilizáveis que estavam na sua lista e brinquedos para as crianças mais velhas. Ela também se surpreende com os presentes extras que Caio trouxe.

Somente ele e eu pensamos nas crianças mais velhas, e apenas Caio pensou no pai. Logo os convidados chegam, eu viro a babá-sensação da festa. As crianças me adoram e os pais me oferecem diversos trabalhos de babá. Nunca achei que tinha jeito com crianças, mas estes pestinhas são fáceis de entreter. Caio é sociável, agradável, encanta a todos que ficam à sua volta. É bom vê-lo assim, em condições normais da vida.

É difícil não se enamorar vendo uma família dessas. Fleur com seu marido, Will, e seus filhos Arlo e Zach, esperando o novo pequeno bebê, enchem as trocas de olhares entre Caio e eu. Sei que pensamos a mesma coisa: um dia. Nós dois e mais um monte de crianças espertas.

Fleur anuncia que serei madrinha de Aurora ou Theo – nome para ser decidido depois que o bebê nascer - no fim da festa, e sinto uma enorme pressão para ficar aqui em Sydney, como se fosse o meu passe para começar uma vida diferente, sem muitas atitudes nômades.

Surpreendo-me em pensar no mascarado, pergunto-me até onde uma relação com ele poderia ir… A família e o amor incondicional entre nós e nossa futura família está muito mais próximo. Em setembro, apenas alguns meses. Eu devo deixar a aventura dessas festas e o potencial futuro com o mascarado para trás, mas não podemos continuar à distância desse jeito.

Saindo da festa, eu começo a andar de volta para Kirribilli enquanto ele pega o telefone para chamar um motorista de aplicativo de carona.

'Aonde você vai? Vamos para casa, tenho que pegar minha mala.'

'Caio, a gente precisa conversar.'

'Precisamos, é?'

'Você acha que não? Olha, o que estamos fazendo é difícil.'

'E o que estamos fazendo?'

'Estamos juntos, mas longe... Nem todo mundo sobrevive assim.' Tremo, e não é de frio.

'Já sei, você quer ver outras pessoas? Abrir o relacionamento?'

'Na verdade, não, eu queria que a gente se conhecesse, se conectasse como antigamente, sabe? Talvez quando você vier de vez pra cá…'

'Isso vai ser só em novembro agora.'

'Novembro?! Você disse que era setembro!' A minha calma e enamoramento pelo nosso futuro vira raiva e traição. Como eu poderia estar tão apaixonada por *nós* novamente há alguns segundos e uma palavra é capaz de destruí-la? 'Como você pode me jogar uma bomba dessa há poucas horas de ir embora de volta…'

'Eu queria te pedir para ir pra Singapura comigo, mas pelo visto...'

'Caio, eu não posso mais ficar correndo atrás da sua carreira. Esperando você decidir o dia que eu sou mais importante…'

Olhamos um para o outro até estarmos ambos no mesmo lugar. Estamos ambos, certos. Ele sabe que eu estou certa. Eu sei que ele me quer próxima, mas não mais do que sua carreira. Agora estamos calmos.

'Estou fazendo isso por nós', diz ele.

'Eu também. Eu preciso ficar.'

Nos abraçamos com o carinho que ele uma vez demonstrou, com o afeto que ele costumava me dar, com o adicional da dor de uma separação.

'Eu vou melhorar as coisas pra você, pra gente. Prometo.'

Ele me beija, cheio de esperança e medo. Sua testa apoia-se na minha. Pausa. Ele me fita como nunca me olhou antes. Eu vejo nossos últimos anos passarem como um filme acelerado, sem capacidade de concatenar todos os detalhes. É um término ao que parece, o carro chega mais rápido do que precisávamos. Caio não o manda ir embora. Eu queria que ele o mandasse embora. Ele anda, de costas pra mim, até a esquina onde o carro o espera. Sem dizer nada mais.

'Caio!', grito parada como uma estátua, esperando sua reação para saber se me mexo ou se fico ali até alguém me rebocar.

Ele se vira para mim, com olhos cheios de água. Eu corro para seus braços, dou-lhe um beijo, uma de suas lágrimas transborda e chega nos meus lábios.

'Eu te amo. Obrigada por tudo. Eu te vejo em novembro.' eu digo.

Nostálgico, ele retribui o beijo, me aperta como uma criança apertaria seu ursinho de pelúcia favorito quando ele é tirado dela porque ela está grandinha demais para abraçar brinquedos almofadados. E assim, se vai. Sem olhar para trás, sem mais um aceno, sem limpar os olhos.

*

Como em toda morte, a vida continua. Devo ir até Kirribilli esperar mamãe e ir até Bondi pegar minhas coisas de vez.

Mamãe, animadíssima com os vinhos que tomou e as amizades passageiras - como ela mesma diz - faz questão de ver meu cafofo com Caio. Evito contar o que aconteceu hoje à tarde, ainda preciso de um tempo para entender o que acontecerá com a gente até novembro. De repente, me bate um medo dele conhecer outra pessoa e eu nunca mais vê-lo. Pela hora, Caio ainda está no avião e controlo-me para não mandar uma mensagem. Mamãe está entusiasmada elogiando o apartamento e o Caio por me propiciar um lugar lindo destes, mas de repente ela fica quieta. Pondera seus movimentos e suas palavras, olhando a paisagem que reflete o típico pôr do sol de Sydney.

'Tá tudo bem, mãe?'

'Seu pai sempre disse que a sua liberdade iria levar você para longe de nós. Disse que a gente não deveria impedir se, um dia, você quisesse desbravar o mundo.'

'Obrigada, mãe...' pauso. 'E pai.'

Sempre me orgulhei de ser uma viajante sem destino, queria poder dizer sem amarras, mas é difícil deixar o passado e os que amamos.

'Eu nunca concordei com ele.'

'Como assim? Por que não?'

'Nunca te vi feliz aonde quer que fosse, como se uma nuvem de preocupação e medo te perseguisse.' Suas palavras doem tanto quanto um soco no estômago, ela tem razão, eu não sou feliz, nunca fui, nada me faz feliz de verdade. 'Você sempre conseguiu ter uma vida eufórica, animada. Você é social, sabe escolher com quem anda, muito responsável, procurou sempre experiências sei lá...Quase transcendentais. Você mergulha com tubarões, acampou no meio de uma reserva com leões, hienas e sabe-se lá mais o quê. Enfiou-se no meio da Amazônia, sem comunicação por vinte dias! Você sabe como eu e seu pai ficamos nestes vinte dias até ouvir alguma coisa de você? Você sempre quis tirar as melhores notas, participou de Olimpíada, veleja, corre, nada, estudou em outro país, morou em tanto lugar que nem eu sei mais quantos países você já chamou de casa. Você fala sete...Sete? São sete línguas? Eu via você quase como se estivesse testando a vida, querendo dar a chance de a levarem como foi com seu irmão. Tanta raiva. E querendo amortecer essa dor com prêmios, euforia e histórias…'

'Tá bom mãe, chega. Já entendi.'

'Mas você sempre precisou de alguém para fazer isso tudo com você. Desde os 15 anos, não coincidentemente, alguns meses depois do seu irmão morrer, você começou a namorar e até agora não parou. Nunca ficou sozinha, a gente precisa ficar sozinha, às vezes, pra se conhecer…'

'Eu estou sozinha mãe, você tá vendo o Caio aqui?', minha voz se altera, com grosseria e tom mais alto. Nunca falei com ela desse jeito e ela não parece se importar.

'Não, mas você tá esperando por ele. Por que espera tanto? O dia que vai morrer, a próxima viagem, o próximo namorado, a próxima aventura... E hoje?'

'Chega, mãe! Como você consegue ser tão feliz? Eu fiz isso tudo, talvez, talvez para tapar o buraco, mas fiz por vocês. Pra deixar vocês orgulhosos, para vocês saberem que não são pais ruins e que a morte do Kadu não foi sua culpa. Você acha que eu não ouvia vocês conversando à noite? Você acha que eu conseguia dormir, você sabe o quanto eu lutei contra a insônia? E sim, namoro, esportes, prêmios, tudo isso me ajudava a dormir. Talvez, mãe, talvez eu estivesse fugindo, talvez eu ainda esteja. Mas eu fiz para tentar…'

'Viver', ela completa meu discurso, chorando como só a vi chorar no último funeral. Suas lágrimas e as minhas se misturam, nos ombros uma da outra molhando nossas roupas. Assim, sem muita explicação, entendo como ela consegue ir a retiros, viajar sozinha e não se afundar em roupas pretas e na solidão. 'Você não precisa agradar ninguém, a não ser você...'

Há tanto não que ela não me olhava desse jeito. Gosto desse olhar, de carinho sem pedir nada em troca.

'Eu queria esquecer, voltar…'

'Seria bom ter uma máquina do tempo, mas já pensou a zona que ia fazer no mundo? Alguém ia acabar trazendo dinossauros de volta à vida!' O gosto salgado das lágrimas se mistura com o meio sorriso que ela me causa. 'Anjo, você nunca vai esquecer e a vida continua a te lembrar...' Ela abre as cortinas ao máximo, mostrando o rochedo e o mar. 'Daquele dia, de como você se sentiu, da dor, do vazio, da raiva, da decepção...'

'Ele prometeu que a gente ia estar juntos pra sempre, que irmão nunca se separa, ele prometeu que ia sempre me defender, que ele nunca… Como você consegue viver lá? Não dói?'

'Dói. Já doeu mais, mas ainda dói. Mas aonde quer que eu vá, ele vai estar comigo. Agora eles. Eu nunca perdi um irmão, então não sei como você se sente, mas perdi um filho.'

'O que é muito pior... Eu sou tão mimada.'

'Seus sentimentos são seus, eu nunca vou entendê-los, e você, se algum dia for mãe, poderá conseguir imaginar o que eu sinto, mas nunca vai saber... Você não precisa sentir a minha dor pra aceitá-la.'

'Se eu estivesse lá…'

Teria acontecido do mesmo jeito. Já me culpei demais, durante muito tempo, e vez por outra ainda me pego me culpando. Pensei inúmeras vezes nos 16 anos de vida dele, tudo que fiz, tudo que deixei de fazer, todas as brigas, todos os abraços, o meu trabalho, a comida que eu fazia. Talvez a comida não tivesse sido suficiente, ou com os nutrientes necessários. Culpei seu pai, nem sei porque, briguei com ele por não se sentir culpado. Pouco sabia eu que ele era o sábio. Quase que a gente se separou também, tentando achar onde foi que eu errei, onde foi que eu e seu pai erramos.'

'E descobriu?'

'Não. Por vezes, culpei a liberdade que dei a vocês, larguei a imaginação de vocês ao ar e às suas vontades. Seu irmão sempre dizia que iria escalar o Costão pelo lado mais íngreme. Nunca fez, morria de medo. Não sei se você lembra, mas ele pediu para fazer aula de escalada, fez e, mesmo depois de algumas experiências, ele continuou sem conseguir subir. Bastou uma maconha, um dia, uma vontade de tentar algo novo para que ele fizesse. Uma única chance de conseguir seu sonho e seus impulsos foram maiores do que a lógica, a razão e a segurança. Ele agarrou um tufo de arbusto para segurar para subir. Caiu. Ele foi embora. Eu desapareci. Seu pai sumiu. Você... Nós continuamos indo por você. A liberdade sem segurança mata.'

'Porque você não fala o nome dele?'

'Porque dói.' e assim, descubro qual é o seu limite. 'O rosto dele aparece em meus sonhos o tempo todo, acordada ou enquanto durmo.'

'Kadu. Bom e gentil, no Tupi e na vida.'

A saudade e a dor apertam seus interiores. Os físicos e o misterioso lugar onde moram as emoções. Sua garganta soluça, seu corpo se dobra em cima do estômago, ela toca o próprio coração e eu seguro tudo isso com os meus próprios braços. Ficamos assim por um tempo incalculável, percebo que só olho no relógio quando meus pés esfriam e nossas lágrimas ressecam nossos rostos.

'Filha, você está vivendo no mesmo lugar, rodeada pelos fantasmas dele e agora do seu pai. Promete que você não vai mais se culpar…'

'Eu não podia ter salvado Kadu, mas podia ter salvado papai.'

'Seu pai sempre foi um excelente velejador! Talvez tenha sido a arrogância dele ou uma... Baleia.' E, com essa palavra, um mamífero gigante, conseguimos enfim, nos livrar da culpa. 'Tainá, você não tem culpa da morte de ninguém. A gente não pode prever nem se preparar para todas as catástrofes da vida. A única certeza que você tem é que um dia, todos nós, vamos morrer. O que acontece entre nosso nascimento e a morte é loucura.' Acho que mamãe está cada vez mais sábia. 'Pare de infligir essa tortura e esse sofrimento em você' ela aponta para as pedras rochosas de Bondi. 'A gente vê aquilo que o coração sente, minha filha, e aqui eu acho que você os vê todo dia.'

'Nanú...' Havia mais de uma década que minha mãe não me chamava de Nánu. 'Minha filha, se dê a liberdade de viver!'

Nos abraçamos no sofá outra vez e ficamos assim por um bom tempo, até nossos rostos desincharem.

'Vamos, preciso levar minhas coisas para Kirribilli.'

'Você não vai dormir aqui?'

'Não mãe, terminei com ele hoje à tarde. Nós nos veremos em novembro e, *se* ele decidir vir para cá.'

Ela prontamente levanta e me ajuda a colocar as minhas roupas no meu mochilão, sorrindo. Pego as fotos que tenho de Kadu, mamãe, papai e eu. Deixo todas as fotos com o Caio, apesar dele estar em algumas conosco. Não quero apagar o Caio, ele fez muito por mim e nós fizemos muitas coisas juntos e passamos muito tempo dividindo a vida. Deixo um bilhete para ele pendurado em uma foto nossa, *eu te amo, obrigada pelos anos juntos.*

Colocamos a pouca comida que resta numa sacola de supermercado, arrumo a cama, mamãe faz uma limpeza rápida comigo para não dar chance das baratas entrarem aqui. Eu fecho as cortinas dizendo para mim mesma *Adeus, irmão. Adeus, pai.* Ao sairmos, mamãe diz, colocando seu braço por cima do meu ombro e a cabeça na minha enquanto caminhamos pelo corredor:

'Sabe, filha, na vida só não damos jeito para morte, para todo o resto, há psicólogos, advogados, cozinheiros, arquitetos...', ela consegue tirar um sorriso de mim até numa hora como essas.

*

Férias, nada melhor do que férias! E, ainda por cima, férias com quem você não precisa esconder nada, aquela pessoa que não te julga e você não julga de volta. Entendo agora, finalmente, o quão sábia minha mãe é, sempre foi, e que sua felicidade - que me incomodava tanto - era nada mais do que sua sabedoria transpirada na pele: seu mecanismo de sobrevivência à dor e à perda.

Permanecemos em pé, de costas para o mundo e de olhos no mar e no meu barco alugado com nossos cabelos se comportando como um vento de 9-nós gostaria. Sei que estou prestes a passar por mais um portal da minha alma, onde emoções de glória, derrota, cumplicidade e luto virão à tona. Num gesto, peço a mão da minha mãe, como imagino ter pedido muitas vezes ao enfrentar situações medonhas na minha infância. Sinto que nós duas somos a família perfeita. Concedo a presença fantasmagórica de papai e Kadu ao nosso lado como produto da minha imaginação, visto que, de assuntos sobrenaturais, nunca entendi e tão pouco tenho coragem para procurar a fundo. A quantidade de roupa que usamos prova o quanto preciso tomar esse remédio e o quanto minha mãe me ama; afinal, apenas a necessidade, paixão ou o amor faria alguém sair da cama para enfrentar um dia de inverno velejando.

'Nunca vai haver um dia melhor do que o dia de hoje', diz minha sábia mãe.

'Pronta?'

'Com você? Sempre.'

Ela sempre me encoraja com o mínimo de palavras e o máximo de força. Seu voto de confiança é engrandecedor. Concluo brevemente que a nossa maior sorte é quem nossos pais são. O que teria sido de mim com uma mãe diferente? Tanta coisa poderia ter dado errado na minha vida se não fosse pelos pais que tive. Embarcamos as duas na jornada de vencer meus próprios medos. Velejar de novo. Expulsar os fantasmas da memória e da imaginação. E como andar de bicicleta, não tem como esquecer.

De Rose Bay à Manly, parando em Watsons Bay para comer um tradicional *fish and chips*, passamos um dia restaurador. Ela lembrou de habilidades que havia esquecido, eu libertei meus monstros para me deixarem de vez. O mar, o barco já não me assustam mais, e aprendo a cada segundo, a cada rajada de vento que ele, meu pai, sempre estará comigo. Os golfinhos nos acompanham durante uma parte do percurso o que, segundo um outro velejador com quem conversamos ao chegar de volta ao cais, é uma aparição incomum nessa época do ano.

Ensino a mamãe o luxo de tomar banho quente para aquecer os ossos e passar uma noite em pijamas de flanela assistindo televisão depois de pedirmos comida em casa. Hoje foi um dia mágico e dormimos como crianças na noite do próprio aniversário.

Mamãe começa o dia a mil por hora, com uma van alugada e GPS acoplado para comprarmos móveis e utensílios que tenham a minha cara. Para a sorte de nossas contas bancárias, o apartamento é minúsculo, e Bibi já tem o básico como geladeira, mesa de jantar, sofá-cama e cama com colchão. Mas não tem uma estante, o armário é uma arara e, no banheiro, só há um espelho pequeno com uma prateleira. Vamos na Ikea e fazemos a festa. Gastamos seis horas para escolher um armário para o quarto, uma estante de livros modular, que posso aumentar conforme compro mais livros, um espelho com armário para o banheiro, prendedores de toalhas, prateleiras para o box, uma luxuosa bandeja de madeira para a banheira, uma cortina para o banheiro nova, molduras para colocar minhas fotos, velas, almofadas, um console para colocar sapatos e chaves na frente da porta de entrada, luzes decorativas, e um grande vaso para uma pequena árvore que ainda precisamos comprar nos próximos dias. Amanhã, compraremos lençóis novos porque ela acha que dormir tem que ser em algo que nos sentimos muito luxuosos.

'Você acha então que vou ficar aqui muito tempo?', digo enquanto nos sentamos esgotadas no sofá.

'Acho que você vai ficar o tempo necessário. Pode vender tudo isso depois ou até dar para Bibi como presente por me deixar ficar aqui de graça, não acha? Tudo isso foi muito mais barato do que ficar num hotel! Olha que loucura.'

'Você não acha que eu deveria ficar em Bondi, acha?'

'De forma alguma! Filha, imagino o como é estranho perder alguém com quem dividiu a vida durante tanto tempo...'

'Mãe! Imagina? E papai?'

'Diferente filha, eu não tive escolha, seu pai faleceu. Você escolheu quebrar um vínculo, decidiu que a segurança que ele te dava já não é tão valiosa na sua vida. Isso causa muita incerteza, muito medo.'

Deito no seu ombro, aceito sua observação. Sim, estou com medo de ficar sem Caio. Como num trem saindo da estação devagar, vejo os inúmeros momentos da nossa vida em que ele me apoiou, me dando ombro, colo, carinho, apoio e, conforme o trem acelera, vejo outras tantas vezes que Caio foi rude, demandou meu apoio, me colocou numa encruzilhada de escolhas. Interrompo este trem, ouvindo meu estômago.

'Mãe, está na hora de jantar. Só comemos almôndegas hoje.'

'Deixa comigo, eu peço pelo *app*.'

A sua aceitação das novas tecnologias é admirável, ela definitivamente não é uma quase-sexagenária como foi a minha avó e como são tantas outras. Às vezes, vejo uma garota, uma adulta mais jovem do que eu, alguém extraordinário, alguém que o mundo deveria conhecer mais.

Beijo a sua testa em um beijo prolongado, apertado, daqueles que dizem *obrigada por tudo, eu te amo, não me deixe, me desculpa por ir embora, me desculpa por não ser tudo que eu poderia ter sido, por tudo que você merece que eu seja.* Tudo num só beijo.

11

Apesar de ter resistido a ver a data da festa essa semana, não só o cara da livraria apareceu como um anjo, como minha mãe havia comprado o jornal. Então, por mais que eu tenha evitado e tenha genuinamente me empenhado em ficar com o Caio, o universo não me deixa fugir da festa.

É hora de seguir pelo menos um conselho da minha mãe e me permitir viver. Vou dar uma noite de folga para ela. Pensei em não encontrar com o meu mascarado, mas como posso? Perdi semana passada por conta do Caio aparecer de surpresa. Ela, sem saber exatamente o que aconteceu, gosta de saber que vou sair com amigos e realmente pediu para ficar em casa porque precisa dormir. Depois da nossa saga limpando a alma com o mar, e preparando a casa para o futuro, hoje, compramos lençóis novos, plantas e tratamos de cuidar de mim. Limpeza de pele, massagem e roupas novas, como já não fazíamos desde o meu aniversário de quinze anos, quando tentávamos apagar as mágoas, a dor e o luto numa invenção de felicidade. Muito diferente de agora, quando podemos finalmente aproveitar a vida, entender onde estamos e como viver, mesmo tendo tido um pedaço de nós removido.

'Mais cor, Nánu, roupas que sejam mais você, vamos largar esse seu uniforme de trabalho!'

E assim passamos o dia comprando roupas que não são de esporte, nem nada que se pareça com o que eu tenho, o meu auto-entitulado-prático uniforme de trabalho: calça preta, blusa branca, preta ou cinza e jaqueta preta. Realmente, muito entediante. Tivemos algumas brigas durante o dia, como sempre terão mães e filhas, mas basicamente foi apenas fruto do cansaço e de concordar enquanto dinheiro gastar. Roupas nunca foram minha prioridade e ainda não vejo por que serem, exceto pelas minhas máscaras e meus vestidos.

A festa de hoje será diferente, não tenho mais limites com o Caio. Estou oficialmente solteira. Mamãe está particularmente feliz em me ver sair com meus amigos - ela não sabe que é um só. Depois do nosso jantar às cinco da tarde, na minha pequena varanda de frente ao Opera House, ela me ajuda a me arrumar e a fazer meu cabelo com plumas que deixam minha cabeça muito maior do que o costume. Meu vestido é mais uma nova adição ao meu armário, mais um presente da produtora de moda que amou a nova sala de roupas que projetei para ela.

Me pergunto até quando vou ficar ganhando presentes caríssimos e até quando isso não será um problema no trabalho. Comprido do pescoço até o chão, o vestido colado no corpo abre atrás num "V" expondo minhas costas. Uma pequena corda trançada desce pelo decote e no final há um pequeno pendente de pérolas. A frente é toda fechada e com uma espécie de poncho acoplado ao vestido que cobre a parte dos seios e da manga comprida. Sem esse detalhe, seria bastante ordinário. A partir do joelho, a silhueta feminina abre em mais tecidos criando uma saia fluida até tocar o chão. De pé em frente ao espelho, associo o poncho com as asas que ainda estavam presas em mim. Coloco meu cordão, aquele que ele me reconhece.

'Meu Deus, Tainá Drummond! Está um arraso! Nunca te vi de vermelho! Este vermelho profundo é lindo demais em você! Isso, minha filha, se abra à vida que a vida vai entrar em você como um raio!', diz ela sem saber quem eu vou encontrar hoje.

Meu sobretudo de lã e cashmere me aquece. Pego minha máscara e coloco numa sacola dobrável no corredor do lado de fora do apartamento enquanto mamãe se prepara para falar com as amigas dela, ver novela e dormir. Uma leveza me abate, a vida pode fluir, enfim.

*

Estou de volta ao lugar onde o conheci, na fileira de casas geminadas no The Rocks, o mágico lugar com jardins e uma visão incrível da baía. Já procuro meu mascarado por quase uma hora e ainda não consigo vê-lo. Minhas mãos suam, tremem, percebo que começo a estalar os dedos. Um hábito que volta da época do vestibular. Meu estômago encolhe e questiono se minha tonteira é culpa do vestido – bem apertado - ou se é porque ainda não o achei. Subo até o mezanino à sua procura e, na incapacidade de achá-lo na multidão, me arrependo de ter saído para jantar com Caio na sexta-feira. Eu deveria ter vindo, depois daquela noite com as cordas, eu desapareci na semana seguinte... O que ele iria pensar? Que eu não estou interessada, óbvio. Não, talvez ele tenha algum compromisso, talvez esteja com uma roupa nova e minha afobação me deixa cega. Ele tem todo o direito de ter seus próprios contratempos. Apenas quando começo a descer as escadas do mezanino, é que esbarro nele. Usando uma máscara diferente, uma roupa diferente, só posso reconhecê-lo pelas invisibilidades que existem entre nós. Chame de feromônio, eletromagnetismo ou alma, o fato é que quando conhecemos alguém, nos encontramos no campo do incorpóreo.

'Achei que não a veria de novo', ele diz.

Queria poder dizer que pensei nele o tempo todo, que sexta-feira foi horrível, que senti como se traísse a nós dois. Queria poder dizer que tudo que eu queria era abraçá-lo, mas não falei. Apenas sorri e dei uma evasiva resposta:

'Tive uns contratempos. O que aconteceu na minha ausência?'

'Nada, me dei duas horas para achar você e fui pra casa.'

'Você foi para casa? Todo esse esforço…' gesticulo, indicando sua roupa: 'E você foi para casa?' Minha descrença é rapidamente entendida por ele.

'Sim, esperei você cair nos meus braços durante algumas danças, imaginei ser incapaz de achar você, imaginei que as cordas poderiam ter sido demais, imaginei que passei dos limites, senti um... E fui embora.'

Um silêncio reconfortante paira sobre nós por alguns instantes e logo aquieto suas preocupações.

'Você não passou dos limites. Estou aqui. Vamos dançar.'

Hoje, há algo diferente, nossos olhares não se descolam, seguimos a coreografia como todos, mas a real dança acontece entre nós. Apenas nós. Rodopios, passos, orquestra e luzes encantadas que, no passado, haviam elevado minha carga de hormônios da felicidade, não me enfeitiçam mais do que a permissão para tê-lo hoje. Num silêncio verbal, mas numa explosão de nossas intenções, conduzimos um ou outro para fora da multidão. O foco do amor nunca é silencioso, muito é dito pelos olhares, por onde nos tocamos, as mãos, as pernas, os quadris e a distância. Juro que se tiver um bom ouvido, ele pode confundir os sons graves da orquestra com o batimento do meu coração. Sabemos que o único lugar que existe para nós dois agora é aqui, o que falta para sermos inteiramente pertencentes um ao toque do outro são os tecidos das roupas, e me assombro por não terem sido incinerados no ardor que emana de nós. Os tecidos e o medo. Inicio nosso beijo na imaginação, na esperança de que entenderá que a pouca distância que coloco entre nós é o meu sim. Sua mão segura meu rosto, seu dedo polegar toca meu lábio, devagar, abrindo-o levemente para então, sentir seus lábios afagando o suspiro revelador do meu desejo por nós. Por ele. Abandono-me. Entrego meu passado, meus medos, meu futuro, meus limites, minhas vergonhas e tudo o mais que impedia que eu me entregasse à vida. O longo beijo nos encaminhou para o quarto por entre apertos e amassos e, no 11B, nos amamos, entranhados e embaralhados em lençóis, almofadas, travesseiros e máscaras.

Por vezes, parecemos adolescentes inexperientes, desengonçados e afobados, incapazes de controlar a queimação interna e o desejo que transborda. Por outras, e essa é a maioria, nos amamos ao som de gemidos e grunhidos de novidade e prazer. Me perco analisando seus vincos e curvas, moldados pelo esporte, ele esquece por quanto tempo me beija em cada centímetro do meu corpo. Eu também. Esqueço que não vemos o rosto um do outro e que, por vezes, o leve arranhar das máscaras é um toque extra de excitação. E assim, munidos apenas de liberdade e curiosidade, vivemos e revivemos um ao outro, criamos memórias dignas de conto e nos fundimos, na pele um do outro caindo num sono profundo e satisfeito.

O sol de inverno me acorda e reparo em detalhes onde estamos. Ou estávamos. Ele já se foi, minha máscara ainda em mim, e eu cercada de lençóis, almofadas e travesseiros. Nunca amei assim, nunca fui amada assim. São 7:30 e, apesar de não precisar ir a lugar algum, mamãe deve estar preocupada porque faltei com nossa caminhada, e nem tenho o telefone para avisar. Algo me incomoda por ele não estar aqui. Seria o raiar do sol as doze badaladas que transformam a carruagem em abóbora?

Na mesa de cabeceira, há um desenho, feito à caneta esferográfica mais uma vez. Um olho cujo contorno superior é um corpo feminino deitado e o contorno inferior é um corpo masculino, a íris é repleta de detalhes. No olho, há uma série de pontos arranjados como estrelas e galáxias. Minha descrição é aquém da qualidade da ilustração. Embaixo, no canto esquerdo, um pequeno dizer, um pequeno poema:

No lugar onde te encontro
É onde você me encontra
Eu me deixo em você
E você se deixa em mim.
No universo que há entre eu e você

Depois do poema ele dizia: *Obrigado, espero te ver semana que vem. Seu (des)mascarado.*

Pego a caneta como um suvenir e sorrio satisfeita. Ele se deixou aqui com mais um gesto artístico. Para onde será que meu mascarado foi? Des-mascarado, quando será que irei ver o seu rosto? Talvez seja besteira esperar um dia ver? Como criar uma agonia desnecessária.

Observo o quarto, lindo, sofisticado, sereno. Os tons beges e amadeirados enganam que lá fora a temperatura é de inverno. Sinto minha coluna tremer quando vejo os postes da cama de dossel. Lembro-me dele apoiado a eles enquanto eu explorava as curvas das suas costas. Me forço a acordar deste sonho real, rapidamente me visto e vou embora. Com meu desenho, com a máscara, meu vestido e minhas asas.

O bater da porta atrás de mim apagou qualquer medo de que esse lugar fosse o dos pecados originais, e um submundo pornográfico, que explora o corpo feminino para o prazer exclusivo de homens egoístas e egocêntricos.

O recepcionista mascarado me entrega minha bolsa e diz que o quarto já havia sido pago. Me desejou um bom dia e, juntamente com outros humanos energizados pelo amor que deram e receberam na noite passada, deixo a manhã, as responsabilidades da rotina e os últimos dias com minha mãe me levarem apressada para casa. Para um sábio e bom entendedor, explicações são desnecessárias, e minha mãe se anima com a minha felicidade não tão enigmática assim.

'O que quer fazer hoje? Quer dormir?', pergunta sorrindo.

'De jeito nenhum! Vamos sair! Faça as malas!'

'O quê? Viajar para onde? Tenho que ir para Auckland no domingo.'

'Eu sei, mãe. Não se preocupe.' Enquanto olho meu telefone, descubro que os voos que posso pegar agora de manhã são mais baratos sem mala. 'Esquece as malas, mãe, coloca um biquíni, um pijama e uma roupa na bolsa!'

No meu caminho para o aeroporto, compro as passagens, alugo o carro e presenteio mamãe e eu com um retiro de yoga, spa e meditação em Byron Bay.

Quando chegamos de volta, no sábado à noite, sinto como se tivéssemos nascido de novo, como mãe e filha. O calor acolhedor que nos envolve torna o mundo único, somos como uma bolha, nos importamos com nós mesmas. Temos a estranha sensação de que se, esta bolha nos levasse para o alto e para longe, para uma nova dimensão, este mundo não sentiria a nossa falta, somos tão ínfimas. Mesmo assim, nos sentimos grandiosas, como se o universo inteiro fosse só nós duas, e tudo coubesse dentro de nós. Brinco que, se é assim que as pessoas se sentem quando experimentam os alucinógenos, então, talvez, eu devesse mudar minha opinião sobre as drogas. Olhamos uma para a outra e sabemos que jamais mudarei esta opinião.

Domingo à noite chega muito antes do que o desejado, e sinto um aperto enorme em soltar mamãe no mundo de novo. Ela percebe as lágrimas de emoção, e dessa vez não são de solidão.

'Uma semana é tão pouco! Você vem em dezembro, né?' me pergunta.

'Sim vou te visitar em dezembro, te digo o que vai acontecer com o Caio. Veremos o que acontece depois de novembro.' Ela me olha com aquele olhar de mãe orgulhosa e preocupada ao mesmo tempo: a cabeça ligeiramente inclinada para o lado e os olhos como se vissem um bebê. Seu bebê.

'Mãe, diz pra mim, como você vai fazer pesquisas em Auckland com o seu inglês?'

'Fácil, com tradutores. Um rapaz, um estudante, que é filho de brasileiros, vai me ajudar durante a pesquisa. A palestra tem tradução e legenda na apresentação. Se eu deixasse a minha incapacidade de falar outras línguas entrar no meio do que eu quero fazer, não iria fazer nada.'

Olho para ela com orgulho e saudade, seu olhar diz o mesmo.

'À novos recomeços!'

Com nossas garrafas d'água, conseguimos brindar aos nossos novos projetos e novos caminhos. *Boa sorte, mãe. Boa sorte, filha.* Com os olhos cheios d'água, e a promessa de grandes aventuras, ela atravessa o portal que a leva para um outro mundo: o portão de embarque.

12

A reunião de hoje de manhã me deixa desconcertada. É a reunião em que Luke demonstra similaridades com o meu mascarado. Sua voz falando *café*, os ombros largos, a memória da minha pele e as associações da minha mente entre os dois me perturbam todo momento do dia em que não estou focada em trabalhar. O trabalho é uma ótima distração dos problemas do coração. Da alma. A cada ida ao banheiro, a cada mordida na comida, a cada gole d'água e a cada passo até chegar em casa é uma angústia dolorida das elocubrações e associações da minha mente entre esses homens. O inverno de onze graus e o vento que corta toda pele que não está devidamente agasalhada não foram o suficiente para me esquecer das hipóteses de que o meu colega de trabalho, o especialista em todas as coisas de computador, aquele que já me cobriu os olhos e ficou amarrado em mim na frente de todo o escritório, seja o mesmo homem que me enxerga e me toca como ninguém jamais o fez.

Já em casa, uma sinestesia de sentidos estremece meu corpo enquanto tento fazer as coisas mais banais como cozinhar. A atividade mecânica e repetitiva de fazer a comida permite que os pensamentos que me levem de volta à noite de quinta-feira, invadam minha mente e minha matéria, minha carne. Sozinha, volto a sentir a turbulência que ele, o mascarado, me causou. Sem o seu corpo para me aquecer, seus músculos pra me levantarem, sua boca para me fazer com que eu contorça, me sinto cárcere dessa memória. Sem poder encontrá-lo hoje e matar essas manifestações delirantes, tento por várias e fracassadas tentativas expulsar de mim esta vontade. Banho frio, leitura chata, notícias horrendas no jornal. Nada funciona, e decido que, ao invés de brigar contra, devo me render. Pela primeira vez desde os curtos anos da puberdade, sem saber muito bem o que fazer, satisfaço-me, pensando, sob os meus lençóis, em seu corpo sobre o meu e seu rosto entre minhas pernas, refazendo com as minhas mãos os trajetos que as suas fizeram. Uma nova porta se abre e durmo embrulhada em mim mesma.

*

Se Caio e eu fossemos uma receita, estaríamos em banho maria, esperando para saber se nos tornamos a sobremesa ou seríamos jogados no lixo porque faltou habilidade para nos tornar um sucesso. Mando uma mensagem para ele, confirmando que não estou mais em Bondi, mas que deixei algumas de nossas fotos lá. Ele parece confuso, não parece acreditar que não somos mais nós. Reforço que veremos o que vai dar em novembro, quando ele voltar para Sydney. Fico sem resposta. Sei que ele recebe minhas mensagens, mas será que ele as lê? Por que não atende minhas ligações? Sinto um vazio me invadir. Nossa vida nômade de tantos anos dificultou a criação de boas amizades com laços significativos. Talvez ele também se sinta sozinho. Perdido. Mando uma mensagem de voz. Talvez ele vá ouvir essa. *Não podemos ser tudo um para o outro. Seja livre para expandir, se tivermos que ficar juntos novamente, acharemos o mesmo caminho.* Ele não parece ter gostado nem um pouco da mensagem e responde algumas horas depois, declarando a quão má eu sou: *Você parece que gosta de me ver sofrer.*

Respiro fundo, aspiro o ar criativo que preciso para trabalhar e o cheiro do pragmatismo corporativo para me lembrar que arquitetura é dez por cento inspiração e noventa por cento transpiração. Tudo o que preciso para conseguir ignorar os comentários de Caio e focar na minha nova vida. O problema é que a vida é mais complicada. Racionalmente, sei que não traí o Caio, mas duvido de mim mesma quanto a isso. Luke, que tinha tudo para ser um grande amigo, me atormenta a mente e minha produtividade pelas inegáveis similaridades com o mascarado. Este sim, a quem meu coração parece pertencer, sem nenhuma razão.

Aprendi a controlar as reações do meu corpo quando o cheiro de Luke me lembra o mascarado ou quando comparo seus sorrisos para não dar vexame como quase fiz ontem de manhã. Preciso ouvir sua voz, a do Luke, preciso ouvi-lo dizer *café* mais uma vez.

Os pensamentos das semelhanças entre eles são constantes durante meu dia. Os dois gostam de coisas de computador, são fisicamente similares, a voz e o cheiro são parecidos. Mas seriam a mesma pessoa? Pergunto se Luke quer ir comprar café comigo, ele concorda. Anoto os pedidos do resto da equipe, Fleur pede um chá de ervas sem cafeína, Tommy quer o seu de praxe, um *latte* médio sem açúcar.

'Achei que não tomava café.' Luke diz e, apesar de ter ouvido, peço para repetir chegando mais perto. 'Café, achei que não tomava café', ele repete e sinto um arrepio percorrer meu corpo. Acho que é ele.

'Não dormi bem ontem, estou lutando para ficar acordada.' Minto e calculo com cuidado minha pergunta para entender se ele tem algo relacionado com TI. 'Você tem planos de focar a carreira nessa parte mais de informática? Você tem jeito para BIM, renderizações, ilustrações?' Fito seu rosto, procuro seu olhar, mas ele não acha o meu. Me sinto um pouco psicótica e desisto de ver dentro dos seus olhos.

'Acho que sim. Eu gosto e acaba pagando mais depois. Não tem muitos especialistas nessa área ainda.'

'Se esse é o seu plano, podemos pedir ao Chris para liderar essa parte do projeto, libera você de fazer especificações, planilhas de portas, janelas... essas coisas chatas.'

Chris é o nosso arquiteto líder de projeto. Um cara superbacana. Luke gosta da ideia, me faz perguntas relacionadas à minha carreira, como e onde trabalhei, que projetos fiz. Diz que eu deveria tentar ser a líder de equipe deste projeto. Diz que Chris já confia em mim e que sou carismática, as pessoas gostam de mim de graça. Novidade. O mesmo que o meu mascarado disse quando eu era fotógrafa. Fico esperando a pergunta de onde meu sotaque é, mas não a recebo e questiono se eu já havia respondido no dia de desenvolvimento em equipe.

Luke se oferece para levar a bandeja de cafés de volta ao escritório. Gentil como o mascarado. A parada para o café é rápida demais para afirmar se ele é o meu cara. Não consigo olhar dentro de seus olhos e assim nunca conseguirei saber. Nunca imaginei que seria de fato difícil reconhecer alguém por causa de uma máscara apenas. É só um pouco mais da metade do rosto, e tem o resto do corpo. O cheiro, o sorriso, a voz. A voz é muito parecida. Vou precisar descobrir se Luke sabe desenhar.

Abandono minha obsessão por hoje e foco no trabalho, afinal eu também tenho que sair na hora, hoje é noite de festa! '

*

As petúnias amarelas nos canteiros me indicam que tenho que ir a algum moinho. O único moinho que consigo achar é uma rua chamada Windmill St e, como de costume, acho a minha tribo de mascarados entrando num armazém, e assim descubro mais um lugar da festa. Tão logo chego, ele me acha.

'Obrigado por usar a mesma máscara da última vez', diz. 'Fica bem mais fácil te achar'.

'Tem uma pequena diferença', e tiro o desenho que ele deixou para mim no quarto. 'Você não pode ser um cara de informática'

'Como não?'

'Um cara de informática não desenha tão bem assim.'

'Hum... Elementar minha cara, Eva. Eu não trabalho com informática.' ele pausa 'Ou, eu cresci numa casa de artistas que não ganhavam dinheiro nenhum e decidi seguir um caminho mais rentável, apesar do talento.'

'Plausível…', percebo que seu olhar ficou um pouco distante. 'Você sente falta?'

'De desenhar? Não profissionalmente. Tudo que a gente faz profissionalmente, perde a graça.'

'Ah é? Não sabia disso não', ri.

'Talvez seja, tudo que a gente faz porque tem que fazer acaba sendo um peso', ele fala um pouco enigmático.

'Uma prisão, talvez.' digo.

'Inevitavelmente' ele concorda.

'Definitivamente, então, você nunca foi casado, ou... É.'

Ele evita responder, não consegue achar nenhuma piada e diz, tão honesto que pode:

'É complicado.'

'Sem dúvida', respondo pensando no Caio por um momento. Quanto mais idade temos, mais momentos assim teremos, os grandes buracos, os grandes mal-entendidos, os grandes vazios. Ou a gente aprende a viver com eles, ou a gente tenta tapá-los, preenchê-los com inúmeros vícios.

Olhamos durante alguns minutos para o céu escuro através da janela arqueada. Não há estrelas na cidade. Pelo menos, não há estrelas reais. Ele pega minha mão e se aproxima de mim, passando seu braço ao redor da minha cintura.

'Eu não sou casado', sussurra no meu ouvido.

'Venha, vamos viver como se amanhã não existisse', eu digo, me sentindo super cafona, mas recebo um sorriso adorável de volta.

Música. Toques. Vibrações. Improváveis câimbras alfinetam por baixo das minhas costelas. O suor da nossa longa dança no salão leva embora as nostalgias que baixaram nossas energias.

Com os corpos colados, sou conduzida ao ritmo da música até a lareira onde quatro pessoas dividem uma poltrona e um *ottoman*. Ficamos em pé perto da parede de tijolos onde nitidamente podemos ver o símbolo do ouroboros. O reflexo da chama dá um reflexo dourado à sua máscara. Seus olhos têm outra cor e imagino que os meus também. Ficamos em silêncio observando as mudanças das sombras em nossos rostos - ou máscaras. Anseio que ele queira me levar outra vez para um lugar onde só existe nós dois, nosso pequeno mundo emoldurado. Comunicação é certamente uma arte não exclusivamente verbal. Dizemos tanto sem falar nada.

'Eu não quero que você se sinta... Obrigada a nada', sua vulnerabilidade e seu medo se mostram tão claros quanto a confusão que o assola.

'Não se preocupe, eu não faço nada que eu não quero.' me assusto com a minha própria afirmação: seria verdade? Sim, aqui dentro sim; lá fora, já acho que não.

A intensidade hipnótica de seu olhar me esvazia de qualquer lógica, e se mistura com a suavidade de suas mãos, a destreza de seus passos, o cheiro do incerto e o volume da música alta do meu coração. Viva como quando estive em Salvador, no meio do Olodum passando. Entro no nosso mundo. Retribuo, apertando meus braços enlaçados ao seu pescoço e seguindo suas mãos que puxam minha cintura para perto de si. Poderia ignorar todos os olhares à nossa volta e me entregar por completo, explorando cada linha de seu corpo, cada sulco, cada curva; mas não. O amar esbaforido e atordoado acaba rápido e não deixa tão boas memórias, é preciso, como uma boa refeição, ser provado, apreciado e deleitado. A rapidez, nesse caso, é inimiga da perfeição. Descolo meus lábios e murmuro em seu ouvido, *vem comigo*.

Os amantes, coitados, precisam desenvolver e dominar com elegância a arte de não estragar o fervor durante os longos caminhos que são feitos entre o momento da faísca até as enclausuradas paredes de seus ninhos – onde podem ser de fato livres.

É nesse caminho que encontramos uma piscina interna e, para nossa sorte, não há nenhuma alma por perto. Ele hesita, pergunto se sua máscara é feita de papel, e este pequeno desafio é o suficiente para mudarmos nosso trajeto. A liberdade de ninguém saber quem somos nos dá certos privilégios, como não nos preocuparmos se alguém virá reclamar da nossa nudez inapropriada. É verdade que foi necessário um pouco de malabarismo para manter essas máscaras e nossos apetrechos de cabeça no lugar, mas estar imerso numa piscina quente com uma pessoa que retribui todos os seus carinhos, e o faz não por obrigação, mas por uma vontade de te dar prazer é inigualável. Ele gosta quando eu respondo, quando meu corpo responde. Nunca, nenhum homem me amou assim.

Nós vibramos no mesmo comprimento de onda. A água quente nos envolve como um campo de força, embora eu não tenha certeza se o campo é feito de água ou feromônio. Envolvo-o com minhas pernas enquanto ele se mantém firme com o pé no fundo da piscina.

'Onde você esteve todo esse tempo?' o aperto dos seus braços indica o quanto significo pra ele. Pelo menos hoje à noite

'Não sei, talvez trabalhando ao seu lado?' brinco.

'Achei que era uma viajante-fotógrafa.'

'Sou, mas quando não sou, trabalho num escritório, fazendo coisas... incríveis.'

'Que tipo de coisas incríveis?'

'Se eu contar, você vai saber que trabalho ao seu lado. E daí, acabou, teremos que colocar as máscaras da realidade de volta.'

Ele sorri:

'Você é bem esperta, gosto do jeito que pensa. Acha que é isso? Nunca a achei porque vivemos de máscaras lá fora?'

'Talvez. Como posso saber quem você é longe daqui? Você acha que me reconheceria se estivesse almoçando nas escadarias do Martin Place?'

Ele concorda e nossa conversa termina quando ouvimos pessoas entrarem na sala da piscina.

'Rápido', ele diz. 'Para a sauna.'

Habilmente, ele já havia descoberto o botão da sauna seca, que tem algumas toalhas para os clientes do hotel usarem.

'Você já veio aqui?', digo, surpresa pela sua destreza em cobrir nossos corpos tão rapidamente.

'Só com minhas outras máscaras….'

Outras máscaras. Quantas máscaras pode uma pessoa usar? Enquanto a ansiedade de ver essas pessoas entrando no nosso espaço se acalma, eu me pergunto o que ele poderia fazer para estar num lugar como esse durante o dia. Ou ele é o gerente daqui ou um homem de negócios. Por que isso importaria? Não importa. As outras pessoas não usam máscaras, o que me leva a acreditar que estamos em algum lugar onde não deveríamos estar. Nos divertimos com os olhares estranhos dessas pessoas, sem sentir nenhum pingo de vergonha com essas fantasias na cabeça, a toalha em volta do meu corpo - e ele da sua cintura - numa sauna, com máscaras sofisticadíssimas. Se não fosse pelas máscaras, estaríamos muito mais bem-comportados, com certeza. Ele me pede para cruzar as pernas levemente e, por baixo da toalha, sua mão viaja em cada curva e cavidade minha. Aperto a minha toalha até fincar as unhas em minhas coxas e morder seu ombro para abafar o som animalesco incontrolável que demanda sair de mim. Só então ele para. A água da piscina na minha pele é substituída pelo suor da sauna e o calor dentro de mim. Sugiro irmos para o nosso quarto para que eu retribua a intimidade e continuemos a noite. Ele recusa, dizendo que o melhor da noite já aconteceu. A novidade desse ato generoso me surpreende. Sua mão me levanta do banco e inesperadamente - afinal, a noite já tinha tido o seu melhor - ele me pressiona de costas contra o vidro com o braço ao lado da minha cabeça e o outro escondido na minha pequena toalha, na região sensível que ele acabara de usar para me dar prazer. O gozar na vida é a antecipação, ele parece saber disso porque de propósito resolve interromper o que começou.

'Quero ter certeza de que você vem semana que vem.' diz e beija meus lábios tentando guardar o gosto para a próxima semana.

'Eu volto' minha voz e meu sorriso são bobos o suficiente para me sentir envergonhada se eu não soubesse que tudo que ele sabe de mim é que sou Eva, a viajante fotógrafa. Me sinto amada.

Eu vou para casa. Ele para a dele. Nós dois acreditamos que ninguém na piscina nos viu fazendo o que fizemos, mas no fundo no fundo queríamos que tivessem visto. Eu finalmente entendo o porquê tanta gente se excita com voyeurismo.

Quando o frio e o vazio do meu apartamento finalmente resfriam todo meu encantamento, eu duvido da minha dignidade, meus valores, minha moral e principalmente, eu questiono se a vida que eu vivia valia a pena ser vivida. Concordo comigo mesma que continuar indo a essas festas me fará perder a cabeça. Certamente, eu terei que extinguir a Eva em algum momento e me pergunto o que vai ser de mim quando ela desaparecer. Acho conforto nas palavras de minha mãe, *na vida só não damos jeito para morte, para todo o resto, há psicólogos, advogados, cozinheiros, arquitetos...*

Mãe sábia. Eu vou resolver a morte da Eva quando a hora chegar.

*

Um dia bonito e frio, com um céu seco e azul, enquadra a minha caminhada para o trabalho. Um transeunte cruza o meu caminho me cumprimenta com um energético *Bom dia!* respondo cordialmente e percebo que estava sorrindo espontaneamente. Devia estar sonhando acordada com a noite passada e não percebi.

Mal me reconheço nos dias que se seguem. Percebo que me tornei um pouco obsessiva em relação a Luke: peço sua ajuda sempre que possível, faço declarações e perguntas estranhas tentando obter pistas para descobrir se ele seria o homem mascarado. Eu nem sei se quero que ele seja O Homem. Meu homem que eu vejo uma vez por semana. Eu me pego pensando no que eu faria se eles fossem a mesma pessoa, minha produtividade despenca e saio para comprar um fone de ouvido com cancelamento de ruído. A minha introspecção e isolamento é estranha para meus amigos de trabalho que reclamam que agora não sabem quando podem vir falar comigo. Acatada a crítica, eu resolvo ouvir música num ouvido apenas. No lado positivo das coisas, Chris me torna oficialmente o líder da equipe, o que é uma grande vitória para mim e acrescenta às coisas positivas que estão acontecendo neste novo capítulo da minha vida. Da mesma forma, Luke é nomeado o líder de TI para nosso projeto, gerenciando efetivamente a modelagem e o arquivo. Estou orgulhosa de que minha pequena obsessão tenha valido a pena em nossa vida profissional. Após o anúncio, Luke vem me agradecer no corredor enquanto eu saio do banheiro.

'Obrigado, Tainá', diz um pouco mais perto do que o necessário. 'Como eu posso retribuir? Se não fosse por você, eu não teria conseguido essa... promoção.'

'Não tem que retribuir nada, eu também virei líder de equipe, certo?' respondo dando um passo para trás 'Eu não teria pedido se você não tivesse me dado a confiança para ir lá falar com ele, então eu tenho que agradecer também.'

Não é todo homem que agradece a uma mulher por tê-lo ajudado. Ele poderia ser o homem mascarado. Juro que não há uma única gota de flerte no que eu digo, mas temos um momento desconfortável. Sua distância e seu olhar são um pouco estranhos, é mais próximo e mais longo do que outros colegas de equipe se permitiriam fazer. Por que ele está fazendo isso? E se ele souber que eu sou Eva? Minha respiração muda e meu coração palpita mais rápido. Ele não pode saber nada, ele é Luke, não o homem mascarado. Eu dou mais um passo atrás. O que anseio em nossas festas, agora me deixa desconfortável. Eu pensava que ele ainda era casado. Eu fico desanimado onde eu estava, perdido em meus pensamentos, enquanto ele volta para o lugar de onde veio.

Além das complicações pessoais, preciso ter certeza do sucesso de nosso projeto e, por experiência, a comunicação é fundamental.

'Luke! Eu chamo por ele. Você pode colocar um tempo em nosso calendário para cada sexta-feira? Precisaremos discutir os objetivos da próxima semana?'

Ele faz uma reverência, como o homem mascarado fez na festa em vários momentos. Eu devo estar imaginando coisas. As semelhanças estão me sufocando.

Quando chego na minha mesa, já vejo o pedido de uma reunião recorrente toda sexta-feira ao meio-dia. Logo antes do almoço. Marco uma reunião recorrente com Chris às duas e meia da tarde para discutir alguns problemas e estratégias que decidirei com Luke. A aceleração do meu coração ao pensar em passar tempo com o Luke sozinha me incomoda. E se eles forem a mesma pessoa? Preciso saber. Preciso acabar com essa dúvida. Preciso saber se ele sabe desenhar.

'Luke, você pode fazer uma perspectiva rápida da entrada?' ofereço meu lápis.

'À mão? Nem pensar! Melhor pedir para Fleur ou à Bec. Eu posso fazer uma renderização, mas só amanhã e deve ficar pronta na sexta-feira. Quantas você quer?', responde e, para não dar na cara de que foi um pedido inútil, peço apenas uma imagem da entrada do prédio com luz da manhã, visto que a fachada está voltada para o leste e o sol entrando vai deixar a perspective bonita. Passo o resto do dia completando o estudo preliminar daquela área para que ele possa trabalhar nela no dia seguinte. Sei que ele e todos acham que este foi um pedido idiota; por que alguém criaria perspectivas elaboradas em 3D que consomem muito tempo em um estágio tão precoce do projeto? Estou fazendo uma bagunça no programa, vou precisar consertá-lo na próxima semana.

Quando discutimos sobre o projeto, confesso que nada ele tem em comum com o meu dançarino, o meu amante. Será que posso chamá-lo assim? Preciso dar um nome para ele. Entretanto, confesso que imagino que ele, vez por outra, flerta comigo e faz menção a coisas que conversamos nas festas. Por exemplo, me perguntou se gosto de sauna porque percebeu que sou muito esportista e por isso devo ir à academia - não vou - e tem uma sauna numa academia-spa aqui perto. Assuntos estranhos, um tanto fora de contexto. Agora não sei se sou a paranoica ou se ele é que é um tanto esquisito. Procuro minha única confidente viva que não está a um telefonema de distância. Fleur.

'Fleur, você notou alguma coisa diferente no Luke?' digo sussurrando.

'Não, mas notei em você!'

'Em mim?' Tento controlar a agitada voz: respiro fundo, preocupada de estar dando muito na pinta sobre Luke.

"É! Você! Olha esses seus cabelos soltos, lindos, longos!', enfatiza o *'o'* no *longos*. 'Sei lá, você tá com o botão da blusa aberto, usando umas cores diferentes, esse sorriso que mostra seus dentes brancos como um vestido de noiva brilhando no deserto... Só falta usar maquiagem. Enquanto todo mundo se esconde no inverno, você parece estar saindo do seu casulo.'

Sorrio para ela, sem jeito e inibida:

'Só você, Fleur...Eu não vou usar maquiagem de dia, tá doida? Estraga a pele.'

'E tem mais, se eu percebi como você mudou', ela gesticula com a cabeça e a mão para os homens do escritório 'Eles também notaram, não podem dizer nada ou estarão na lista de assédio', ela sorri com os lábios fechados, olhando para mim, querendo dizer algo mais 'Eu não ficaria surpresa se seu namorado se tornar ex-namorado logo se você decidir sair do seu esconderijo à noite.'

Passo sexta-feira numa antecipação de ficar para o *Friday Night Drinks*, mas quase ninguém fica e principalmente, Luke não fica. Faço caminho então à uma yoga nudista que achei na Internet, uma pequena fração da sensação da festa. Algo pra tirar o Luke da minha cabeça.

Os *downlights* marcam um arco contínuo na parede de concreto da sala de ioga, eles me lembram os aquedutos da Lapa. A música ambiente não tem voz, os tapetes verde-oliva já estão organizados de forma concêntrica focando no espaço do professor no meio. Os blocos de yoga e as toalhas brancas são igualmente colocados, um por aluno. Não há espelhos ou janelas. A vegetação alta, escura e verde-esverdeada é colocada em vasos cinza-carvão e branco no canto da sala. O toque final é o piso de madeira aquecido. Todos os elementos combinados dão calor à caixa de concreto, que seria hostil, não fosse por esses elementos. Pouco antes do horário das aulas, dois professores entram na sala em roupões como nós. Um corpo masculino e um feminino. Inusitado. Depois de acenderem as velas em seu lugar, eles caminham sorridentes oferecendo-nos chá quente. A classe é diversa: adolescentes, adultos e idosos se misturam nus, sem julgamento um do outro. Ninguém usa uma máscaras. Não há mistérios aqui, os únicos segredos são as histórias de cada um, aquelas cicatrizes que não podem ser vistas nem quando a roupa sai.

Num estado meditativo, tudo passa por mim. Das perdas na minha vida, do meu irmão, do meu pai, da minha avó. Das cidades que não conheci e dos prédios que não construí porque fui embora rápido demais. Dos dias que não passo com a minha mãe, com minhas amigas, dos namorados antigos, do Miguel, do Caio. Sinto um peso no corpo, minhas pernas pesadas como chumbo, minhas mãos e braços como espadas de ferro. Deixo passar, quando a nuvem do mascarado chega, eu deixo que ela fique, o peso vai embora, me sinto leve e retomo a minha fluidez dos movimentos. Luke invade e deforma esta sensação e forço-me a tirá-lo da cabeça entre uma ponte e outra.

Sou livre agora. Pássaros, penas e plumas, a força dos músculos parece fortalecer a noção de mim mesma. Agradeço pela minha mãe que veio me ver, carinhosa, amorosa, agradeço aos anos de parceria com os ex, principalmente com o Caio, agradeço a tecnologia que faz a distância mais fácil. Vejo as imagens dos meus lugares favoritos, minhas livrarias, meus cantos. Termino a noite plena, eu comigo mesma. Sozinha, mas amparada numa boa vida. Agasalho-me para enfrentar o inverno lá fora, que tenta penetrar minha pele e quebrar o verão dentro de mim.

Acordo de manhã fixada em olhar o Instagram do Caio. Muito à contragosto, crio uma conta minha, sem nenhuma foto, e começo a seguir Bibi. Nunca fui de olhar suas fotos e agora percebo o quanto ele fazia sem mim. Vejo a data de seus posts e os ligo aos finais de semana e às vezes até dia de semana. Suas últimas fotos têm mais pessoas com ele. Algumas mulheres. Uma parece mais repetitiva que outras. Não posso dizer que seja ciúme, mais do que um alívio por ele ter encontrado outra pessoa, eu também encontrei, mas nossa relação é diferente. Eu não tenho nenhuma pretensão de vê-lo nos finais de semana. Como que sete anos juntos podem ter terminado tão rápido? Será que foi rápido? Quando será que foi o começo do fim?

Existe um motivo pelo qual nunca quis ter estas contas de mídia social. Deleto a minha conta. Corro no meu novo bairro, muitas ladeiras tornam minhas pernas mais fortes, minha respiração mais resistente. De repente, me deparo com uma imagem um quanto inesperada. Luke. Tenho certeza que é ele caminhando na minha direção. Ele disse que morava em Tamarama, o que está fazendo aqui? Ele acena de longe e muda o trajeto para o meio do parque. Uma mulher e duas crianças pequenas esperam por ele para fazer um pic nic. Paro minha corrida e olho para eles. Luke acena de novo, fala para as crianças acenarem. A mulher não acena. Com ciúme? Eu aceno de volta. Continuo com minha vida, não tenho a menor intenção de estragar uma família.

Correndo, converso com mamãe sobre sua semana com o grupo de pesquisa e se está tudo preparado para sua palestra hoje. Pergunto se posso assistir à distância, e ela diz que vai me mandar um link, mas que pode não funcionar, *sabe como são essas coisas né?* ela se refere à qualidade dos vídeos. *Ainda tem muito que melhorar, não acha?* eu digo, concordando com ela. Vou para casa me preparar para tentar assistir sua palestra às dez e meia.

No banho, só consigo pensar no mascarado, em como ele me deseja, em como seu corpo responde diferente de Caio. Lembro de Miguel e do meu primeiro namorado, Pedro. Como são todos diferentes. Como é diferente com ele. Penso se é porque o mascarado não sabe quem eu sou e eu não sei quem é ele. A falta de inibição torna o amor mais intenso, ou seria um verdadeiro encontro de almas? Esquento a água, deixando relaxar os músculos tensos da corrida, demoro mais tempo do que o necessário. Quando saio do banho, escrevo no meu caderno: *é vergonha do que vão pensar de nós que nos impede de amar.*

A palestra de mamãe é um sucesso, pelas perguntas, muitas pessoas ainda não fazem a conexão entre neurociência e psicanálise. Ela inspira tanta gente a pensar diferente. Agora eu sei como ela consegue produzir tanto, fazer tanto. É a única forma de lidar com suas dores das perdas. Checo o jornal na da lojinha da Broughton St. quinta-feira. A festa é só quinta-feira. Ainda bem que vi Luke com a família hoje, e ele está completamente fora de alcance. A não ser que seja o mascarado. Perturba-me a ideia de ser apenas um passatempo para um homem casado.

Segunda-feira, olho a mão dele e não vejo nenhuma aliança, confundindo-me. Será que ele tira a aliança para vir ao trabalho? Pergunto à Fleur há quanto tempo ela está casada e qual é o segredo de bons relacionamentos. A minha esperança é de que Luke responda, mas ele fica quieto, me pergunto se a falta de aliança é sinal de divórcio e, se sim, eu sou uma vaca insensível.

Brincamos com algumas piadas de casamento, Chris entra na conversa e Tommy comenta que sua vida social agora gira em torno de casamentos gays, que crescem na mesma proporção dos seus casais de amigos que sempre quiseram se casar e não podiam, mas que, agora que podem, estão se separando.

Trabalho vai, trabalho vem, o projeto continua como sempre, de dez a doze horas por dia. O bom da nossa profissão é que é difícil se distrair com coisas que não sejam o trabalho. Por vezes, me pego observando Luke desenhar, mas são raras. Minhas fixações ocorrem quando alguma semelhança aparece entre ele e o meu mascarado, como hoje, quinta-feira, quando eu e ele dissemos para Chris que precisamos sair na hora por causa de um compromisso.

'Espero que não seja o mesmo compromisso', brinca o nosso chefe.

'Duvido, a não ser que ele goste de resolver mistérios e festas, enfim...', digo, talvez revelando mais do que deveria, pareço estar sem filtro!

'Adoro um quebra-cabeça', ele responde olhando para mim sorrindo. 'Mas não estou a fim de jogar hoje.'

O que Luke quer dizer com isso? Aonde ele vai hoje à noite?

Chego no limite da sanidade. Calculo o tempo de sair do escritório olhando o Luke se arrumar para sair. Mal aperto o botão para salvar o arquivo e deixo a tela do meu computador ligada para pegar o mesmo elevador dele. E, apesar de dar tchau e andar na direção contrária, logo me viro e acerto meus passos com os dele, apenas alguns metros atrás. Ainda são 17:47, e ele entra num hotel no meio da cidade. Não é nenhum dos hotéis da festa até agora. Será que ele vem pra cá trocar de roupa? Eu preciso ir para casa me arrumar. São 18:10 e se não sair agora, vou chegar atrasada. Ando o mais rápido possível antes de poder dizer que estou correndo. Os canteiros estão verdes, o que quer dizer ser um novo lugar.

O verde te leva
a um lugar secreto
Onde através da enseada se vê
velas de concreto

As *velas de concreto* são o Ópera House, essa é fácil. *Através da enseada* não pode ser em Kirribilli, porque está do outro lado da baía e não da enseada. A enseada a leste dele contorna o Jardim Botânico, mas não acho nenhum prédio lá, apenas um clube e sei que não dá pra ver as velas do prédio de lá. Peço ao táxi para me deixar no parque a oeste, embaixo da ponte do Harbour Bridge e dali terei que procurar esse lugar secreto. Temo não achar. Desnecessariamente. Chegar cinco minutos atrasada significa que já haviam vários mascarados andando para a entrada do lugar secreto. Ajeito meu anel deixando a cabeça da cobra à mostra e recebo um belo sorriso do *guardião da porta.*

Em condições normais a grande festa serve como um afrodisíaco, o mistério tem esse poder sobre as pessoas. E manter o mistério entre duas pessoas seria a chave ideal para valorizarmos aquilo que podemos perder a cada momento. Eu e meu mascarado usamos a festa não só como um jogo de pique-esconde, mas como um teste para saber se nossas almas vão se achar novo. Semana após semana, com ou sem novas máscaras, conseguimos aquilo que queremos. A festa para nós é também a quebra do mistério, é a conversa, é a comunicação, visto que não temos outra forma nem lugar para resolver as casualidades do dia-a-dia. Hoje, ele quis ter certeza que comunicaria aquilo que me deixaria decepcionada semana que vem- não achá-lo sem saber porque.

'Semana que vem, eu vou viajar. Contratempos', ele diz sem muita explicação.

'É justo. Obrigada por me avisar. Atencioso de sua parte por me contar', e, quando estou ponderando se posso perguntar para onde vai e fazer o quê, ele me interrompe com uma surpresa:

'Mas eu queria levar você para outro lugar no sábado.'

'Outro lugar... num sábado? Eu achei que sábado era dia de realidade...', digo entusiasmada e receosa ao mesmo tempo, imagino a cabeça de Luke por baixo da máscara, e me sinto decepcionada. Não quero então que Luke seja ele? Mas, antes de poder dar asas a este pensamento, ele me tranquiliza.

'Não fique nervosa, você ainda não vai ver meu rosto feioso. Ainda iremos de máscara', penso que ele nota a modificação na minha respiração para me dizer para não ficar nervosa.

'Eu duvido ter alguma feiura em você. Onde você quer me levar?'

'Ópera House. Tem um concerto e um evento que gostaria de levá-la.'

'Mas as pessoas te conhecem?'

'Algumas sim, mas como saber? Todos vão estar mascarados. Alguém que você conhece pode estar aqui. Digamos, um colega de trabalho seu…'

Fito-o, procurando semelhanças, mas o jeito como anda e se porta de nada tem a ver com o Luke.

'Colega de trabalho? Hum…' faço uma pausa, dando uma deixa para ele continuar, mas quem continua sou eu: 'Tem até um cara que se parece com você...', penduro no ar, tentando pescar mais alguma referência, mas me parece inútil tentar achar o Luke nele.

'Pode até parecer, mas ele pensa como eu?'

'Não que eu saiba... E eu? Existe alguém que se parece comigo na sua vida lá fora?'

Ele dá de ombros, fazendo graça, sorrindo e balançando a cabeça, diz que não. Pergunto-me se é ator. Sinto uma certo mal-estar e inquietação com esta possibilidade. Um ator poderia adorar um lugar como esse talvez? Saberia me enganar e eu não conseguiria perceber. Discutimos os pormenores da festa do Ópera House, onde nos encontraremos e concordamos que devemos usar máscaras que deixem a gente comer bem o suficiente. Enquanto andamos para a pista de dança, ele chega por trás de mim e sussurra no meu ouvido esquerdo:

'Duvido que tenha uma mulher como você no meu trabalho…' Ele me vira pela cintura: 'Acho que o pessoal de lá só sabe falar sobre dinheiro e video game', e se aproxima ainda mais, envolvendo-me em seus braços pela cintura, encaixando seus quadris apertados contra os meus e me dizendo: 'Nenhuma mulher lá fora tem esse universo dentro de si, se tem, sabem esconder, e o melhor de você, é que não o esconde de mim.'

Seu beijo é por demais enfeitiçado. Talvez porque é acompanhado de palavras que incitam a mente e o ego antes, mas mesmo que ele fosse mudo, seu corpo, seus lábios me beijam sempre com carinho e desejo. Uma ânsia de me ter, mas com a delicadeza sedutora do carinho. Seu beijo, ou seria o nosso beijo, já que não se beija sozinho, é os dois opostos, como sair numa aventura sabendo que tenho uma casa para voltar que vai me esperar como ou melhor do que a deixei.

'Me diz algo que eu ainda não sei sobre você', peço.

Ele olha para os lados, pondera e me pede para esperar onde estou. Ele vai em direção à orquestra e conversa com o condutor. Segurando um microfone, ele começa a cantar e dançar um número musical que, apesar de familiar, não tenho como lembrar o nome agora. É animado e romântico ao mesmo tempo. Logo os convidados viram platéia, abrindo espaço para seu número. Os que sabem a coreografia se unem a ele, os que não sabem cantar ou dançar, batem palmas no ritmo. Ele puxa uma outra mulher para dançar e rodopia com mais umas outras. Eu o observo, sei que seus olhos e seu corpo nunca poderiam ser exclusivos meus, mas admito ter uma faísca de ciúme e uma pequena lesão na minha vaidade. Ainda assim, tenho uma incontrolável vontade de tê-lo para mim e tirá-lo daqui. Ele termina o número na minha frente, sou a última que ele puxa para perto de si e é em mim que ele deposita seu beijo. Dali partimos para o restante da nossa noite a quatro paredes. É impossível tentar descrever o que me passa agora, melhor é perder as palavras e aproveitar as sensações que dominam a minha realidade.

*

Deitada em seus braços, com o sol ainda tão baixo que ainda parece noite, encaixada no cheiro de nós dois, meu corpo reage ao lembrar da noite passada. Ele percebe. Ele aceita. Ele respeita. Ele responde. Quando lembro de como respirou fundo ao encontrar a linha entre o meu pescoço e o meu ombro, e me arrepio levantando os ombros, ele os beija de leve. Quando lembro de como sua mão esquerda segurou meu quadril por trás ao mesmo tempo que a mão direita puxava gentilmente a corda do meu vestido e arco as costas, ele me massageia ao longo da coluna. Quando lembro de suas duas mãos descendo as mangas pelos ombros e me virando logo antes do vestido cair no chão, ele toma meus lábios e percorre agora meu peito e ventre, fazendo-me acreditar que sou seu melhor presente. Sua língua me percorre e me conhece mais do que jamais eu havia me conhecido. Ontem, depois do seu show musical, pouco tempo perdemos nos descobrindo no meio dos outros, viemos para um dos lindos quartos na alta torre com vista para Sydney, a minha cidade do amor. Quem disse que Paris poderia perder o trono? Eu voto para que sim. Nos quisemos em cada móvel do nosso quarto e, mesmo depois de cansarmos o corpo, esgotado pela longa expedição, ele continuou a me amar com todas as outras partes que sabe fazer uso. Do cabelo aos pés, me ensinou que o clímax do homem não tem que ser o fim para nós, mulheres. Entusiasmadíssimo, só paramos quando eu pedi, porque eu acabei por enfim, exaurida, precisava recuperar o sistema nervoso, que claramente não poderia continuar recebendo tanta descarga, ou correria o risco de se acostumar com esse sendo um novo normal. Claramente foi uma noite muito especial.

Os raios do sol, que entram fortes dentro do quarto agora, iluminam nossos movimentos sincronizados no ritmo e compasso. Apesar de parecermos ridículos com essas máscaras enormes como moscas, minhas respostas aos seus toques comprovam que é possível se amar se o desejo mora dentro dos dois. Ele mantém a minha máscara, mas tira a dele e posso ver o seu rosto com as pontas dos dedos. Assim, decido dar-lhe o prazer de ser amado por alguém que não vai usar da visão para conhecê-lo. Cada parte do meu corpo se funde a mais uma parte do corpo dele, minhas unhas se tornam um dos motivos de seu rosnar. Imagino que a surpresa de me deliciar com a exploração dele tenha sido de fato a gota d'água para o seu prazer. Como sempre, ele me abraça apertado. Durmo mais uma vez e, quando acordo, estou acompanhada apenas por mais um desenho e um poema.

Quem sou eu se não o quem
Que você me deixa ser
Apesar de tudo poder ser escondido
A verdade está em eu e você

O poema é acompanhado por um desenho de dois corpos mesclados, um na frente do outro dançando uma dança contemporânea. Por cima deles, um desenho que transpassa os dois corpos, uma luz projetada como nos eventos de luz da cidade. Dos dois corpos bem nítidos crescem braços e pernas como uma fotografia estroboscópica de um casal dançando, onde se pode ver o que fizeram antes.

O quarto tem a vista do centro da cidade e me dou conta que já são quase oito da manhã e ainda preciso ir para casa trocar de roupa.

O cinza do escritório está mais claro, talvez pela entrada do sol de inverno através das estreitas janelas, ou talvez seja eu que não me importo tanto com o cinza e percebo mais as mesas brancas e as luzes refletida no chão. Luke está particularmente alegre nesta manhã, seus gestos mais abertos e a postura esguia.

Algo de bom aconteceu na noite passada com ele. Onde será que ele foi?

Ele me pede para mudarmos nossa reunião para às 9:30, perguntando se estou livre, e acato seu pedido. Não há porque não aceitar. Na pequena sala de reuniões, Luke elogia meu cabelo, dizendo que está mais bonito. Não acho sensível dizer que está assim porque está amassado e cheio de sal do suor da noite passada, então apenas agradeço e respondo que deve ser porque está solto. Ele me avisa que vai viajar semana que vem. Mais uma coincidência com o outro deixa minhas pernas trêmulas e meu estômago apertado. Como eu queria perguntar onde ele estava ontem à noite, e se vai ao Ópera House no sábado da semana que vem. Não pergunto, ao invés disso, apenas digo que tudo bem e que ele podia me dizer em quem confia para fazer as imagens, caso precisemos mudar. Eu teria perguntado isso a qualquer outra pessoa, mas não consigo perguntar para ele. Luke deve me achar uma grossa, usamos a reunião só para resolvermos as praticidades do que ele ainda tem que fazer antes de passar a semana fora. Ele não menciona nada do cordão e, quando sai da sala, percebo que o cordão entrou na minha blusa. Luke não viu o cordão.

Meu trabalho sofre com a falta de concentração, porque, ambivalentemente, minha mente está muito concentrada. Concentrada em achar semelhanças entre os dois homens da minha vida nesse momento. Ninguém tem o menor interesse em fazer o trabalho de Luke semana que vem, mas nomeio Tommy, porque ele é o melhor em produzir imagens realistas depois de Luke. Eles passam algumas horas juntos para Tommy pegar alguns truques, mas não sem antes dar os pêsames à Luke porque vai perder a comemoração do meu aniversário na sexta-feira à noite.

'Não sabia que era seu aniversário. Quando é?'

'Sábado que vem, dia 4.'

'Por que não comemoramos no sábado então? Eu vou estar de volta, se bem que tenho algo à noite.' Luke diz, e eu não consigo evitar de ver que as semelhanças são muito grandes. Percebo minha ansiedade saindo pelos nós que dou nos elásticos que ficam no meu porta-canetas à espera da próxima leva de impressões.

'Também tenho algo marcado à noite.'

'Olha, de repente vocês vão no mesmo lugar e podem comemorar de qualquer jeito.' Fleur aparece do silêncio do seu trabalho para me deixar constrangida.

A chamo para vir me ajudar com a impressora como desculpa, e pergunto o que está acontecendo:

'Fleur, porque você disse aquilo?'

'Tainá Drummond, eu que pergunto, o que está acontecendo entre você e o Luke?'

'Nada, porque?'

'Por quê? Todo mundo já percebeu que tá rolando alguma coisa entre vocês. A Bec está uma arara! Ela vive esperando por ele, chega a ser patético, mas daí agora você vem tirar a chance dela.'

'Ele é casado, eu vi ele com seus dois filhos pequenos e uma mulher que claramente é mãe delas.'

'Ok, ele não é casado mais. Parece que completaram o divórcio. Mulher, você tem que ficar mais sincronizada com o que é falado pelos corredores', ela sussurra e continuamos conversando nesse tom confidencial

'Jura? Mas e as crianças? São tão pequenas!'

'Melhor duas casas felizes do que uma infeliz', diz ela e eu concordo.

'Nada acontece entre Luke e eu. Eu não sabia que ele estava se divorciando e o que era fora de cogitação, continua sendo. Nem pensar em ser a mulher que ele afoga as mágoas da ex, e muito menos em ser... madrasta.'

Fleur ri e me diz:

'Tome cuidado então, você sabe o quanto ele *é* charmoso...' Ela enfatiza o *é* e continua: 'E gato! Muito gato e como você talvez ainda não saiba, muito inteligente e sensível.'

'Ah é? Se ele é tudo isso, por que a mulher tá largando dele?'

'Ele não deve lavar louça!', rimos as duas e voltamos ao nosso trabalho.

Fleur vai embora às cinco e meia em ponto dizendo que os felizardos somos nós que não temos que carregar 14kg na barriga e que podemos ficar acordados até às nove da noite.

Tommy, Bec, Luke e eu ficamos até tarde trabalhando. Chris chega de suas reuniões por volta das 17hrs e, ao invés de ir para casa, faz questão de tirar nossas dúvidas, nos guiar no que podemos reduzir na apresentação. Ele pede umas pizzas às 19hrs, nos fazendo ir comer na cozinha - não nas nossas mesas - e faz uma pausa por meia hora. Apesar de estar no trabalho às dez da noite, não me sinto exausta. Há uma conexão grande entre nós cinco e sentimos falta da energia engraçada de Fleur. Chris manda todo mundo ir embora por volta das dez e meia, e diz que segunda-feira podemos chegar às onze da manhã para nossa apresentação às duas da tarde. Agradece o nosso esforço monumental e nos deseja um bom final de semana. Eu preciso ficar para mandar todos os documentos, espero Luke terminar de renderizar sua última imagem. Bec não tem por que estar aqui, mas ela continua. Até que às onze e meia da noite, ela precisa ir embora porque o sono já fritou seu cérebro, como ela mesma diz. Imagino que tenha ficado para tentar dar em cima de Luke como mostrou suas inúmeras tentativas fracassadas de flerte durante a noite.

Me deparo com Luke no escritório, realmente não sei o que pode ser mais clichê do que isso. Evito chegar perto ou entrar em assuntos pessoais, fico respondendo e-mails, mas ele puxa papo:

'O que você estava fazendo em Lavender Bay no outro dia? Achei que morava em Bondi.'

'Morava, mas estou em Kirribilli agora.'

'Você corre pro trabalho?'

'Não. Não é tão longe para justificar trocar de roupa, tomar banho, essas coisas, mas eu ando.'

'Por que mudou?

'Mais perto do trabalho.'

'Mais barato, imagino, a sua rua em Bondi não é para qualquer um.' Ele deve estar se referindo ao custo do aluguel.

'Hum…'. A verdade é que em Bondi eu vivia sem pagar aluguel já que a empresa de Caio pagava por ele. 'É, mais ou menos.'

'E você? Achei que morava em Tamarama.'

'É a casa dos meus pais. Eu morava em Crows Nest, com a minha mulher... ex-mulher e meus filhos. Estou na casa dos meus pais por uns tempos até achar um lugar que meus filhos aprovem. Meus filhos são muito específicos onde eles querem que eu more.'

'Sabem o que querem?'

'Sim, são cheios de exigências, mas você sabe como é Sydney, não é fácil achar um lugar decente para morar.'

'É, ouço dizer que é bem difícil, eu tive sorte até agora.' Há um silêncio entre nós que quebro reconhecendo que as coisas não devem estar bem. 'Sinto muito pelo divórcio.'

'Eu também. Eu achava que éramos felizes, não sei o que fiz de errado.'

Pondero sobre o que ele diz enquanto finjo escrever e-mails e ele termina as perspectivas para colocar na apresentação.

'Luke, desculpa me intrometer, mas pelo que sei, nunca é uma única coisa errada, e nunca é um só culpado. Seria bom se fosse simples.'

'Falou tudo. Enfim, mandei as perspectivas para você agora. Coloca na capa e pode mandar.'

Devo ter cutucado um lugar que não deveria, mas pedi desculpas por me intrometer, é triste ver alguém se sentindo culpado quando não deveria carregar todo esse peso sozinho. A gente nunca quebra um relacionamento sozinho. Ou quebra?

Ele chega perto de mim para mostrar qual perspectiva usar e sua mão esquerda encosta nas minhas costas casualmente, mas um nervosismo toma conta da minha respiração e não me mexo por alguns instantes, até que solto a tensão empurrando a cadeira com os pés, ao mesmo tempo ar que sai da minha boca num suspiro. Ele parece nervoso agora, e pede desculpas por encostar nas minhas costas:

'Desculpa!'

'Não, imagina, só tô abrindo espaço pra você ver a tela do computador…' falo quase gaguejando e, na falta de conseguir alcançar meus elásticos porque Luke está entre nós, alivio minha ansiedade segurando meu cordão que havia se escondido na minha blusa com os movimentos naturais do dia, 'Porque pediu desculpas?', solto o cordão discretamente e volto minhas mão para o teclado e o *mouse*.

'Eu encostei nas suas costas sem querer...'

A sedução é muito mais aberta quando não se tem nada a perder, como seu emprego e sua reputação. Eu poderia evoluir esse ponto para uma noite inesperada e desmascarar se ele é ou não o meu amante. Eu saberia sem sombra de dúvidas se eles são a mesma pessoa, mas não consigo. Não consigo. E se ele não for?. Observo seu maxilar, suas mãos, a marca do anel de casamento ainda no seu dedo, e não lembro de ter visto isso no mascarado, mas também, não prestei atenção o suficiente. Olho nos seus olhos tentando achar uma brecha, uma pequena fresta para que eu possa ter certeza de que são a mesma pessoa. Luke não menciona nada do cordão, se ele acha que eu sou a Eva, ele teria dito algo, não? Este jogo é cansativo. Se ele for meu mascarado, como evitar exterminar nosso amor com as complicações de ex-mulher, divórcio, filhos, férias, dever de casa! Ser madrasta, nem pensar! Por tudo isso, respondo fria:

'Nem percebi, sem problemas, tá tarde...'

Luke deve me achar uma idiota. Ele senta na cadeira ao lado da minha enquanto termino o arquivo de apresentação e decidimos juntos quais imagens usar. Ele me traz um copo d'água sem eu pedir, apenas porque foi pegar para ele e trouxe um pra mim também. A gentileza tem o poder de transformar água em elixir. Bebo a água forçando-me a não me apaixonar por quem será meu colega de trabalho pelos próximos dois anos. Termino a apresentação transitando entre a minha imaginação e o pragmatismo do que preciso terminar. Acho cada vez mais similaridades entre eles dois, conversamos sobre questões e temas relacionados à arquitetura, urbanismo, política, prédios que amamos, que odiamos, novas tecnologias, um futuro apocalíptico e por aí vai. Pergunto a mim mesma porque a ex-mulher dele o largou. Concordamos, rimos e divergimos em todos os tópicos e, mesmo sentados a uma distância mais confortável, evito colar nossos olhares quando se cruzam pelo aumento de palpitação explicável no meu coração.

'Mandei! Acabou!'

'Caramba! Onze e meia da noite!', diz ele cansado e eufórico levantando a mão. 'Toca aqui! Grande time.' Batemos as mãos aliviados e ele não me deixa escapar dos seus olhos desta vez. 'Tainá, olha para mim.' E, quando olho ele me agradece: 'Obrigado.'

'De nada, é o meu trabalho.'

'Não, é difícil achar gente como você. Ótimo trabalho e ótima companhia.'

'De nada, obrigada você também', desvio o assunto e arrumo minha mesa para amanhã, coloco o que devo na bolsa enquanto ele pega suas coisas e me espera perto do elevador.

'Posso levar você até a sua casa, são quase meia noite, tá tarde.'

'Não, não precisa. Eu pego um táxi', respondo, negando que queria continuar ao seu lado, mas, de novo, a reputação e o emprego falam mais alto.

'Tem certeza?'

'Claro, não é a primeira vez que eu volto pra casa à noite.'

'Então tá, você pode só me mandar uma mensagem quando chegar?'

'Tá bom, eu mando. Sem problemas', respondo e, mais uma vez, concluo que a gentileza parece mesmo ser inerente a ele.

Luke escreve seu telefone num papel que pega na recepção logo à nossa frente passando seu braço e seu rosto perto de mim, e me entrega. Uma vez na rua, ele saca o celular para chamar o motorista, de um desses aplicativos de táxi e carona. Não sei qual ele usa, mas começamos uma pequena competição pra ver qual veículo irá chegar primeiro.

'Por que não usa um aplicativo? Tão mais rápido?'

'Já usei, mas não gosto. Não acho seguro...' estico o braço, acenando para um táxi de uma empresa tradicional. 'E rapidez', sorrio e ele abre a porta do táxi para mim. Pede para eu baixar a janela - como o mascarado.

'A empresa vai pagar esse táxi, pega um recibo.'

'Bom saber, pode deixar. Boa noite.'

'Me manda uma mensagem quando chegar.'

'Vou mandar. Boa viagem semana que vem.'

Ele se afasta do carro e acena.

'Aposto que em menos de uma semana, sai um beijo aí', diz o taxista assim que pega o caminho para minha casa.

'O quê? Não ele não... Só meu colega de trabalho.'

'É cego aquele que escolhe não ver. Esse cara aí que a botou no carro tá doidinho por você. Aproveita a vida, garota! Muito nova ainda.'

Eu agradeço o conselho, mudo de assunto perguntando como anda a sua vida e de onde ele é, papo suficiente até chegar na esquina de casa. Lembro de pegar o recibo como Luke avisou e me arrependo de não deixá-lo me trazer em casa, também poderia ter pedido para o taxista me deixar mais perto da porta, mas sempre peço para pararem na esquina com medo de um cara qualquer saber onde eu moro. Ando a passos apressados, atenta a qualquer barulho, as ruas aqui são muito escuras e vazias a essa hora. Sinto um alívio quando fecho a porta do prédio atrás de mim e mais ainda quando meu apartamento vazio e frio me acolhe. Seria bom voltar para casa para alguém. Não tem nenhuma mensagem do Caio e obviamente nada espero do mascarado, mando uma mensagem para Luke, afinal eu prometi. *Estou em casa. Até a outra semana, boa viagem.*

Ele deve estar com o telefone em mãos, pois recebo sua resposta quase instantânea, *Fico feliz que chegou em casa sã e salva. Durma bem, obrigado de novo pelo trabalho e pela companhia hoje à noite. Vejo você quando voltar de viagem.*

Voltar de viagem. Os dois vão viajar na mesma semana, seria coincidência? Não pode, eles devem ser a mesma pessoa. O meu sono desaparece elucubrando se teria sido realmente desastroso trazer Luke aqui para casa e dar vazão à energia que, com certeza, havia entre nós. Ele deve estar pensando em mim, será? A vida sem máscaras é um grande jogo diplomático, testa a nossa paciência. Entro num banho quente daqueles de deixar a pele vermelha onde a água encosta e sentir o sangue percorrer mais rápido nossas veias até as extremidades, tirando o frio lá de fora e me abraçando numa transição para um sono profundo. É uma perda de tempo lutar contra a minha mente, que cisma em mesclar os dois homens que movem algo dentro de mim. Movem algo de bom. Acaricio o hidratante pelo meu corpo, substituindo minhas mãos pelas dele na minha imaginação, reproduzo o máximo que posso o seu toque, que já conheço e desejo. Ao invés da máscara, vejo Luke quando fecho os olhos e, numa sinestesia de sons, movimentos e imagens, descubro mais uma forma de me deixar com as pernas bambas e o corpo leve como uma pena. Mais do que uma necessidade, meu banho é um prazer. É inevitável abafar aquilo que nos mexe, cedo ou tarde, acordada ou em sonho, nossos desejos sempre ressurgem.

Durmo sem lutar, embaralhada nos meus lençóis e edredons, aquecida por dentro e por fora.

13

Sábado chega assim como a minha corrida, quando passo pelo parque na Lavender St, lembro do Luke com a mulher. Penso em ligar para Fleur, mas uma mensagem perguntando se quer que eu a entretenha num almoço sem crianças. Ela diz que está exausta e aproveita que o marido vai levar os filhos na casa da avó para dormir a tarde toda.

Caio me manda uma mensagem que claramente era para outra pessoa: uma foto dele posando sem camisa. Respondo com apenas um ponto de interrogação, e ele rapidamente confirma que mandou para a pessoa errada. Ele já não entra em contato há dias, e me pergunto como poderia ter mandado errado já que o meu telefone não é o primeiro que vai aparecer na sua lista de telefone. Meu telefone vibra, é ele. Enquanto penso se arrasto o botão verde ou o vermelho, a ligação termina. Ligo de volta e, para minha surpresa, ele atende.

'Oi, você atendeu…'

'É, as pessoas mudam...'

'Caio, a gente vai se resolver em novembro, se a gente quiser...'

'Eu quero resolver agora. Eu posso ir aí no final de semana, passar seu aniversário com você.'

'Não, precisamos de distância.'

'Foi a distância que separou a gente, precisamos ficar juntos, na mesma casa... Tatá…'

'Não me chama de Tatá, por favor. A distância também pode ser boa, descobrir o que você realmente quer...'

'Eu quero você! Eu quero a gente, do jeito que era!'

Sua voz aumenta de volume em desespero e apelo. Seguro o "do jeito que era!" na minha garganta e me pergunto qual era o jeito que éramos. Eu era feliz do jeito que a gente era?

'Eu não vou resolver isso por telefone.'

'Eu vou aí no final de semana, não me interessa quanto custe, eu vou! Eu quero você Tatá.'

Entalo algumas muitas palavras na minha boca, palavras de raiva, indignação, e palavras brandas de saudade, afeto e amor. Foram sete anos juntos e as memórias das coisas boas se emaranham com as do dia a dia ruim e as sensações de aprisionamento ao lado dele. Memórias que são sobrepostas pelos momentos de gozo da minha nova vida, o gozo de mim mesma, do meu trabalho, das minhas escolhas, das minhas companhias e, sim, sem sombra de dúvida, o gozo do meu corpo, mas principalmente, o gozo da minha liberdade. Talvez eu seja egoísta, talvez, não saiba o que estou perdendo ainda, de que adianta tanta liberdade se volto para uma casa vazia? Esta sopa de emoções contraditórias não acha um caminho claro pelas palavras, por isso continuam presas no peito tentando implodi-lo. Sorte a minha que sem fazer esforço, essa conurbação de sentimentos e pensamentos. Elas acham uma válvula de escape pelas lágrimas que escorrem sem pedir e pela voz trêmula que entrega o meu interior - para quem quer ouvir, obviamente.

'Eu já tenho planos, não vem. Não precisa de desespero, a gente...', estou prestes a dizer vamos conversar sobre nós e nosso futuro em novembro quando o trabalho dele não for mais importante do que a gente, mas sou interrompida:

'Como você pode jogar tudo nosso fora? Foram sete anos! Sete anos, Tainá. Porra! Eu tô um caco! Olha o que você fez comigo!'

Não gosto do tom que ele usa, agressivo. *Olha o que você fez comigo*. Ele quer tentar colocar a culpa em mim por como se sente. Alguma vez pensou em como me fez sentir chegando sem avisar, me pedindo pra mudar pra tudo quanto é lugar, para largar a minha carreira e recomeçar, em como usava meu corpo para satisfazer seus sentimentos mais primais? Nunca me senti melhor do que como estou agora.

'Caio cada um tem um processo, um tempo. Vai se divertir. Por essa foto e pelas suas fotos no Instagram....'

'Você tem Instagram agora é? Tá mudada!', ele zomba de mim.

'Todo mundo muda, fiz para ajudar a Bibi e já deletei.'

'O que você anda fazendo?'

'Trabalhando.'

'Até parece que ninguém deu em cima de você ainda.'

'Caio, não se machuque à toa. O que fazemos ou deixamos de fazer não é da conta do outro. A gente conversa em novembro, ok?'

'Tainá, não desliga...'

'Não tenho mais o que falar. O apartamento em Bondi está vazio, avise à empresa, mas tem fotos que deixei para você lá.' Ele fica em silêncio durante alguns segundos. São poucas as vezes que já o vi ponderar sobre algo sem responder imediatamente.

'Eu te prometi que eu ia melhorar as coisas pra gente.'

'Não vai ser assim que você vai melhorar, vou me atrasar, preciso voltar pra minha corrida.'

'Saudades.'

'Tchau, Caio', digo, irritada comigo por ter avisado que ia correr, por ter dado satisfação da minha vida. Talvez seja hábito e não nada mais difícil de terminar do que com um hábito.

Desligo sem dar chance dele dizer mais alguma coisa e me ponho a correr o quanto antes. A cada dor, uma angústia liberada. A raiva saí pelas panturrilhas, a decepção pelas coxas, a dor do luto do que poderíamos ter juntos sai pela cabeça, mas o peso no peito é a compaixão pela dor do Caio, que logo vira remorso por destruir sete anos da nossa vida, e preciso de outra tática para tirar a culpa de mim e aliviar a tensão nos ombros. Depois de agradecer pelo céu azul, o sol e o inverno de uns dezenove graus, tomo um banho, lavo os cabelos, almoço um pequeno sanduíche torrado de queijo derretido e presunto que me lembra a casa de vovó, vou tomar um chá na minha livraria preferida lendo um livro do modernismo no Brasil, trazendo muito saudosismo e a pergunta do quão melhor arquiteta eu seria se tivesse feito toda a minha universidade lá. Penso nos meus amigos da faculdade, de Barcelona, das viagens na Europa, da arquitetura da África do Sul, e da esperteza das arquiteturas chamadas rudimentares, mas que são muito melhores do que muita porcaria que se vê hoje. Decido entrar no cinema assim que passo na frente de um, e vejo uma coincidência com o filme que estava prestes a começar. Compro o jornal de sábado à caminho de casa, descubro o dia da festa e cogito ir, sabendo que não vou encontrar meu mascarado, mas deixo em aberto, vou decidir na hora. No domingo, me alisto num clube náutico e recebo muitos elogios pela minha história de *quase* ser uma atleta olímpica. Às vezes, o que achamos ser nosso fracasso já é uma grande vitória para os outros. E, depois desse grande nó desfeito dentro de mim, convido Fleur para ir às compras comigo, mas ela não pode. Diz que trocaria a festa de aniversário do amiguinho do filho num piscar de olhos, mas já tinha organizado com o marido de que ela levaria o menino. Seria tão bom ter uma vida mais significativa como a de Fleur e de sua família, mas antes de me permitir ser crucificada por ter rompido com Caio novamente, lembro-me de suas lutas contínuas por tempo e autocuidado. E depois, seus conselhos sobre o relacionamento à distância e como ela diz que inveja um pouco minha vida. Depois escuto o que disse a Luke, que nenhum relacionamento termina por causa de uma pessoa. Falo sério e minha culpa se foi. Eu ainda quero ver Caio feliz e livre como eu, mas não posso fazer isso por ele. Sei que dentro de alguns meses nos encontraremos e aceitaremos que foi melhor assim.

*

Me permito ir para o trabalho às onze da manhã, mas às nove, Chris liga pedindo desculpas e me pergunta se posso chegar o quanto antes. Ele viu um pequeno defeito de ortografia na apresentação e quer que eu vá à reunião para defender o projeto. Seremos quatro pessoas, duas mulheres - uma das diretoras e eu - e dois homens, ele e o diretor. Assim, como nunca falei com estes diretores, seria importante termos combinado com tempo o que cada um iria falar. Meu armário está ficando repleto de roupas e, a ver pela quantidade de blusas novas e vestidos de trabalho que coloco em cima da cama, claramente preciso de ajuda para escolher minha roupa para esta reunião tão importante. Ligo em vídeo para Bibi, mas, quando vejo a hora, lembro que já são meia-noite no seu fuso-horário europeu. Mamãe é minha salvação, e ela atende com o mesmo brilho excitante na voz toda vez que eu peço ajuda:

'Usa aquela echarpe de seda que você ganhou da Denise. Aquela do Jardim Botânico do Rio, lembra? E mistura com alguma roupa nova, como o blazer laranja que a gente comprou junto, com aquela blusa amarronzada, beirando o creme.'

Agradeço sua ajuda sem debater, e dizendo que ela é ousada, no fundo, eu queria dizer que o laranja talvez seja exuberante demais pra mim. Chama muita atenção, mas eu sei que, uma hora ou outra, eu terei que usar, não posso jogar esse dinheiro que ela gastou no blazer fora. Coloco a roupa que mamãe sugeriu com uma calça também nova em tom creme ao lado do meu convencional e entediante terno preto com a camisa de botões branca. Visto o preto, é realmente monótono e seguro. Visto o laranja e sinto que não sou apta a usá-lo, mas que deveria. Procuro na Internet por outras referências de jaquetas laranjas e, ao ver inúmeras combinações lindas, me sinto mais capacitada para misturar cores. Por via das dúvidas, coloco a jaqueta e a calça preta na bolsa.

Chego no trabalho quarenta minutos mais tarde, ciente da mudança radical do meu guarda-roupa, recebo um elogio incrível de Lynette, Tommy me dá os parabéns pela audácia e, quando digo que estou insegura de usar isso na apresentação, ele imediatamente descarta a minha dúvida:

'Tá um arraso! Vai com tudo, ganha esse projeto para a gente! Não estou a fim de procurar outro emprego.' e ele ri, como sempre.

Fico apreensiva até Chris me chamar para a sala de reuniões com os dois diretores. Todos de preto, e eu, apesar de querer ser o pontinho laranja, me sinto como um fogo de artifício. Ninguém menciona nada, nenhuma piadinha, nenhum elogio, e preciso dizer a mim mesma que ninguém está nem aí, que devo ir confiante no que dizer, assim como Tommy pediu.

A apresentação foi o melhor que pudemos fazer, não tenho ideia se ganhamos ou não. Só saberemos mais para o final da semana. Chris me manda ir pra casa assim que termino de organizar os arquivos e de planejar a equipe nesse tempo transitório, até esperarmos saber se ganhamos ou não. A verdade é que só consigo terminar tudo já tarde, enamorada pelas novas responsabilidades, desde defender o projeto para o júri até organizar o time nos projetos transitórios com outros menores.

Não consigo achar um cara romântico se ele não me escuta. Caio faz exatamente isso. Há um buquet de flores enorme na porta do prédio e o nome bem grande é o meu. O nome assinado é o dele. Não tenho forças para ligar, nem fingir agradecer.

Nada muito útil acontece entre terça e quinta-feira, a não ser que, apesar da minha indiferença às flores de segunda, às flores de terça e à de quarta-feira, Caio me manda um novo buquê também na quinta, e eu continuo o ignorando. Sem coragem de jogar as flores fora, e sabendo que elas não trarão beleza nem paz à minha casa, tiro o meu nome e as coloco na frente de outros apartamentos aleatoriamente. Eu deveria fazer mais esforço para conhecer meus vizinhos, mas não me vejo querendo isso. Vai que descobrem que eu moro sozinha? Não é muito seguro, é?

Estar essa semana sem o Luke ou o mascarado me trouxe um grande foco para as coisas que gosto de fazer, principalmente para o meu trabalho, minhas amigas e meus livros. Acordei no meio da madrugada para falar com minhas amigas da faculdade numa ligação em grupo, nos divertimos horrores e, de quebra, ainda pratiquei meu espanhol e meu catalão. Ajeitei meu portfólio com o projeto da editora de moda, e vi alguns bons seriados que já não via há um tempo de tanto pensar em roupas, vestidos e nos outros. Eu jurava não ir à festa hoje, já que o mascarado não vai estar lá, mas as flores do Caio hoje me levariam a mais uma noite de seriados e sopa, evitando tocar no celular e pedir que pare com isso. Debato entre o jornal parado na mesa de centro e o laptop preparado para começar a sessão. Faltam menos de trinta minutos para começar a festa. Olho pelo pequeno corredor para o quarto. Eu não preciso de ninguém que me proteja para conseguir me divertir. Me visto como um trem bala, pego um táxi e estou lá, na porta do armazém logo após as sete horas. A dança é incrível, as conversas com outras pessoas, energizantes, me sinto uma mulher desejável e com o invejável privilégio de dizer não aos avanços dos outros convidados. A única a quem quase digo sim é uma mulher com um vestido vermelho com detalhes em preto o corpete tomara que caia, que aperta e torna seu torso magro e o opõe à enorme saia abaulada que vai até o chão. Ela usa uma máscara dourada, brilhando sua confiança através do sorriso também vermelho. Os cabelos brancos encaracolados com algumas madeixas caindo pelas suas clavículas, deixam sua cabeça bem redonda e enorme. Claramente uma peruca. Suas luvas estilo rede de peixe, sempre muito atribuídas às prostitutas e à vulgaridade, a deixam sedutora e sofisticada. Não retribuo seu desejo por mim, não por medo, estigma ou preconceito, mas porque não a desejo tanto. Me satisfaço mais em dizer não.

Esta pequena experiência me deixa pensando no caminho de volta para casa. Quem eu traio mais quando reprimo tanto aquilo que quero, apenas para satisfazer o outro? Dizer não às vezes faz bem, apesar de que nunca vou saber o que eu perdi por ter dito não a ela.

*

Existe um motivo além dos aniversários do mês para a celebração de sexta-feira no trabalho. Conseguimos honrar com um prazo de entrega no nosso projeto e recebemos a notícia de que ganhamos a competição. Ganhamos o cliente e dois - talvez três - anos de projeto para o escritório. Chris faz questão de dar o crédito a todo o time, enfatizando a qualidade do meu trabalho e o de Luke em manter a apresentação em níveis altíssimos. A recompensa do reconhecimento é tão enaltecedora quanto ganhar o projeto, é um curativo para qualquer baixa estima ou dúvida de nossa própria competência. Luke infelizmente não está aqui para receber os elogios, mas parece que alguém gravou o vídeo do discurso de Chris e vai mandar para ele. O nosso diretor brinca que, se quisermos ganhar projetos, basta que Fleur engravide, porque tudo que ela toca quando está grávida, vira ouro. Tommy também recebe seus quinze segundos de fama e, neste espírito de celebração, sou levada por Bec, Tommy, Martha, Michael e Fleur a um restaurante-boate, o Argyle, para um jantar mais íntimo.

A festa-jantar do meu aniversário está uma diversão com Fleur, que estupendamente consegue ficar acordada até às sete da noite quando uma mensagem do marido diz que o filho de dois anos caiu do beliche e ele teve que chamar a ambulância, mas está tudo bem. Ela sai correndo para casa de táxi, mas não antes de pedir a sobremesa para viagem e me prometer que meu presente chega amanhã na hora do almoço, e que eu não saia de casa porque ela vai lá entregar pessoalmente. Tento mais uma vez tranquilizá-la de que não preciso de presente, mas ela insiste.

'Alguém esquentou a cadeira pra mim!' Luke - quem mais - aparece quando Fleur se levanta para sair. Um *timing* tão perfeito que é como se tivesse sido roteirizado.

Ela dá dois beijos em sua bochecha dizendo empolgada que está feliz que ele pode vir, perguntou se teve uma boa viagem.

'Nossa, foi um saco!', diz alto com bom humor para fazer todo mundo rir enquanto termina os cumprimentos à Fleur.'Senti saudade de trabalhar até tarde...' Juro que a segunda parte foi direcionada à mim, porque me olha nos olhos enquanto levanto para agradecer à Fleur mais uma vez pelo presente que virá amanhã e peço desculpas por fazer ela perder a queda da filha do beliche por minha causa, apesar de estar feliz que nada mais grave aconteceu. 'Que é isso, mulher! Vão ter muitas outras quedas ainda, pelo menos o maridão chamou a ambulância', ela me diz e conforta minha culpa.

Luke aproveita que estou em pé e me abraça, desejando feliz aniversário. O abraço é familiar, não é um abraço de pessoas estranhas. Ele me dá um presente, uma caixa entre um - tamanho - A4 e um A3. Grande para um presente de alguém que você mal conhece. Agradeço tentando imaginar o que pode ser e admito que desejei ser a máscara dele, assim eu saberia que sabe quem eu sou. Acabo com o mistério logo, abrindo a caixa na frente de todo mundo. Há duas taças de martini, uma coqueteleira e um pacote de café em grãos. Não foi a máscara, mas tem evidências o suficiente aqui para me dizer que ele é o mascarado.

Vendo a minha cara de confusão e suspeita, ele mesmo explica:

'Para você batizar seu café.'

'Eu tenho como fazer um bom uso desse copo. Já o café, você sabe que eu não bebo, nem máquina eu tenho. Vou ter que levar pro trabalho e dividir entre vocês.'

Todo mundo fala alto, agradecendo, dizendo que este café é ótimo. Eu não tenho um bom uso para as taças, não vou beber em casa sozinha, nem recebo ninguém, mas, para todos os efeitos, adultos bebem álcool, então imagino ser um bom presente. O que me intriga mais é o porque de ele me dar taças de martini. Só tomo *mocktails* nessas taças com o mascarado, Luke só me viu bebendo caipirinha num copo muito menos sofisticado.

'Você vai tomar café um dia, passar pelo lado perigoso da vida...' Ele fala, olhando nos meus olhos com aquele sorriso charmoso e cativante. Tem que ser ele, está jogando muitas referências às noites como o mascarado. 'Ficar viciada como todos nós.'

'Obrigada, é muito atencioso da sua parte.' digo sorrindo, retribuindo o flerte. Se eu soubesse que ele viria eu teria usado o cordão.

'De nada, você merece.'

A noite continua e estou mais uma vez surpresa no quanto podemos nos divertir falando e fazendo besteiras. Na falta de máscaras para tirar a inibição, resolvo estrear minhas taças novas, e basta dizer que vou ao bar pedir dois espressos-martinis que Luke faz questão de me acompanhar. Penso no mascarado amanhã, quando vamos nos encontrar no Ópera House. Se alguma coisa acontecer com o Luke hoje, se ele me beijar, eu sei que eu vou saber se ele é ou não o meu concerto de amanhã. O cara do bar diz que não podem usar o meu café, mas podem usar meus novos copos.

'Tô gostando de ver, meu presente já está levando você pro mau caminho, nem duas horas depois.'

'Não vejo problema em beber uma taça, duvido que…' eu iria falar que duvido que uma taça de álcool vá me fazer subir uma rocha com as mãos livres e tornar minha mãe órfã de filhos, mas decido não trazer as associações pesadas com o que a maconha fez com meu irmão.

'Duvida que…' ele pede para eu continuar.

'Duvido que uma taça irá me forçar a fazer alguma besteira.' Volto a pensar se meu irmão imaginou que um cigarro de maconha fosse destruir a vida de todos nós. Duvido que tenha feito de propósito. Como saber que reações vamos ter quando não estamos cientes de nós mesmos? Olho para cima para evitar que as lágrimas desçam. Merda. Porque meu irmão foi morrer? Me deixa em paz!

'Você tá bem?' Luke me pergunta, colocando a mão no meu ombro, ele deve ter percebido a bagunça que eu sou. Talvez não consiga prender minhas lágrimas como achei que conseguiria. Esqueço que não estou usando uma máscara que esconde minhas expressões.

'Tô. Só... memórias.'

'Às vezes são como fantasmas', ele diz, eu concordo e ele continua. 'Quer conversar? Me desculpa pelo presente, você não precisa beber se não quiser, ou não... puder.' Talvez ele esteja achando que eu já fui alcoólatra. 'Aqui, vamos pedir um *mocktail* de maracujá?'

O sangue some das minhas mãos e dos meus pés e vai numa rajada inconsciente em direção ao meu torso, que ferve em um turbilhão de dúvidas e certezas. É ele, tem que ser ele. Eu preciso perguntar, eu posso perguntar? Quem mais saberia que gosto de maracujá?

'Não vai beber algo que não gosta agora, não faz sentido você começar a beber café com álcool quando está triste.'

'Eu tô bem, obrigada. O que os seus pais fazem?' Uma pergunta que diverge totalmente do assunto, mas que pode me dar mais informações se ele é o mascarado.

'Meus pais são artistas. Minha mãe pinta e meu pai é um escultor.' Observo a linguagem do seu corpo, cada gesto que nos aproxima ou nos distancia. Meu sangue volta a se espalhar de forma mais homogênea e encontro um lugar calmo em mim onde posso apreciá-lo como sendo o Luke, sem me agoniar nas sobreposições dos olhares e nas comparações. Ele não olha para mim como o mascarado, mas talvez seja vergonha. Talvez seja o local, talvez seja o medo. Lembro do formato do rosto do mascarado na semana passada quando me amou sem máscara enquanto eu estava de olhos vendados. Pude vê-lo como o cego que me vendeu a máscara, mas sem tanta precisão. Eu poderia dizer que Luke e o mascarado são a mesma pessoa, mas sem sentir seu gosto, tocar sua textura, e ouvir que ele sabe quem eu sou, não vou saber.

'Que barato! Não deve ter sido uma vida muito fácil.' Tenho a certeza de que ele me acha uma idiota por essas perguntas que nada refletem o que se passa na minha cabeça.

'Até que foi tranquila, não tínhamos dinheiro para nada, mas sempre fomos muito felizes. E os seus pais, o que fazem?'

'Engenharia e neurociência.'

'Não é à toa que você é esse crânio então'

'Crânio?'

'Não é todo dia que se acham mulheres inteligentes como você.'

'O que quer dizer com isso, que mulheres são burras?'

'Não! De jeito nenhum! Tá tão difícil não dar bola fora hoje em dia! Estamos sufocados sem saber o que falar…'

'Todo mundo tá no mesmo barco, mas eu te dou a chance de se explicar e consertar…'

'Ok, vou tentar. A maioria das mulheres, e homens, que eu conheço são muito superficiais. Infelizmente, meu espaço amostral, e eu sei que você sabe o que espaço amostral significa …'

'Quem, que pode ir para a escola, nunca estudou probabilidade?' concordo que sei o que espaço amostral significa.

'Meu espaço amostral tem mais mulheres superficiais do que homens. Culpe a sociedade ou o bairro que eu moro, mas você é diferente. Você é mais autêntica, não tem medo de conversas sem solução…'

'Talvez seja a arquitetura, sabe como somos... superiores', brinco, zoando a nossa profissão.

'Talvez…'

Voltamos para a mesa com os outros convidados, que agora querem dançar e me fazer passar vergonha cantando feliz aniversário. Não é difícil manter Luke longe de mim porque Bec faz o favor de dominar sua presença, mas me seguro ao lado de Tommy para afastar os vermes que tentam chegar perto. Estas noitadas realmente me irritam, ninguém parece realmente querer se divertir e sim contar as vantagens que satisfazem seus instintos primais e os validam como seres dignos de amor. Para mim, o jantar, as risadas e os minutos no bar com Luke já foram suficientes para suprir esta necessidade. Camuflamos nossas inquietações internas na escuridão da pista de dança, onde podemos esconder nossas frequentes trocas de olhares e chegar num lugar só nosso. Ele me olha e, por todas as vezes que percebo seu olhar, retribuo como forma de reconhecimento pela sua atenção. São olhares que se desfazem à medida da nossa timidez, medos e circunstâncias. Uns mais rápidos, outros mais longos. O último foi interrompido por uma abrupta aparição de Bec bem na minha frente, logo quando Luke parecia ter construído a ponte entre nós e começava a caminhar por ela.

'Tainá,...' diz ela completamente bêbada. 'Deixa o Luke pra mim, você pode ter *qualquer* homem que você quer, eu to doida nesse homem há três anos!'

'Mas ele era casado, como você pode querer ficar com alguém…'

'Eu sei, eu sei! Por isso nunca fiz nada, mas agora é a minha vez, vai com Tommy para outro lugar, por favor!' Ela implora desesperada de amor, suando as vísceras e expondo suas fraquezas, humilhando o pouco de amor-próprio que tem dentro de si.

Eu obedeço, não tenho por que alimentar sua agonia quando sei que a dor da não correspondência já vai doer o suficiente. Não preciso me colocar em suas preces amaldiçoadas como se eu fosse o impedimento de sua felicidade amorosa.

'Boa sorte, Bec. Aproveita', sorrio, olho para ele e apenas mexendo os lábios digo *tchau, até segunda.*

Tommy me acompanha até a porta, nos abraçamos, naqueles abraços de amigos que conseguimos ter com aqueles que não tem o menor interesse de possuir nossos corpos nem arrebentar com nosso coração.

Ainda está cedo e vou para casa de trem, ligo para Bibi no caminho para dar menos vazão ao medo de andar sozinha à noite e afastar aqueles que talvez se inibam de assaltar ou assediar uma mulher no telefone. Ela me conta de suas peripécias, dos causos amorosos, das receitas fracassadas, de alguns financiadores que querem vê-la em roupas mais reveladoras, de fãs que adoram como discute política e problemas sérios no meio da comida. Quando chego na porta do prédio vejo uma caixa endereçada a mim. É do Caio. Pelo menos, não são flores. Eu sei que eu deveria achar isso lindo, quem não gostaria de receber um presente todos os dias? Eu não. Não dele, não agora nesse nosso momento. Ele poderia ter me dado essa atenção há meses. Eu suspeito de bondade excessiva. Falei que não iria responder e não vou, assim ele tem que parar. Prova de amor é me respeitar e fazer repetidamente o que eu pedi para não fazer não é sinal de respeito. Por volta das dez e meia, depois que termino de assistir a um episódio novo de *Will & Grace* que já estava para ver há um tempo, checo meu telefone e lá está - no meio de mensagens de mamãe sobre assuntos gerais e futilidades da vida trazendo um pouco de humor para mim, e algumas mensagens do grupo da faculdade - Caio perguntando se eu gostei do presente. Não abro sua mensagem, só consigo ver as primeiras palavras, mas é uma pergunta completa. *Gostou do presente?* Não aperto na mensagem, sei que tem apenas uma, o Whatsapp me mostra. Deixo pra lá. Preciso cortar senão ficarei alimentando isso. Talvez, se eu não responder, não vai haver nada amanhã.

O tempo evolui uma paixão para o amor, e, conforme o relógio avança, o belo do amor se transforma em amizade verdadeira. Não acredito mais nisso. Seria simples se os problemas do imaterial pudessem ser entendidos tão linear e generalizadamente. O amor pode virar um hábito, um vício, e como toda dependência, acaba por fazer o viciante destruir o viciado. A não ser que o viciado destrua o viciante antes. Remover a tentação.

O verdadeiro amor é aquele que deixa livre. Aquela pessoa que fica feliz pela sua felicidade, a felicidade dela sendo a sua também. O verdadeiro amor é recíproco, mesmo que mostrado em formas distintas. Caio não está pronto para ficar feliz por mim. Ele sempre foi bom em me acolher quando havia um problema, confortar minhas mágoas, mas e meus sucessos? Teria coragem e amor suficientes para estar feliz com as minhas conquistas? Lidar com as faltas da vida e preenchê-las com aventuras é fácil, nos prende ainda mais àquele que nos ajuda. E quando não mais precisamos de ajuda?

Durmo com muitas perguntas não respondidas e irritada com a bolinha verde no meu celular, a mensagem ainda não lida.

Na manhã seguinte, fico longe do celular, ocupada com meu corpo e minha mente, pedalo até Balmoral de bicicleta, onde a estaciono e corro por oito quilômetros, descanso na areia, olhando a entrada da Baía como se estivesse em casa, sinto falta do Pão de Açúcar e da Fortaleza de Santa Cruz, como queria ser transportada para lá agora... Substituo o cheiro do mar daqui pelo cheiro de lá, fecho os olhos e me transporto para o lugar onde cresci. Chego em casa quase à uma da tarde e vejo algumas mensagens. A maioria de aniversário. Ligo para mamãe, que quer me dar os parabéns, ela atende mas está com tanto sono que nos falaremos amanhã. Respondo às outras mensagens, exceto a do Caio, agora, ao invés de uma bolinha verde dizendo uma mensagem, há três. Deve estar me desejando feliz aniversário, a curiosidade fala mais alto e abro as mensagens. Eu estava certa, as outras duas mensagens dizem, *Sei que não devo te mandar mais nada. Desculpa.* É a primeira vez que ele pede desculpa usando palavras. A segunda mensagem é, *Queria poder passar o dia com você hoje, espero que tenha um dia feliz, feliz aniversário. Do seu Caio, pra sempre.* Não sei o que pensar, mas abro a caixa, afinal é um presente. Não tem flores, apenas um creme de mão, um hidratante para o corpo, um óleo essencial e dois tipos de chocolate. Um deles, é um biscoito com uma camada de chocolate por cima dizendo, *Feliz Aniversário. Te amo.* o outro é um pacotinho com amêndoas cobertas de chocolate. Já tem muitos anos que não termino com ninguém, mas não lembro de nunca ter sido tão difícil, porque ele não me deixa ir embora, porque fico dando corda? Respondo com uma mensagem simples e educada. *Obrigada. É um aniversário diferente, mas obrigada por lembrar. Estou feliz sim.* Ele manda outra imediatamente, deve estar com insônia. *Quais os planos?* E digo que não devo responder. E assim passo para minha nova realidade, aquilo que desejo para o futuro, e me desapego do passado. Queria ter recebido uma mensagem de Luke, mas não. Teria eu inventado o que conversamos ontem à noite e os momentos que passamos no último mês? Teria ele ficado com Bec? Nada disso é importante, nada disso tem resposta. Apenas uma mensagem de Fleur dizendo que está atrasada é útil para meu dia. Ela diz que chega, no máximo, às duas e meia, e ganho tempo suficiente para tomar banho, comer e ler.

A leitura torna-se um momento de duplo sabor. Eu me deleito com meu próprio presente de aniversário: um brinquedo feito exclusivamente para experimentar prazer sem dor quando meu homem em três dimensões está longe, inalcançável. Perto da janela, no meu sofá, coberta apenas pelo meu roupão, imagino que ele esteja aqui novamente, o vento que entra pela janela através das árvores é fresco, fresco como deveria ser em agosto. O contraste é revigorante, eu sei que há janelas de outros vizinhos que podem olhar para mim, mas não me incomodo em investigar. A indulgência é uma cascata de hormônios liberando ideias arcaicas de preconceitos em um luxuoso ritual de autorrealização.

Fleur sobe com as duas outras crianças e o marido a contragosto, mas eu não poderia deixá-los lá embaixo. Entretenho as crianças com o chocolate-biscoito que Caio mandou. Corto-o em pedaços menores para ninguém conseguir ler a mensagem, faço um chocolate quente e abro o pacote de amêndoas cobertos também com chocolate para eles quatro dividirem. Enquanto o marido cuida das crianças na cozinha, Fleur me leva para o quarto para me dar o meu presente. É um vestido branco, com a saia cortada em alguns pedaços, alças finas e umas plumas também brancas saindo dos ombros. Audacioso, sedutor, revelador e lindo.

'Uau, é lindo! Mas onde vou usar?'

'Um dia você vai achar um lugar e com quem usar. Não tenho dúvidas! Não vou pedir para você colocar, as crianças vão entrar por essa porta a qualquer momento, mas tenho certeza que vai ficar lindo.'

Agradeço, retribuindo com uma massagem nos pés porque li que toda grávida no terceiro trimestre quer uma massagem assim. Ela recusa, mas ela está tão sobrecarregada que não nega durante muito tempo. Uso o creme que o Caio me deu, e passamos uma agradável tarde. Por volta das quatro horas eles vão embora, e dou os cremes que Caio me deu para Fleur, que só os aceita porque eu contei de onde vieram.

14

Nos encontramos em frente ao chafariz no final da Macquarie St, o táxi me deixa exatamente onde preciso estar. Ele já espera por mim e, estranhamente, não tenta matar o tempo olhando no celular, o que hoje é permitido. Confiro o horário no meu e estou 5 minutos adiantada. Peço para o taxista esperar e vejo duas crianças chegarem perto dele, querendo ver sua máscara, ele se abaixa, elas a tocam e ele faz um truque de mágica. Observo com acalento e uma dor de vazio, porque é inútil tentar negar que estou apaixonada por um homem que a base fundamental da nossa relação é não sabermos quem somos. Respiro fundo, e caminho em sua direção sorrindo. Ele percebe que eu o vi, diz algo para as crianças, e elas se dispersam pela grande esplanada em torno do Ópera House.

'Tive uma pequena suspeita de que você era um mago, um mágico, com uns truques na manga…', digo, e ele cumprimenta sereno com um sorriso afetuoso enquanto levanta o braço para que eu enganche o meu no dele e assim andarmos lado a lado. Como um casal.

Andamos a passos lentos. A noite está linda e fria, uso uma nova máscara, azul nas partes que se prendem ao meu rosto, e dourada nos detalhes e emaranhados que saem dela, como a asa da borboleta aberta do lado direito do meu rosto. A máscara cobre o meu nariz até o topo da minha cabeça, na linha da orelha. Meus cabelos soltos e ondulados caem na mesma linha sobre meus ombros. Adicionei o volume extra das ondas pra diferenciar da Tainá lânguida do dia a dia. Confesso que não sei se a máscara cobre o suficiente, sinto-me um pouco exposta, não sei até quando vamos conseguir esconder nossos rostos e nomes, e não tenho certeza se quero revelá-los. Meu vestido e a máscara parecem terem sido feitos um para o outro, e logo aceito que minha vaidade passou os limites do bom senso e me arrependo de subestimar o frio que sentiria com ele.

O mascarado não vê o movimento do vestido porque fecho meu sobretudo por causa do frio até chegarmos no restaurante do Ópera House. Para quem não conhece, temos pelo menos uns cem passos descobertos do ponto de táxi até lá. Ele está elegante como sempre, a máscara é nova e expõe mais do seu rosto também, como combinamos, afinal, precisamos jantar.

'Como foi a viagem?', pergunto.

'Lucrativa e chata como a maioria das viagens à trabalho.'

'Lucrativo é bom, não?'

'Sim, mas nada que já não esperávamos. Como foi a festa essa semana?'

'Foi ótima, eu confesso que não me programei para ir, foi uma decisão de última hora…'

Ele fica em silêncio olhando para baixo e percebo que parece preocupado por eu quase não ter ido.

'Só porque eu não iria?'

'A verdade?'

'Sim, sempre'.

'Eu tive uns contratempos, umas coisas no trabalho que resolvi terminar e, quando vi já era tarde demais, mas algo mudou minha decisão de última hora e resolvi enfrentar o frio, mesmo sem saber se iria me divertir ou não. Isso te preocupa?'

'Não sei se é bem preocupação. Eu... eu não quero iludir você...' ele diz e sim, é uma preocupação. Ele sabe dos meus sentimentos por ele, e eu sei os dele por mim, senão não estaríamos aqui.

'Nem eu... Não se preocupe, como diz mesmo aquele ditado? Há pessoas que entram na sua vida por uma razão, outras por uma estação e outras por uma vida. Não tenho a pretensão que passemos a vida usando máscaras', digo e consigo perceber que voltamos a um lugar de brincadeira e flerte.

Ele nota o meu deslumbramento com o Ópera House quando mostro a escultura em bronze do lado de fora, contando como os engenheiros e arquitetos conseguiram construir as velas, o telhado do prédio. Ele, surpreso porque já havia estado aqui inúmeras vezes, nunca tinha percebido na estátua, nem muito menos se perguntado como construíram o prédio.

'É um bom exemplo quando arquitetos e engenheiros trabalham juntos, sem um ego enorme atrapalhando no meio'.

A falta de irritação ou comentários quanto a isso me faz pensar que ele não é o Luke. Tiro uma foto com o obturador numa velocidade baixa apoiada no meu pé, com a ponte, os prédios e o céu vistos do ponto de vista de uma formiga. O que não se mexe está nítido, mas todas as outras vibrações da cidade estão borradas. Trinta segundos de exposição. A foto fica linda e mostro pra ele.

'Aqui, digo. Uma das minhas fotos, bem bobas, feita com celular.'

Ele responde significativamente, *as pessoas...*

'Borradas, vivendo o que, sem elas, não faz sentido existir', completo lembrando do nosso primeiro encontro. Eu gosto do seu sorriso assim de encanto comigo.

'Quase me convenceu. Fotógrafo bom faz assim...'Ele pega o telefone da minha mão e tira uma *selfie* nossa. 'Isso sim que é fotografia' diz zombando. 'É para quando a memória falhar'. Ele pega seu telefone e tira outra, agora estou prevenida e saio melhor. Uma foto melhor, definitivamente.

'Isso é contra todas as regras...', dou-lhe um tapa de leve no braço, brincando.

Entramos no salão, ele me pede para esperar enquanto chega perto do atendente de entrada e dá o nome da reserva. Seu nome verdadeiro está ali, bem naquela lista. Não acho que quero saber. O jantar é na verdade um coquetel onde garçons usando máscaras pequenas ao redor dos olhos passam por entre os convidados, estes sim com máscaras mais elaboradas, oferecendo canapés e outras comidas mais elaboradas que não são tão fáceis de comer em pé. As mulheres oferecem bebidas. Ele faz uma piada sobre vinho e bebidas, dizendo que ninguém aqui entende nada de vinhos, só fingem saber para impressionar suas outras metades ou seus invejosos inimigos. Ele me diz que não sabe o que pedir pra mim quando podemos tomar bebidas alcoólicas. Rimos e aceito um vinho, uma única taça. Poucos bancos ao lado de mesas altas já são ocupados por uma leva de convidados. O coquetel é um preâmbulo antes de entrarmos para a apresentação da orquestra sinfônica. Ao que tudo parece, estamos numa arrecadação para crianças com câncer. Estamos definitivamente mais arrumados e cobertos do que qualquer outra pessoa aqui, nossas máscaras de fato escondem muito mais do que as outras, a maioria cobre ao redor dos olhos e muitas pessoas colocaram penas presas a elas. Lembra um pouco o Carnaval, uma versão bastarda.

'Reconhece alguém?', pergunto assim que nos sentamos na nossa mesa.

'Sim, algumas pessoas. Nem todo mundo aqui parece ser do trabalho. Aquela mulher ali é uma das nossas contadoras, solteira, sem filhos, só conversa sobre homens e como não tem mais paciência para eles, mas sempre arruma um novo. Aquele cara ali é um dos caras mais ricos que conheço, tem trinta e quatro anos só. Trai a mulher com a nova estagiária, que é aquela mulher de vestido vermelho. Se observar os três, verá uma novela.'

'Acha que alguém te reconhece?'

'Não, ou já teriam vindo falar comigo.'

Outras três pessoas se juntam a nós para elogiar nossas roupas e jogar papo no ar. Meu mascarado se apresenta como James, eu me apresento como Eva. Pressinto um desconforto vindo dele, não sei bem explicar o que é, teria falado seu nome verdadeiro? Perguntam se nós trabalhamos para a empresa, se já vimos a sinfônica antes e uma das mulheres quer saber há quanto tempo estamos juntos. Ele se vira para mim, sorri aquele seu sorriso charmoso, aquele olhar que é só meu, só para mim, que quer uma resposta minha, aquele olhar que olha dentro de mim, e nos comunicamos sem palavras. Ele responde, *Mil anos.* Pede licença e me leva até o pianista, cochicha algo no seu ouvido.

'Venha, vamos mostrar como se dança', fala com o pianista que troca a música a seu pedido.

Conseguimos nos conectar no espaço que é só nosso, onde posso ignorar o mundo ao nosso redor e me sentir acolhida e energizada mais uma vez. Tive vontade de perguntar sobre o seu nome, mas decido não destruir o momento com perguntas.

'Eu…', ele encosta no meu ouvido, mas para logo que começa a falar.

'Sim... James…?', respondo sorrindo.

'Você tá muito quieta hoje…'

'Esse é o seu mundo, não quero estragá-lo.'

'Essa possibilidade não existe... Eu gosto de você aqui também. Alguns mundos devem ser misturados.'

'Eu gosto de estar aqui... também.'

Os aplausos começam assim que a música termina, ninguém se uniu a nós durante a música. Ele convida a todos, mas as pessoas continuam conversando, contando histórias, verdades e mentiras sobre si mesmos.

Ele cochicha no meu ouvido:

'Eles, nem de máscara.'

'Eles não sabem de nada', respondo e vamos procurar nossas cadeiras para o concerto.

Sua mão permaneceu em cima da minha durante todo o concerto, algo que casais fazem. Ao sairmos, elevados por tantas notas e mudanças hoje, caminhamos sem rumo ou tempo pela orla do Circular Quay.

'Obrigada por hoje, foi diferente.'

'Sem dúvida. Obrigado por vir.'

'Posso te chamar de James?'

'Acho que sim, *né*?' ele faz graça do meu sotaque.

'Eu vou achar que é um nome... falso. Acho que combina com você, já que nunca te dei um nome, vamos usar James. Se você quiser.'

'James, acho que é melhor que Ibis.'

'De Ibis você não tem nada, só aquela primeira máscara.'

'Porque quis me trazer aqui?'

Sua resposta vem depois de um longo silêncio:

'Não sei, acho que não queria ficar duas semanas sem vê-la.'

Transito entre me sentir ofendida e lisonjeada, mas sem querer perguntar para não termos que ter a conversa do que fazemos agora já que saímos das fronteiras da festa, então pergunto algo que não saiu da minha cabeça a noite inteira:

'Você tem filho, filhos?'

Ele toma fôlego, sua cabeça vira para o chão, suas mãos no bolso. Ele está encolhendo.

'Não vivo.'

'Ó meu Deus, me desculpa! Eu não queria... trazer memórias!' As lágrimas enchem meus olhos e me pergunto se são apenas por ele ou pelas minhas próprias perdas. Como sempre, James me responde educadamente, dizendo-me para não pedir desculpas porque não havia motivo para me desculpar.

'Como iria saber?!', me diz.

'Estou aqui se quiser conversar... ou chorar', ofereço um ouvido e minha mão, mas ele, com a mão no bolso, fica quieto por um bom tempo e eu o acompanho lado a lado na sua silenciosa dor enquanto andamos pela orla, sentindo o ar fantasmagórico da noite que eu acabei de evocar.

'Gabriel', James rompe o luto com o nome de seu anjo. 'A mãe dele dizia que só um anjo poderia ter vindo tão rápido como ele. Veio e percebeu que estava no lugar errado, que de longe ele faz mais pela gente. Nos deram apenas algumas horas depois do nascimento, ele desafiou a medicina e viveu dois dias.'

'Os piores dias da sua vida, imagino.'

'Não, os melhores, porque a cada hora tínhamos uma esperança de que os médicos estavam errados. Quarenta e oito horas e trinta e dois minutos foram suficientes para ele, e para definir o resto das nossas vidas…'

'E a mãe?'

'Depois de um tempo, nos separamos. Ficar junto era doloroso demais para nós dois. Ela ainda teve que se recuperar do parto, parir um bebê que sabíamos que talvez não nascesse nem vivo. Não foi fácil, tenho um respeito enorme por ela, mas não conseguimos ficar juntos... Acho que já falei isso.'

'Não sei o que dizer a não ser meus pêsames. Pelo Gabriel e por vocês dois. A separação por falta de amor é fácil, mas por sofrimento é quase impossível de superar, é como um luto.'

'Você tem razão, obrigado. E você, filhos?'

'Não, eu não conseguiria…', parei a frase no meio, assustada com o que iria dizer.

'Não conseguiria por quê?', me pergunta ele, talvez esperando algum caso bizarro da medicina ou da minha história de vida.

'Não consigo ter mais uma pessoa que possa vir a perder.' As palavras entalam na minha garganta, abrindo as válvulas das minhas lágrimas, mas logo trato de fechá-las, olhando pra cima como havia me ensinado minha avó.

'Mais uma? Eu tenho um ouvido e um ombro...', diz, e eu sorrio.

'Meus pais sabem o que você passou. Eu acho. Eu imagino. Perderam meu irmão quando ele tinha dezesseis anos. Um acidente completamente prevenível. E a minha avó morreu de sofrimento pelo meu irmão, ela nunca admitiu para não me deixar chateada e preocupada, mas foi muito claro como a tristeza a invadiu e não conseguiu ir embora. Só resta eu e minha mãe."

Ele me abraça apertado.

'O que eles e você passaram é uma ferida que não tem cura. Mande minhas condolências para seus pais.'

'Meu pai pode te ouvir. Ele se foi há quase um ano, num acidente com o meu antigo veleiro. Eu passo a mensagem para minha mãe', minha voz treme, é impossível de controlar.

Seu abraço vem forte e rápido, me aninhando em seus ombros e amassando os detalhes dourados da minha máscara, seu braço se mexe e vejo a sua máscara na mão direita, a mão que me rodeia a minha cintura e cai em direção ao chão, na direção dos meus olhos. Ainda abraçada a ele, sem saber se quero ou não ver quem é, pergunto:

'Porque você fez isso?'

'Quero que você saiba que não tenho mais nenhum segredo com você. Você me conhece melhor do que qualquer uma daquelas pessoas. Não precisa olhar para mim. Com ou sem máscara, você me conhece melhor do que ninguém.'

'Eu não sei se eu…'

'Você não precisa, o que eu saberia a mais de você se eu soubesse seu nome ou o seu rosto?'

'Nada. Eu nem tenho conta nas mídias *sociais*. Nem me perseguir você conseguiria.'

James ri e coloca a máscara de volta:

'Eu poderia ver os lindos e úteis prédios que você vai projetar um dia.'

'Você não caiu pelo papo de fotógrafa, então?'

'Acredito que tire fotos muito bem, mas não, não acho que seja isso que ocupe suas quarenta ou mais horas semanais.'

'Pelo visto não consigo esconder o que eu faço.'

'A gente nunca esconde aquilo que faz a gente... vibrar.'

'Você não é um cara de informática.'

Ele ri e confirma:

'Sim, eu sou! Mas eu adoro as artes dramáticas, meu pais viviam em teatro, e eu vivia com eles. Mas sempre faltava coisa em casa, até quando quebrava o piano não dava pra consertar, eu tinha uniforme remendado, dado pelo vizinho, dividimos o pacote de biscoito, banho, luz, comida, tudo era racionado. Só não faltavam livros, e a escola era sempre a coisa mais importante, além de piadas. Meu pai é um grande piadista.'

'Você não é muito criativo então.'

'Não. Sei cantar, dançar, desenhar, mas sem uma musa inspiradora, nada sai.'

'E a musa sou eu?'

'Claro que sim. Quem mais seria?' Ele ri, eu rio, andando abraçados, e ele me dá um beijo no topo da cabeça, onde minha máscara termina. Chegamos no ponto de táxi.

'E agora? Pra onde você vai?', eu pergunto.

'Depende. Dizemos boa noite e digo que a encontro terça-feira, espero que tenha lido o jornal. Ou peço pelo seu número, mas tenho a impressão de que ainda não é hora.'

Concordo com a cabeça para o número de telefone, 'a gente tá um pouco emotivo... melhor esperar'.

'A terceira opção é ir jantar. Você deve estar com fome.'

'E tem restaurante aberto agora? Já passou das dez imagino.'

'Eu conheço um que fica aberto 24 horas', ele abre a porta do carro e entro sem hesitação. Cinco minutos depois, chegamos no lugar.

'Podíamos ter andado.'

No andar 23, o seu quarto tem uma vista mágica. A cidade inteira brilha lá embaixo como uma maquete viva e ao longe, olhando para o leste, vejo a escuridão mostrar a entrada da baía e o horizonte ao fundo. A beleza das luzes da cidade, dos carros, ônibus, o trem passando pela Harbour Bridge. Existem milhões de pessoas vivendo suas vidas como todo dia, e eu aqui, vivendo esse conto, esse filme. Seu abraço por trás é acalentador e sedutor ao mesmo tempo. Seria bom se estivéssemos sem máscaras, não para saber quem ele é, mas para sentir seu rosto completo.

'São pequenos vaga-lumes, não acha?'

'Sim. Numa floresta de concreto', respondo. Um bater na porta interrompe nossa conversa, é o nosso jantar: 'Imaginei ser esse o restaurante 24 horas.' A máscara me incomoda, honestamente, não é tão confortável como as outras da semana passada. Ele coloca o carrinho com a comida na mesa e serve como um garçom. 'Esse restaurante tem uma vista linda.'

'É um lindo jantar, obrigada. Adoro pizza.'

'O prazer é meu. Me diz como você conseguiu a combinação genética dessa pele oliva, avermelhada, com esses olhos azuis?

'Você conseguiu descobrir minha profissão, mas não meu sotaque?'

'Não sei se conheço o suficiente do mundo para captar tantos sotaques assim. Não sou um linguista.'

A diversão abafa os momentos emotivos. Minha máscara me incomoda tanto que peço pela máscara de dormir. Ele trouxe, brincamos ser a máscara da mosca. Como estou vedada, sugiro um jogo de adivinhação culinária. Ele corta um pedaço pequeno do queijo, da pizza ou de qualquer um dos aperitivos, e coloca em minha boca, eu preciso adivinhar o que é. É inútil pensar que este jogo durará muito tempo, apesar do motivo ter sido realmente a minha máscara que pinicava e arranhava meu rosto.

Logo, a sobremesa adocica o meu queixo quando escorre pela colher no meio da minha risada, e o gelo do suco que bebi desce pelos lábios e é colocado dentro do meu vestido pelas mãos do meu mascarado. Enquanto beija meu torso, ele desce o zíper do meu vestido e esconde-se por debaixo da minha saia, ainda sentada. Percebo que está sem máscara e ele se aloja em mim, continuando as provas de comida, mas desta vez, ele prova, não eu. Eu provo as diferentes e exorbitantes sensações dele em mim. Uma tríade que passa do gelado líquido ao viscoso quente. Ainda sentindo seus lábios em mim, um tecido passa em volta de uma de minhas panturrilhas, ele a prende na perna da poltrona, depois a outra. Imagino ser o lençol, mas que importa. Ele se afasta de mim e tenho a urgência de tirar a máscara já que minhas mãos ainda estão livres. Inútil tentar virar minha cabeça para trás, ele beija meu rosto, evitando meus lábios e prende meus braços um no outro atrás da cadeira para enfim beijar-me a boca. Eu sinto minha respiração mudar e, ali, sem poder me mexer, entrego-me completamente, não tenho para onde ir e a nossa paixão precisa ser saciada.

É fácil dar meu corpo quando ele devolve tanto prazer. Ele devagar solta os nós, acariciando cada um que se desfaz. Me carrega no colo e me encosta numa superfície fria, é a janela. Há um tremor que me percorre o corpo de cair daqui de cima e, antes de deixar que meus fantasmas sequem meu corpo, me desconecto do enlace que fiz com as pernas atrás dele e desço até ajoelhar no chão, ele de frente para a janela se deixa levar no meu ritmo, que vai ser o último sabor da noite. Gosto dos seus grunhidos, seus músculos enrijecendo por todo seu corpo, e ele surpreende com a pergunta, *se eu quero continuar*. Um soco na janela é sincronizado com o sabor que muda na minha boca. Ele se ajoelha na minha frente, me beija, me abraça e me carrega para a cama. Ele me diz que colocou a máscara em si e que posso tirar a minha se eu quiser para dormir ou tomar banho. Eu confio nele e sigo meu caminho para a banheira. Quando penso em trazê-lo comigo, sua respiração pesada entrega que o sono já o pegou. Não é à toa. Me sinto plena. Tomo um banho muito satisfeita da minha vida.

Na cama, perco o sono pensando se perdi a oportunidade de saber de fato quem ele é. Este homem que a cada semana, assim como eu, muda de fisionomia. Que eu acho que conheço, em quem eu acredito no que me diz. Ele não tem por que me dizer a verdade em nada, mas até que ponto conseguimos mentir ou fingir sermos quem não somos? O que eu e James, temos é especial demais para estragarmos com os pormenores da vida, os compromissos, os inconvenientes. Somos únicos para nos estragarmos com o juízo, com os preconceitos, com o veneno das expectativas e, ouso dizer, com a monogamia. Melhor decidir a máscara depois, é melhor não misturar uma decisão de vida com as emoções de desamparo e de perda. Não se tapa buraco ou ferida com vícios. E eu preciso ser um escape de prazer, prefiro ser um outro mundo, a musa inspiradora do que um vício ou um cotidiano. Tirar estas máscaras seria misturar esses mundos que prezo tanto pela separação. Racional. É bom tomar decisões assim, amanhã, a curiosidade já terá passado. Quanto ao amor, teremos que nos amar quando estivermos juntos e viver sabendo que o ciúme nada mais é do que uma mera vaidade. Eu me encaixo entre seu pescoço, peito e braços, minhas pernas sobre as dele. Expiro contentamento por estar no lugar a que pertenço.

Acordo com os olhos fechados, sentindo a seda da máscara envolvendo meu rosto desde a linha do cabelo até a parte superior do maxilar, sentindo o calor do sol em meus pés, esperando estar fisicamente sozinha e acompanhada por sua bela ilustração e honrada por suas palavras escritas. Tateando o outro travesseiro e ouvindo o silêncio que vem do banheiro, acerto estar sozinha, substituo minha máscara de dormir pela máscara de ontem à noite. Procuro pelo desenho e não acho. Meu telefone me lembra que é domingo e sinto uma ligeira decepção por ele não ter ficado. Ele poderia ter me deixado vê-lo desenhar. Será que todo romance é assim? Dura pouco e conforme a rotina começa a fincar, os pequenos rituais nobres e transcendentes caem em desuso? Caio perseverou com seus rituais, por mais clichés que fossem, eles eram consistentes durante todo o tempo que ficamos juntos. Será que foi por isso que fiquei com ele esse tempo todo?

Embrulhada no fino lençol, de pé junto à janela fixa de vidro, posso ver meu apartamento em Kirribilli - pequeno ao longe. Olho ao redor da cidade, examinando a baía, da mesma forma que anjos olham para gente. É um lugar maravilhoso. Que cidade linda, tão feminina, tão gentil em muitos aspectos. Imagino as vidas debaixo d'água que ninguém pode ver, mas que sabemos que vivem estão acontecendo lá. Eu tenho vinte e oito anos. A vida é boa para mim. Me acomodo na poltrona onde fui tomada de sensações ontem à noite e me deleito - mesmo sem desenho nem poema - em relembrar o caminho por onde andamos noite passada desde o momento em que saí do táxi na Opera House. Estamos muito mais perto. Hoje, não tenho nada para fazer, nem sei há quanto tempo estou aqui sentada contemplando a vida. Após alguns minutos, sou surpreendida por uma batida na porta. *Serviço de quarto,* dizem. Visto o roupão do hotel, abro a porta e vejo um carrinho um café da manhã exuberantemente apresentado com uma variedade de frutas finamente cortadas, pão francês, manteigas, pastinhas e queijo. Um copo de martini com uma pequena etiqueta dizendo que é suco de maracujá. No canto, há um envelope escrito, *eu não esqueci, fui procurar papel. Vejo você em breve.*

Durante meu café da manhã luxuoso, abro o envelope assim que dou alguns goles no meu suco. A mulher do desenho olha para a direita e, atrás dela, uma sucessão de meninas crescendo, cada uma numa fase diferente, cada uma com um machucado, um corte, uma dor, uma lágrima, até chegar na mulher cabelos esvoaçantes e semblante sereno. Entre as meninas, há uma corrente que liga todas elas, mas que nitidamente está se quebrando, libertando cada menina e mulher daquilo que traz dor.

15

Já faz quase três dias desde a última vez que nos vimos. O trabalho não foi comprovado como distração suficiente do jantar do último sábado. Pergunto-me o que acontecerá hoje à noite: se vamos avançar na intimidade de nossas confissões e mais detalhes de nossas vidas, ou se voltaremos a viver para brincar naquele lugar onde o mundo real não importa muito.

Luke volta a ser o cara normal que era antes, as semelhanças com o homem mascarado podem até existir, mas as diferenças e os acontecimentos recentes são suficientes para criar uma distinção clara entre os dois. Luke não tem nada a ver com James. Estou livre da obsessão que vergonhosamente admito ter cultivado ao longo das últimas semanas.

Hoje, uso o vestido que Fleur me deu. Sinto minhas pernas geladas conforme ando e elas abrem o meu sobretudo através das nesgas pelo chifon. Não foi uma excelente escolha para andar na rua, chamo um táxi, ligo para Bianca. Conto sobre meu caso com o mascarado sem entrar em detalhes da logística da festa e como cheguei1989 nela. Ela me responde entusiasmada como sempre:

'Mas que maravilha! Todo mundo precisa de um poeta e de um gerente financeiro. O cara que nutre o coração, que te vê num patamar divino e o cara pé no chão, sabe? Aquele que faz as coisas acontecerem e não depende de você para sustentá-lo.'

'Mas eu não sei se esse cara vai se tornar o outro sabe?'

'Nunca se sabe, querida, vê como vai evoluir. O amor sempre evolui, se não evolui não é amor, é paixão, tesão, ego, coceira nas calças!' A resposta dela é sempre muito autêntica, engraçada, leve, objetiva e ao mesmo tempo sincera e profunda. Ela tem razão.

A cada semana sinto que fico uns milímetros mais alta e meus pulmões menos cheios quando entro pelo portal mágico dessa minha nova rotina de festa e de amor. Ou paixão, como diria Bianca, afinal, tudo que é rotina, um dia, cansa.

Tantas cores tem uma única flor
quanto o jardim à sua frente.
Jardim que canta
com os pássaros e as crianças.

Aposto no jardim mais famoso de Sydney, o Jardim Botânico, e descubro com uma rápida pesquisa que existe um conservatório de música nele com uma entrada pela Macquarie St. Presumo eu, onde crianças devem aprender a cantar. É o taxista quem vê as primeiras pessoas "mascaradas como eu" andando na rua e, como sempre, me orgulho de ter achado o lugar certo. Estou começando a achar que esses poemas são fáceis demais. Pouco preciso procurar pelo meu poeta, ele está no bar, esperando com um drink de maracujá.

Conversamos mais do que de costume, falo sobre alguns dos lugares onde morei, ele acerta que que sou descendente de índios, que morei no Brasil, tenho que dar esse ponto para ele, ele me conta sobre algumas de suas viagens. Eu percebo que sua ex-mulher está em muitas destas histórias. Ele deve ter ficado bastante tempo com ela, e por curiosidade pergunto quanto tempo estiveram juntos. Ele diz, dez anos, e sinto que não faz muito tempo que eles se separaram, não tenho como ter certeza e sinto um estalo de que entrar nessa avenida vai trazer sofrimento para ele e para mim. O melhor a fazer é aproveitar aquilo que nós sempre tivemos: o agora, sem saber se semana que vem nos veremos de novo. Sem saber se nos encontraremos, sem saber se teremos vontade de estar juntos mais uma vez.

Como em qualquer selva, a luta por um belo par de plumas divide casais. No caso, o propósito não é a reprodução da espécie, e sim, aquilo que nós humanos podemos, mas não fazemos muito bem, o prazer. Assim, enquanto o meu mascarado foi ao banheiro, um outro homem pede minha mão para dançar, enaltecendo seu próprio ego como vencedor dessa batalha. Eu aceito, como uma implicância de poder afrodisíaco. Não tenho o menor interesse em seguir com este cidadão para qualquer lugar além da pista de dança. O orgulho é algo perigoso quando ferido, no caso do meu James, o meu dormente artista, nos fez ter uma noite ainda mais incrível. Gentilmente, me tirou das mãos deste outro homem que, sem luta, aceitou a perda com graciosidade.

James sussurra no meu ouvido com aquela voz de desejo:

'O seu vestido já é provocação o suficiente, não precisava ir dançar com aquele carinha…'

'Eu só estava me divertindo enquanto esperava por você.'

'Eu vou divertir você.'

Ele me leva a passos determinados até um antigo elevador, passando pelos arcos dos corredores do átrio central. Enquanto esperamos, ele descreve nos meus ouvidos o que vai fazer comigo no elevador em detalhes e sorrio, tentando não repassar os efeitos das palavras pro meu corpo. Há outras pessoas esperando. Quando entramos, ele para as outras pessoas, também mascaradas, e diz que é uma festa para dois apenas. Ele puxa a porta pantográfica e faz tudo aquilo, do jeito que prometeu. Quando chegamos no nosso andar, ele me carrega no colo, com minhas pernas entrelaçadas ao seu torso, e suas mãos fazendo caminho por dentro do meu vestido. Seu rosto está na altura dos meus seios, eu abaixo a cabeça e nos beijamos assim até chegarmos no quarto. Ele deixa a porta aberta, talvez o voyeurismo seja um de seus fetiches, talvez tenha apenas esquecido de fechá-la, mas a sua pressa em me divertir, executada com precisão, culmina com uma explosão de nós dois ao mesmo tempo. Um bônus para aqueles que tem muito amor e paixão dentro de si e dentro dos dois.

A uma certa hora da noite, com a porta fechada dessa vez, descobrimos um papel no console de entrada que diz que este quarto é um dos quartos tipo *Experimentação*. Há uma instrução clara de que devemos colocar ambos os anéis num desenho na parede. Mais um detalhe para adicionar a toda essa saga de tantos sigilos e tantas verdades. Esta saga dualista. Como uma passagem secreta num livro de magia, nos deparamos com a parede se abrindo e revelando um enorme armário iluminado com aparelhos, apetrechos, jogos e livros, ao que parece para fazer para aumentar a intimidade entre duas pessoas, estimulando aquela parte do cérebro que pode estar meio enferrujada. Ainda não chegamos nesse ponto, mas não vejo mal em tentar. Em pé de lado um ao outro, eu em um roupão do hotel e ele enrolado com um lençol na cintura, parecemos intimidados com tanta coisa.

'Acho que isso é o que chamam de material de pesquisa...' Ele me diz, lendo as instruções do armário que explica que tudo, inclusive que os livros são limpos no final de cada noite, pedindo que todos os itens usados sejam postos na caixa na parte inferior do armário.

'Você sabia que tinha isso aqui?'

'Não fazia a menor ideia. Quando vi você me trocando por aquele cidadão de meia tigela', disse brincando, 'pedi o quarto no andar mais alto, e foi esse que ele me deu.'

'Usamos dois anéis, será que é tudo para duas pessoas? E se tivesse três pessoas aqui?'

'Não sei, imagino que quem não quiser pode ir embora. Você quer mais uma pessoa aqui?'

'E dividir você? Nem pensar.'

'Porque *eu* posso *te* dividir?' eu implico.

'Depende de você, duvido que eu me interesse por alguém do mesmo jeito...'

'Você quer... *cair dentro*?', o humor é sempre uma boa saída para o desconforto.

O primeiro que pego é um livro do Kama Sutra com bordas em dourado e capa de couro. As ilustrações são asiáticas e lindas. Há de tudo, de livros históricos sobre amor e sexo, como uma reprodução da obra árabe O Jardim Perfumado e o Kama Sutra, até máscaras de látex, correntes e itens que ajudam com problemas médicos. Descobrimos então que a arte do amor e do prazer é um mistério que já tentavam desvendar há quinhentos anos e que bastava a humanidade ter ouvido estes grandes textos, estes grandes mentores, teríamos tido uma história muito mais abundante e pacífica; afinal quem ama, não mata.

Nessa confiança infinita, podemos ser cúmplices da experiência um do outro. Digamos que nossa caixa de itens usados transborda e que a maioria serviu para que déssemos boas gargalhadas. Inspirado pela cumplicidade do bom humor e da intimidade compartilhada, ele recolhe os cobertores do quarto. Larga todos os acessórios onde estão, pede para eu me vestir rápido e me leva a um lugar que eu achei que ninguém teria acesso. A céu aberto, iluminados pelas luzes artificiais dos prédios à nossa volta, com a melodia brutal dos inúmeros veículos que cismam em entrar e sair da cidade a essa hora da noite, estamos envoltos em cobertores macios e acolhedores que embalam nossa aventura, nos encaixamos com perfeição, num lugar entre o passado e o futuro, onde nossas aventuras e nossas certezas se encontram. Encaixado sob meus quadris, seu ritmo é cúmplice do meu e, juntos, culminamos no calor do desejo, na vontade de se deixar um no outro e, atravessando peles, nos mesclamos.

Com o corpo leve prestes a cair no sono, me levanto para ir para casa. Ele percebe que me mexo e interrompe, segurando meu braço e puxando-me para si sob das cobertas.

'Quer voltar pro quarto?', quando digo que não ele se assusta: 'Não vá, por que vai embora?'

'Você ronca', respondo rindo enquanto visto meu vestido e ele me dá um olhar torto, desconfiado com bom humor, exigindo outra resposta: 'Eu acordo muito tarde quando dormimos juntos. É melhor ir para casa. Casais dormem juntos. Nós não somos um casal.'

'Espera o seu desenho pelo menos.'

Reparo que quero, quero esperar por esse afeto.

'De onde você vai tirar um papel e caneta aqui, no telhado?' Ele tira do bolso da jaqueta um bloco tamanho A6, pequeno, com um lápis do mesmo comprimento preso a ele. 'Que mais você desenhou aí? Posso ver?', ele diz que não.

'Você só pode ver a obra completa.'

'Eu gosto do processo, eu sei que o valor da obra é maior dependendo do processo', digo, fazendo uma clara referência ao meu trabalho, e ele sorri.

'Senta no parapeito, coragem.'

'Acho que já pulei parapeitos mais perigosos', conecto-me com seus olhos. Ele percebe que falo do nosso amor, de amar alguém com quem sabemos ter uma data marcada, nosso amor não vai evoluir em amizade ou cumplicidade na vida. Nosso futuro tem uma data para terminar, e seria isso um problema muito sério? Nossa relação tem um prazo, até quando poderemos manter essa paixão e essas máscaras, que estão cada vez maiores? Enquanto me desenha, pergunto se eu poderia reconhecê-lo na rua. Claro, duvidei se o Luke era ele, e duvidei da minha capacidade, mas foi uma paranoia, uma necessidade de viver um conto de fadas que me fez querer acreditar que Luke era meu mascarado e por isso foquei nas similaridades, e não só nas diferenças. Há enormes diferenças entre os dois, diferenças fundamentais, e quanto mais eu conheço o meu mascarado, mais ele é diferente. Existe algo extremamente sedutor em se expor para alguém desenhar você assim. No topo de um telhado, me pergunto se alguém percebe que estamos aqui.

'Pronto!', ele diz. 'Abra em casa.'

Sinto um pesar de ir para casa, ele vai me deixar ir assim tão fácil? Por que não insiste para eu ficar? Este é o problema do amor, tentar pensar por que o outro não faz aquilo que eu não pedi para fazer.

'Você quer que eu fique?'

'Sempre, mas é com você. Eu preciso respeitar sua decisão. Você tem razão, acordo mais cedo porque preciso trabalhar, e antes que você pense alguma coisa a respeito de domingo passado, eu... amarelei. Eu já tinha combinado de ir velejar com uns amigos e podia cancelar, mas não consegui. Não foi por não querer ficar com você, foi porque não sei se consigo pular para onde eu sei que nós dois lutamos contra para não estar.'

'Eu te entendo. Eu também tenho medo.'

'Eu quero, eu quero ver você agora, quero tirar essas máscaras e ver se acertei o rosto que tanto imagino na minha mente. O rosto que eu procuro na multidão. Quero pedir seu telefone e mandar mensagens, quero dar presentes de aniversário pra você. Quero conhecer sua mãe e dar meu afeto pela morte de seu filho. Uma mãe nunca esquece. Eu queria que aqui fosse a realidade, você, Eva, é o sonho, e a gente sabe bem que todo sonho desaparece quando acordamos. É com muita dor e dualidade que não peço que se limite a mim, há outras necessidades que uma pessoa deve satisfazer. Eu não posso ser tudo para você, e não posso exigir que seja tudo para mim.'

Fico muda por um tempo, acho que ele nunca falou tanto assim. Me engancho nos seus braços e ficamos em silêncio, sofrendo a dor de perder o que ainda não tivemos, a dor de não viver o que sabemos que podemos viver, apenas pelo medo.

'Acho que você está pronto para um monólogo', digo, tentando diminuir a insegurança de tomar uma decisão que mudará nossas vidas para sempre, para minha surpresa ele não reage com o humor que eu esperava. Está sério e eu respondo com o devido respeito que merece:

'Desculpa pela brincadeira. Eu também. Obrigada por ter falado isso tudo, queria ser eloquente como você, queria poder retribuir, mas não quero perder o que temos. Eu penso o tempo todo se seria possível viver no dia a dia com esse despertar dos sentidos, essa aventura, e termos a cumplicidade da amizade, o acolhimento do amor? Será possível sustentarmos a coexistência simultânea de coisas antagônicas?'

'É uma grande questão. Talvez sim, talvez não', ele diz sabiamente.

O frio agora já ganha do calor que nos mantinha aquecidos e precisamos voltar para o quarto ou para casa. A carne viva dessas divisões, quando se trata de misturar amor e paixão com rotina, me faz dizer tchau à ele com pesar. Poderíamos aproveitar o resto da noite e explorar ainda mais novidades, poderíamos brincar como se não tivéssemos que estar no trabalho em 5 horas. Ele me pede para ficar no hotel porque é perigoso ir para casa às quatro da manhã, e vai embora desejando uma boa semana, nos veremos semana que vem.

Sei que não adianta te prender
Que ao mundo pertence você
Mas seria bom saber que aos braços meus
Volta para o conforto e o prazer.

Ele me desenha com asas enormes de anjo, sentada nua no parapeito, olhando e sorrindo, com o vento mexendo meus cabelos cobrindo meu rosto como se fosse uma máscara. Acerto o relógio para às sete da manhã, apago as luzes, fecho as cortinas e tiro a máscara para dormir.

*

Acordo com mensagens de Caio dizendo que vem me ver para conversarmos, *não aguento mais ficar longe de você*. Surpreendo-me por ser meio da semana, uma terça-feira. Sugiro um jantar, mas ele insiste em ir almoçar comigo no trabalho.

'Hoje é a despedida de Fleur, ela vai ter o bebê a qualquer momento. Hoje não dá. Você devia ter me avisado que vinha. Vamos jantar, que tal no Ópera Bar?'

'Eu vou te buscar no trabalho. Que horas você sai?'

'Não precisa, vou sair às 17:30 em ponto e levo quase uma hora para chegar em Bondi.'

Caio não responde minha mensagem, então imagino que concorda em me ver às 18:30, mas, para minha surpresa eu o vejo como uma assombração na porta do meu escritório, ali na recepção, às 17:20.

'Olha quem veio ver você!', brinca Lynnette piscando um olho para mim, sem saber que tínhamos terminado.

Ele repete o que sempre fez, é tão claro para mim agora saber quando ele não me respeita.

'Caio, eu pedi para você não vir aqui.'

'Qual o problema? Assim ficamos mais tempo juntos. Eu não vou ficar muito tempo em Sydney.'

Claro que não, porque ele ficaria.

'Achei que você disse que não aguentava ficar longe de mim. Não foi isso que a mensagem disse hoje de manhã?'

'E é a mais pura verdade. Quero que a gente recomece. Direito, mas não posso vir pra Sydney ainda, eles precisam de mim lá.'

'Eu não vou.'

'Eles querem me dar uma vaga permanente lá, o que significa que o nosso visto para Austrália pode ser revogado porque eu não vou mais ser empregado pela sede daqui.'

'É esse é um grande problema! Pra mim. Não pra você.'

'Se é seu problema, é meu também, mas já fizemos isso antes. Tenho certeza que vamos encontrar um emprego lá pra você.'

'Caio, vamos discutir isso em algum lugar, não aqui.'

'Estou chamando o táxi. Te espero lá embaixo.'

Salvo meus arquivos e, irada de raiva, desço. Talvez eu esteja muito enamorada por ontem à noite, mas que direitos o Caio tem de... invadir minha vida assim? No carro, percebo que a raiva não é só minha.

'Porque não me contou que estava dormindo em Kirribilli?'

'Eu contei, e depois da nossa despedida… O jeito como terminamos, não precisava ser muito esperta para saber que eu não tinha mais o direito de ficar no seu apartamento.'

'Terminamos…', ele ruge como um animal irritado. Sua mudança de humor é abrupta.

'Sim, terminamos…'

'Com quem você está ficando em Kirribilli? Sua mãe já foi embora há séculos.'

'Eu não estou com ninguém. Estou lá por conveniência, é mais rápido para chegar ao trabalho e também porque não me sinto bem estando no seu apartamento depois que a gente terminou'

'Nós não terminamos.'

'Sim, nós terminamos!'

'Tainá, eu disse que ia tornar as coisas melhores para a gente, eu tornaria as coisas melhores se eu soubesse que você está indo atrás de outra pessoa? Como uma cadela no cio querendo procriar?'

'Caio, eu não vou conversar com você desse jeito. Você não tem o direito de me insultar assim.'

Finalmente chegamos em Bondi, ele mais calmo, sem a perna ansiosa e os dedos estalando de propósito. Antes de entrarmos no apartamento, ele vai para a ponta do penhasco. Já está escuro.

'Você mudou', ele diz calmo, sem carinho, sem ternura.

'Você também.'

'Vamos, vamos subir, tenho algo pra te mostrar'

O abrir da porta me revela outro lado dele que eu nunca pensei que teria. Ali, em cima da mesa em que tanto comi, o livro, os desenhos, as poesias, o meu diário e uma caixa de jóias, que acredito ser um anel de noivado em cima. Ele vai para o outro lado da mesa.

'Eu vou te perguntar mais uma vez, você está me traindo com outra pessoa?'

'Não, nós não estamos juntos há algumas semanas já. Um mês, se não me engano.

'Ok, ok, claramente, eu, o babaca, entendeu nossa despedida errado. OK, antes disso, você me traiu com outra pessoa?'

'Não. Como você conseguiu isso tudo? Quando e como você foi no meu apartamento?'

'Não acredito... Não acredito que você vai se fazer de vítima!', ele coloca as duas mãos na cabeça e depois soca a parede.

'Então, o que você quer que eu responda? O que vai justificar a sua raiva? Você invadiu a minha casa! Eu posso colocar você na prisão por isso.'

'A verdade. Eu preciso saber…', percebo que ele não tem coragem de completar a frase, então eu completo.

'...se eu te traí'

‘Isso’ concorda, olhando para baixo, fugindo dos meus olhos, olhando para a praia.

‘A minha resposta vai fazer alguma diferença? Você não acredita se eu digo não e se eu disser sim, eu vou estar mentindo. Então eu te pergunto, o que é traição pra você?’

Suas palavras chulas, vulgares, com diretas ações que um filme de baixo escalão teria. Atos tão animalescos e sem o mínimo de poesia atravessam meus ouvidos, e aceito serem frutos da sua raiva e não do seu ser. Não do cara com quem dividi a vida durante tanto tempo, do cara que me fez sentir amada debaixo do céu estrelado da savana africana, nos barcos de Búzios e em tantas camas que dividimos.

‘A minha resposta é não,’, digo. ‘Eu não fiz nada disso enquanto estávamos juntos, nem quando estávamos separados. Se você me vê nesse escalão de tão baixo nível, você acabou de trair todos os anos que dei meu corpo e minha vida a você.’ Caio ficou mudo. Calado. Olhando o mundo de gente lá embaixo e na ausência de qualquer reação, continuei: ‘Mas você não acredita em mim, porque?' Ele pisca. Acho que já não olho pra ele tão intensamente há anos. Tem pequenas rugas que nunca reparei. O que passa na sua cabeça, Caio? O que você quer me dizer? ‘Se digo que sim, como viveria sabendo que se trai uma vez, não trairia de novo? Não serei eu punida até o fim dos nossos dias pelo sim ou pelo não?’

E rapidamente ele responde:

‘É, você traiu o Miguel comigo, eu sou um idiota por pensar que eu te consertaria, que eu seria *O* cara….’

‘Eu não traí Miguel com você. Miguel e eu tínhamos uma relação muito aberta, a gente sabia quanto tempo ia durar, ele ficou chateado porque, afinal, quem não ficaria. Por que hesita em jogar pra fora toda a sua raiva? Como não ter raiva de mim? É a primeira vez que te vejo em tanto silêncio.'

'Eu confio em você. A gente tem ficado muito tempo longe e é normal nos sentirmos como estranhos. É normal procurar o que não temos, certo? Mas a gente conserta isso. Pelo sim ou pelo não, a gente dá um jeito. Mas eu preciso saber a verdade.

'Porque você quer ficar comigo?'

Responde, Caio. Responda o que eu preciso ouvir.

'Porque você é minha vida, minha amiga, minha parceira. Porque a gente tá junto há sete anos! Vivendo fora, vivendo aventuras. Porque você o largou por mim! Porque eu sou melhor ao seu lado, porque você me motiva, porque eu faço tudo por você, porque eu preciso de você.'

'Caio, você era meu melhor amigo, meu melhor amante, eu ainda admiro seu trabalho, sua energia em fazer as coisas. Mas eu não vivo para te servir…'

'Tainá, não foi isso que eu disse! Não distorce as coisas.'

'Caio, eu não tô ofendida. Mas nada na sua justificativa foi sobre mim. Foi tudo sobre você. Pode perguntar pra sua mãe.'

'Porra, Tainá, tira minha mãe dessa. Para de ficar analisando tudo que nem ela. Eu te amo. Eu quero ficar com você. A ideia de não poder te tocar, de te beijar, de te ter ao meu lado…'

Saiu. Finalmente o vejo chorar de novo, talvez a terceira vez desde que estamos juntos. Não sinto a mesma flechada atravessar meu coração, mas sinto, sim, que acabou.

'Também me parte, Caio. Também tenho saudades de você. Saudades da gente. Imagino que se não for você, quem será? Tudo que já passamos..., mas...'

'Sem, mas a gente vai dar um jeito. Eu vou dar um jeito. Me diz o que você precisa, me diz o que você quer, eu faço. É de desenho que você precisa? Eu aprendo a desenhar! Eu aprendo poesia, é isso que você quer? Eu te dou, Tainá, fica comigo.'

'Eu não sei. Eu não sei se alguém pode me dar ou substituir o que eu tenho.'

'Como assim?'

'Eu aprendi a ser livre. Eu não vou conseguir mais te acompanhar na sua vida. Eu gosto de estar sozinha, de descobrir coisas novas. É impossível seguir meu caminho com você ou qualquer outra pessoa a quem eu tenha que cuidar, servir…'

'Você nunca teve que me *servir*! O que você quer descobrir? Eu vou com você, tenho dinheiro suficiente…'

'Caio, eu... eu não quero ter que te dizer o que eu preciso. Eu preciso que você *queira* me descobrir. Que você me olhe como eu sou, não como o que eu faço pra você.'

'Quem é *ele*? Eu vou conversar com esse cara. Eu não estou chateado com você. Eu te deixei sozinha e tudo bem. Foi minha culpa que você me traiu.'

'Eu não te traí!'

'Por respeito a tudo que vivemos juntos, não me faz de otário. Me fala a verdade.' ele aperta meus braços e traz o seu corpo junto do meu.

'Eu estou falando!' Convenço-me que não estou mentindo porque sei que não estou trocando o Caio pelo mascarado, não quero um relacionamento, uma vida dividida com ele. Estou trocando o Caio pela minha liberdade, minha paz mental de não ter que magoá-lo. 'Eu não tenho como vencer a sua paranoia. É inútil tentar convencer a sua imaginação.'

'Imaginação?! Isso aqui não é imaginação! Ou você desenha a você mesma? Não me faça de idiota, Tainá!'

'Não há ninguém, já falei! Mas eu estou livre, não preciso me preocupar com ninguém. Só sobrou eu e mamãe, e ela parece um beija-flor de tão bem que está.'

'Sua mãe está bem porque é uma ingrata por tudo que seu pai fez por ela, e agora ela usa o dinheiro dele viajando pelo mundo'

'Caio, você passou dos limites! Dinheiro do *meu* pai? É assim que você vê a vida a dois. Seu dinheiro, sua casa, sua mulher?' Abaixo para pegar meus desenhos que ele jogou no chão e tudo fica turvo. Minha testa encontra o chão com força, me levanto atordoada segurando-me no que há de mais próximo - a cadeira, acho. Consigo balbuciar umas palavras perplexa, confusa, com dor.

'O que você…?'

E cambaleio para a porta, sinto meu telefone no bolso da frente da minha calça. A porta bate na no meu rosto, a pressão nas minhas costas é grande demais para eu vencer. Berros no meu ouvido esquerdo me ensurdecem, batem como sinos na minha cabeça, os berros ficam abafados.

Puta...vadia...tudo que eu fiz...te dar...dar...dar... ingrata... puta...vadia...vaca...filha...merece. De repente tudo está frio, acho que minha roupa está rasgada. Volto a mim com um arranhão que cruza meu tórax, meu peito.

'Eu ia te dar isso, vim aqui pra pedir pra casar comigo!'

Ele me arranhou com um anel de diamantes? Minha boca sangra, não consigo enxergar com o olho esquerdo, faço força, mas não abre. Dói... Tudo dói. Estou na cama, com a blusa rasgada, minhas pernas frias, minha pele ardendo e, se não bastasse, ele consegue ter prazer fazendo-me sofrer.

'Puta! Devia ter feito isso a muito tempo pra você ver quem manda!' Pelo meu olhar embaçado, Caio se mistura com as fotos que ainda estão penduradas na parede atrás dele pela porta do quarto. 'Quero ver que poesia ele vai fazer pra você agora!'

Deitada, sem conseguir me mexer, lágrimas e sangue correm pelo meu rosto, caem em gotas, ensanguentando o lençol. Já não sei o que é suor de medo e o que é desespero. Penso que, de todos os riscos que corri na vida, será isso que vai me levar daqui. A minha mãe não merece que eu seja esse fracasso. O que meu pai iria achar, o que Kadu vai dizer quando me vir chegar destroçada? Parece ironia que toda a dedicação a nós, todos os abraços quentes do passado se transformaram na arma que vai me tirar daqui. Tudo que consigo fazer é dizer:

'Você também mentiu pra mim.'

Ouço o zíper de sua calça fechar.

'Eu?', sua voz irada, rouca, irreconhecível. 'Como que EU menti pra você, sua puta?' Ele me puxa pela perna e bato minha cabeça no chão. Consigo sentir o macio do edredom que foi acidentalmente puxado junto com meu corpo lânguido e fraco, diminuindo um pouco o impacto e me dando uma pequena esperança. 'Eu menti? Como eu menti pra você, vadia?'

Justifico a força que tenho para falar apenas por um anjo incorporado em mim, me fazendo lutar até o fim.

'Você é igual a ele.'

Certas palavras são mais fortes do que todos os músculos irados apunhalados. Encaro-o como posso. Seu corpo inteiro se transforma em desamparo, em um menino ermo, habitado apenas pela dor de sua própria juventude. Minhas palavras o lembram do próprio pai. Possuído pela própria insegurança e pelos condicionamentos que torturaram suas noites durante os anos que se formou gente. Ou deveria dizer, monstro. Lutou tanto para me dar uma vida diferente da sua mãe que esqueceu de se confrontar com seus próprios medos. Orgulho-me de não ter pena. Agora, depois do soco verbal que dei nele, seu cérebro parece me ver como um ser humano, seu coração volta a bater, e vejo o Caio que conheci, que prometeu nunca fazer uma mulher sofrer como sua mãe sofreu. Segura o rosto em choque, chega perto de mim, sussurra *desculpa* e ouço a porta fechar.

16

Os *bips* das máquinas do hospital me acordam. Lembro vagamente de ter visto dois paramédicos em uniformes azuis arrebentarem a porta do apartamento, nada mais. Uma enfermeira logo chega para checar meus batimentos cardíacos, me entregar uma sacola que só tem meu celular e minha bolsa com tudo que ainda lembro estava lá.

'Há quanto tempo estou aqui?'

'Não se preocupe com isso.'

'O que aconteceu? O que é isso?' aponto para o fio de plástico com líquido entrando no meu sangue.

'É para te manter hidratada. Não se preocupe. Você já vai para casa com algumas prescrições para analgésicos. Você tem família?'

'Não aqui. Minha mãe mora no Brasil.'

'Melhores amigos?'

'Minha melhor amiga está prestes a ter bebê, ela não precisa disso.'

'Você tem algum lugar seguro para onde ir quando te liberarmos daqui?'

'Sim. Ele não deve estar mais no país.' Covarde.

'Ok, querida, você descansa. Nós tivemos que abrir sua carteira para procurar sua identidade. O seu seguro de saúde já foi acionado e não há nenhuma despesa para você.'

'Pelo menos isso. Posso ter meu telefone?'

'Aqui, vou buscar um carregador para você, mas não se olhe. Tiramos fotos para o laudo e a perícia. Precisamos entrar em contato com seu trabalho e entregar qualquer documentação necessária. Você está segura aqui. Agora querida, você descansa. Sua mãe deve estar preocupada, liga para ela. Pode usar o *wi-fi* do hospital.'

'Obrigada,' Leio seu nome no crachá. 'Amanda. Como cheguei aqui?'

'Uma ligação anônima, talvez de um vizinho que ouviu os barulhos. Acontece bastante.'

As enfermeiras vêm e vão, me dão comida, soro, trocam a morfina por analgésicos menos agressivos. Logo que estou mais acordada, assistentes sociais e policiais vem conversar, saber o que aconteceu, dizendo que eu tive muita sorte de alguém chamar a ambulância, que se mais algumas horas tivessem se passado, eu poderia estar é no cemitério. Quero ir embora pra casa, longe daqui, perto de onde nunca deveria ter saído. Chego a conheço algumas outras mulheres em estado tão deplorável quanto o meu, e a cada história que contamos, nos fortalecemos. O inchaço do meu rosto está indo embora e parece que já estou livre de riscos de hemorragia interna. Agora é lidar com os hematomas e a cicatriz atravessada no meu peito. No dia seguinte, recebo uma visita inesperada, Stephanie, a mulher de RH do trabalho, pronta para me levar para casa.

'Eu queria oferecer que você ficasse na minha casa, não se preocupe, não tem nenhum homem à vista.'

'Eu não odeio homens, só um.'

'Posso entrar no seu apartamento e ver se está direitinho, se ele não está lá? Os policiais me mostraram as fotos do apartamento em Bondi...' Steph chora, e memórias das minhas células fazem meu corpo doer de novo. 'Eu estou aqui se precisar conversar', ela diz soluçando.

Peço para ir comigo ao apartamento de Kirribilli.

Ela pede para que eu espere do lado de fora, mas eu dou a volta e entro para mais uma violação. Tudo está quebrado e revirado. Até o colchão. Meus vestidos largados, jogados e com marca de sapato em cima. O vestido preto que usei na primeira festa, que Caio gostava tanto, rasgado. Minhas máscaras, destruídas. Meu corpo ainda está fraco, mas sou forte para aguentar as lembranças. Não consigo arrumar o lugar sozinha e peço para ela me ajudar. Muito rapidamente, está tudo de volta no lugar. Eu só preciso que os hematomas desapareçam.

17

De longe, duas pessoas são atraídas pelo seu charme. Ele, que deve ter sentido meu polo negativo o chamando, acha o caminho até mim. Seu sorriso desaparece assim que chega perto o suficiente para me ler através da máscara.

'O que aconteceu?'

Sinto sua preocupação.

'Eu só vim para dizer que…' como dói dizer que não vou mais voltar, que nós não vamos mais existir.

Por sua iniciativa, me leva para um lugar mais calmo na própria festa. Ele quer me ouvir, como sempre quis

'...eu... vou voltar…' digo sabendo que em algum lugar de mim, a vontade de estar com ele seria maior do que as marcas tão recentes das minhas cicatrizes.

'Voltar pra onde? Pra casa? Aconteceu alguma coisa, sua família está bem?'

'Mamãe tá bem. Eu preciso de tempo. Talvez eu não volte, talvez, a gente nunca mais vai se ver…'

Eu olho para o lado enquanto seu silêncio me paralisa. Ele pega minha mão direita e, com sua outra mão, segura meu queixo. Eu tremo. Tiro suas mãos de mim, fujo, a memória da dor me dói muito.

'Eu fiz alguma coisa? Eu a machuquei? Porque eu não...Eu nunca quis te machucar, você sabe disso, certo?'

Incontroláveis, as lágrimas incham meus olhos e deixam meu mascarado mudo. Suas mãos trêmulas segurando as minhas escancaram o que ele não consegue falar. Me afasto, fugindo por alguns passos. A lembrança das dores dói demais, a perspectiva de perdê-lo também.

'Não, não foi você, você não me machucou, pelo contrário, você me ajudou a ver quem eu realmente sou. Foi o resto... Tudo aquilo que eu fundava minha vida em, desmoronou. Não há mais máscaras. Às vezes, precisamos de máscaras.'

'Eu não entendo. Eu te quero do jeito que você sempre foi e do jeito que a gente evolui... juntos.'

'Lembra de mim... como nós fomos.'

'É isso que você quer ou... você está com medo?'

'Talvez eu volte. Não me esquece…'

'Nunca!'

Encaro seus olhos, mas logo desvio, o latejo dentro de mim tem múltiplas causas. Hematomas, decepção e medo. Seria capaz de confiar em alguém de novo? Desvio minha atenção para o chão, quero ir embora, mas não consigo.

'Por favor, não vá, a gente pode dar um jeito nisso. Você me conhece melhor do que ninguém.'

'Será? Você não sabe meu nome, você não me reconheceria se trabalhássemos ao lado um do outro.'

'É claro que reconheceria. Não, eu não sei seu nome, mas eu reconheceria sua voz, seu olhar, seus valores, suas ideias, seu cheiro, seus lábios…'

Tiro sua mão do meu queixo.

'Me deixa te beijar.' suplica

'Não consigo', digo trêmula, refletindo minha vontade, meu amor e meus medos. Ele não insiste. Ele não insistiria.

'O que fizeram com você? O que aconteceu?'

'Está terminado, não vai acontecer de novo, não se preocupe. Você é o sonho, você é a vida sem problemas, as férias, a infância, a felicidade, mas a vida me acordou. Tudo isso…' giro a cabeça para a festa. '...e você me ajudaram a tirar de mim quem eu realmente sou. Eu vou lembrar de você para sempre. Mas a fantasia não dura. É por definição impossível, irreal, efêmera. Que futuro temos se vivemos trancados com medo de viver? Uma hora a festa acaba. Uma hora a verdade bate à porta. Eu prefiro lembrar de você por tudo que você me deu, e não pelo que você não foi. Se isso faz sentido. Eu preciso ir. Obrigada por tudo.'

Há um vazio, o chão é frio, o ar está pesado, a música abafada.

'O que aconteceu? Me diz seu nome, tira sua máscara, não vá embora.'

'Você está desesperado, com medo de não me ver mais. Você vai achar outra. Não se preocupe. É melhor guardarmos nossa memória.' Tiro meu cordão e coloco na sua mão.

'Eu também já tive o coração despedaçado fora daqui e eu também tenho medo... Você sabe…'

'Você sabe qual é a diferença entre você e eu? Que se alguém despedaçar seu coração, se alguém o pega na mão e espreme, tirando todo o amor e bondade que lá mora, se alguém te diz o quão merda você é, a única coisa ferida é o seu orgulho. Que conserta com muito tempo e terapia. O dinheiro paga a cura dessa dor. Ninguém vai te bater tanto e te deixar à sorte para morrer depois de achar os lindos desenhos e poesias que recebeu de alguém. Só estou viva por causa de um estranho, um estranho que ligou para a ambulância. Alguns minutos mais e eu teria apodrecido no chão com tanto amor, tanto sangue me consumindo e sufocando por dentro. Onde quer que me toque hoje, amanhã, semana que vem, dói. Dói por dentro, e dói por fora!'

'Me desculpa, eu nunca pensei, eu nunca quis... Eu não sabia que tinha outra pessoa, eu achei que você…'

'Que eu... Minha culpa agora?'

'Não, de maneira alguma. O que eu posso fazer?' Suas mãos se aproximam das minhas de novo, eu deixo que as toque. 'Você tem algum lugar seguro para ir? Montarei guarda para você, a polícia está ajudando? Eu não sei o que fazer, mas a gente resolve isso. Por favor, não termine tudo, a gente vai dar um jeito.' Ele abaixa a cabeça tentando olhar nos meus olhos, viro para o outro lado. A fraqueza do meu corpo aparece nos meus ombros caídos e no meu pescoço doendo, percebo chicletes no chão. Quando foi que virei uma pessoa tão mundana?

Eu dou as costas, devagar. Viro de volta, meio corpo, olho para ele:

'Você foi a primavera do meu inverno.'

'Me diz o seu nome, seu nome de verdade.'

'Para quê? Eu não preciso que cuide de mim.'

'Como eu posso achar você?'

'Na sua lembrança, no seu coração, na sua memória. Eva acabou. Ela existe só pra você, e você, meu mascarado sem nome, ou talvez James, meu pássaro dourado, eu vou pra sempre voar por causa das asas que você me ajudou a achar.' Eu seguro seu rosto com as duas mãos. 'Eu vou sentir saudade do que fomos, mas a gente não pode durar para sempre aqui, ou no mundo real.' O beijo de despedida dura o tempo que eu preciso para imprimir sua textura, seu gosto de café mais uma vez em mim, mas dessa vez, é diferente. Seu cheiro de desespero misturado com seu antigo perfume de desejo e seu toque delicado na minha cintura, contrário ao forte gesto que era antes, me mostra que tem medo de me machucar. 'Você é especial, vou sentir saudades...'

'Você também. Eu também. Não me deixa, volta semana que vem, me diz o seu nome. Eu vou estar aqui. Esperando por você a noite toda. Vou te esperar toda semana, até você voltar.'

Sinto a aflição em me perder nas suas mãos que tentam me abraçar, me confortar, me tocar, mas ele percebe meu tremor. Ele coloca as mãos na sua máscara com o intuito de tirá-la e eu o paro.

'Não vamos estragar nossa magia com os impulsos do desespero…'

'Talvez seja desespero, mas quem não ficaria quando o amor da sua vida, a pessoa que você mais admira, escorre pelas suas mãos como... como... areia seca. Queria poder parar essa ampulheta, parar o tempo e curar cada ferida que tá aí. Quero você comigo. Não para mim, você não é de ninguém, mas quero você ao meu lado. Eu quero estar ao *seu* lado. Quero viajar junto. Volta, por favor, volta semana que vem. Quero dizer que a amo, mas não vai acreditar. Se não acredita nas minhas palavras, acredite em tudo que vivemos.'

'Sempre. Não se preocupe com isso…' sorrio, encostando meus dedos nos seus lábios. Depois da nossa última troca de olhares, vermelhos de choro, temor e a dor do amor perdido, eu me viro para sair, minhas pernas macias como concreto sendo derramado. Querendo voltar no tempo ao nosso nono encontro.

Sua máscara aparece no chão ao meu lado, jogada como uma corda... um enlaçamento que eu tenho a liberdade de escolher se quero ou não aceitar.

'Eva!' ele tenta mais uma vez me puxar de volta. 'Por favor, diga-me seu nome, você é muito mais do que aquilo que vivemos. Por favor, diga-me seu nome, você merece seu nome verdadeiro. Por favor, fique e deixe-me provar que você não precisa ter medo... de mim.'

Tudo o que sai de sua boca é lindo, meu coração me diz para confiar, mas como posso saber? Eu não sei se posso confiar novamente nas minhas decisões amorosas. Eu olho para a máscara ao meu lado. Eu posso vê-lo, posso olhar para ele, posso começar algo novo. Eu abano minha cabeça em negação e não olho para ele, não descubro o resto de seu rosto, eu digo:

'Eu amo você, por tudo que vivemos juntos, meu James, meu pássaro mascarado... e dourado.'

18

A semana que se segue é um entra e sai de horários e responsabilidades. Poucas conversas no trabalho com pessoas notando o que há de "errado" comigo, visto o declínio na minha energia, eles tentam me aliviar dos compromissos e da carga horária sem saberem o porquê da minha falta nos últimos dias. Tomar decisões profissionais e ganhar o concurso recupera muitas lágrimas e me ajuda a voltar à vida. O que ainda me persegue são meus sonhos, invadidos por *flashbacks* da noite que o Caio morreu para mim. Tento compensar os malefícios das noites mal dormidas no meu corpo com yoga, corrida e natação. A temperatura está cada dia mais agradável, o sol já queima a pele ao meio-dia.

O governo me deu um visto temporário independente do Caio. Alegaram que a situação de *de facto* ou parceiros já não seria do meu melhor interesse. Um e-mail que marca a separação oficial com um homem que não reconheço mais. Uma boa solução, tenho bastante tempo nesse visto temporário e posso fazer o que eu bem entender como trabalhar quantas horas quiser, um sonho para muita gente. Peço desculpas em pensamento para todos aqueles que precisam de um visto desses para fugir das guerras e do medo, agradeço a oportunidade, mas preciso ir para casa. Preciso não. Decido. Decido ir para casa. A casa onde as memórias não me atormentam mais. O escritório me oferece um aumento para eu ficar, recuso educadamente, mas peço um dia para ir na casa da Fleur e ver seu bebê e suas crianças.

As crianças, que detestam uma despedida, choram por me verem ir embora no fim do dia, e Fleur me chama para ficar na casa deles. Aceito, tomo as tarefas domésticas como minha responsabilidade assim que vejo minha amiga sem ter um minuto sem estar fazendo algo para alguém. Os pequenos me tratam com tanto carinho, me enchem de atenção, risadas e brincadeiras, e não posso evitar de pensar onde erramos no processo de vida que algumas crianças se transformam em adultos horrendos.

As risadas e o amor incondicional dessas pequenas crianças são capazes de curar até a cicatriz que me arde o peito. Por esta força toda, ao invés de fugir, resolvo voltar à festa e me despedir do mascarado. Uma semana sem dramas com homens adultos e seus problemas. Exceto pela polícia, que diz ainda não ter localizado o Caio. Ele já deve ter saído do país há tempos.

Chego quase às oito da noite sem receio de que ele vá embora porque disse que me esperaria a noite toda. O atraso não é proposital, resolvi me desligar de muitas coisas que me prendem, inclusive a hora. Sei que um atraso desta magnitude não se tornará rotina, mas estou mais devagar do que o de costume e cada dia sinto que vivo num ritmo diferente. Não entendo bem, mas imagino que seja um jeito de lidar com trauma. Conforme me aproximo da casa, vejo pessoas voltando da entrada e algumas saindo aos berros, paradas pelos seguranças do lado de fora da casa numa aglomeração.

Código Vermelho, ouço alguém dizendo. Aperto o passo para a casa quando o segurança com o rosto devidamente coberto diz: 'Código vermelho'.

'O quê?', não posso acreditar.

'Código Vermelho', ele repete.

'Alguém morreu?'

'Sim, madame', ele diz gentilmente, me guiando com uma calma monumental para fora, onde as outras pessoas já estão saindo. Atordoada seria a melhor palavra para descrever como me sinto. Como pode alguém ter morrido?

Saio da frente, mas fico ao lado da casa, à espera do meu mascarado para sairmos juntos.

'Senhorita, é preciso ir. Se a senhorita não estava aqui antes, sugiro ir embora o quanto antes. Isso é uma cena de crime agora, os policiais estão a caminho.'

Concordo com a cabeça e ando a passos de tartaruga como se o mundo ao meu redor mexesse mil vezes mais rápido do que eu. Meus olhos, focados como os de uma águia, procuram por ele. Sim, alguém morreu, e eu só consigo pensar nele. Se não o vir agora, nunca mais o verei. Tudo está meio confuso, imagino que o assassino já tenha ido embora, mas por que tanta agitação? Certamente os policiais têm que interrogar todo mundo. Fico aliviada de não estar lá dentro. Às vezes, chegar atrasado tem suas vantagens. À distância e na sombra de uma árvore densa, sem usar a minha máscara também, vejo os rostos das pessoas que, uma a uma, recebem o pedido de tirar sua máscara. Acabou. Estico o braço e chamo o táxi para ir pra casa. James e eu...acabou.

Alguém morreu assassinado e não tenho ideia de quem foi. Não há nada que eu possa fazer a não ser procurar notícias no jornal de amanhã. Não consigo me sentir culpada por pensar na minha vida, nesses homens que me atormentam a mente e meu tempo enquanto alguém morreu há apenas algumas horas ou minutos. A culpa só existe quando sabemos que deveríamos ter feito algo que não fizemos. Saí antes da polícia chegar, meu número não foi registrado. Eu continuo no anonimato. Talvez não, talvez agora nossos arquivos sejam abertos e tenhamos que ficar à mercê da polícia para interrogatórios e não sei mais o quê.

O reflexo das velas brancas dos barcos e do Ópera House nas águas e as luzes da cidade tilintando pela minha janela me dão uma calma que nunca tive antes. Sinto como se tivesse escolhido a porta certa e que há um novo caminho aberto para mim. Um caminho a ser feito comigo mesma.

Luke. Mesmo se ele fosse o mascarado, no dia a dia, se esconde atrás de muitas máscaras. Não há o mesmo frescor, a mesma conexão e por isso não vejo sentido em me enfiar no meio da sua vida já tão complicada. Caio levou de mim não só ele, o futuro e a minha paz, mas também todo nosso passado junto. Levou minha vida, levou toda a generosidade que eu tinha, e me fez sentir uma idiota. Uma guerreira é verdade, mas idiota por me deixar cegar e ser manipulada pelos presentes, elogios misturados à atitudes de menosprezo que pouco a pouco minaram minha confiança.

Meu homem do nariz dourado, a quem posso chamar de James, meu amante sem rosto, foi a minha primavera no meu inverno. Talvez, o único verdadeiro romance que já vivi está em algum lugar dessa cidade e eu nunca mais irei encontrá-lo. É melhor acabar assim para que o nosso amor seja eterno, preso na memória de um tempo imutável.

*

Acordo satisfeita em ver Sydney na minha frente. Não há mais horizontes na minha janela, mas há algo concreto. Uma cidade que me dá natureza, cultura e trabalho numa distância de um pouco mais de um quilômetro. Um olhar para frente e sei que meus dias serão equilibrados. Sem o saudosismo e melancolia da linha que me levava ao meu passado e a um futuro que não poderia existir. Uma linha que me caracterizava tanto, pois eu nem mesmo sabia quem era. Uma linha imaginária de mim mesma, perdida entre o céu e o mar, esperando ser vista por alguém que se importasse em olhar o tempo suficiente para mim. Eu não existia. Agora, eu não só existo, mas como sei sentir os solavancos, tropeços, meus próprios erros e o mais importante, as glórias do que é viver. Eu sozinha, sou agora, finalmente, mais completa.

O fim da festa da semana passada ainda não tem um efeito aterrorizante em mim. Já passei por coisas piores. Uma morte, ou um assassinato secreto, já que nada parece ter saído no jornal. Alguém morreu e me dei por feliz que não fui eu. Eu, que vivia a procurar esses lugares que tentam a morte, percebo que a escolha é sempre viver. Me sinto sortuda por saber que meus impulsos, minhas pulsões, minhas vontades, meus desejos, e porque não dizer meu inconsciente, conseguiram mais uma vez me fazer usar a lógica, a razão e a segurança. Tenho mais sorte do que muitos. Nunca conseguirei apagar o que aconteceu comigo, mas consigo viver, entre memórias ruins e outras péssimas, aproveitando o que deve ser celebrado. Bec, Luke, Tommy e Steph passaram a semana fazendo inúmeras despedidas para mim. Lindas despedidas, cartões significativos e úteis presentes. Almoços deliciosos e demorados, confissões feitas apenas a quem já se vai e talvez nunca volte. Elogios e cartas de referência que vou guardar com carinho e cuidado, caso algum dia eu queira voltar para Sydney.

Despeço de Fleur indo com seus pequenos no parquinho no fim da Blues Point Rd em um pic-nic que eles mesmo prepararam para mim. Meus sobrinhos do coração, minha irmã mais velha que nunca tive. Sinto em deixá-los.

Hoje à tarde, antes de ir para o aeroporto, irei entregar as chaves para a mulher que virá morar no apartamento até Bianca voltar para cá. Agora, pela manhã, deixo as malas abertas em cima da cama, esperando-me despedir da cidade e inevitavelmente, ganhar um suvenir para algumas das amigas de mamãe quando eu chegar lá daqui a um mês. A chave e a caixa que nunca consegui devolver trazem um sorriso em mim. Admiro seus detalhes com as mãos mais uma vez antes de colocar a chave e o anel dentro dela protegidos por um lenço. Serão para sempre a materialização da minha memória aqui.

Atravesso a ponte a pé, na minha caminhada preferida, sem pressa e sem peso - nem na consciência, nem nos ombros pois resgatei uma pochete linda feita à mão que comprei na Espanha, mas nunca usava porque Caio sempre reclamava dela. Ainda bem que guardei e a carreguei mundo afora.

Procuro pelas pistas que, no início do inverno, me levaram a um caminho sem volta. Não há nada. Tudo foi removido. A loja de máscaras foi substituída por um adesivo do chão ao teto cobrindo a vitrine dizendo *Uma nova atração em breve*, há uma fresta entre a ponta do adesivo e a moldura da porta, olho, bisbilhoteira e não há uma máscara sequer para contar histórias. Não consigo evitar de pensar no que o senhor cego estará fazendo.

Os canteiros e vasos de flores estão coloridos. A gaiola com a data, removida. A caixa do correio estava aberta, sem nada dentro. O tijolo da parede na Suez Canal não tem mais o símbolo do ouroboros em alto relevo. São apenas tijolos normais. Sem o jornal e sem as flores, não há mais nada, de fato, uma tragédia aconteceu com essa pessoa que foi buscar uma noite em liberdade e acabou por terminar sem vida.

Depois dessa andança toda, sento num café na George Street em frente ao MCA, envio uma mensagem para mamãe, confirmando que a verei em um mês, e que mandarei fotos diárias do meu tempo sendo assistente de câmera para Bianca. Estou plena, respirando esse ar livre e leve, comendo sozinha e lendo, como nos velhos tempos.

Quando estou pronta para ir embora, noto um vaso de petúnias rosas colocada em meio ao canteiro de muitas flores coloridas. Tem uma chave igual à que eu tenho pendurada com um papel pequeno como um marcador de livros. Tenho o pressentimento de que este vaso é para mim. Ele quer me ver. Me impulsiono para pegar a chave e ler a etiqueta quando penso que ele pode estar em qualquer lugar por aqui. Finjo tirar a foto do museu e ajeito o meu celular de forma que consigo nas flores no primeiro plano. O papel mostra um poema bem maior do que qualquer outro que ele fez pra mim. Há um pequeno desenho no final do poema, uma linha fazendo o contorno de uma mulher subindo nas águas, olhando a lua que é o meu cordão mais uma vez.

Para além da superfície você me viu
E eu conheci você
Me deixa entrar
Na sua história porque na minha

Você já está
Te espero todos os dias
Todos os dias
Até você notar
Que eu e você juntos temos que ficar
Todos os dias
Até você chegar.

Deixo a flor onde está. Bato a foto para adicionar aos seus poemas, saber que ele me quer, que eu vou ser uma boa memória. Ele está me esperando no Aresta do Horizonte, todas as noites às sete horas. Estou feliz por não ter sido ele quem morreu. Ligo para o restaurante, agora, estão abertos para o público em geral, mas talvez não por muito tempo. 'Tem gente fazendo reserva para todas as noites! Você não vai se arrepender!' diz o recepcionista entusiasmado. Quero perguntar se há uma reserva para James, mas eu sei que há.

Respiro fundo, o ar entra nos meus pulmões satisfeitos e caminho de volta para dar adeus à mais um dos meus cantos preferidos: o meu pequeno cafofo em Kirribilli.

No táxi, a caminho do aeroporto, penso que sim, que é possível amar alguém que já toquei, já cheirei, já escutei, já provei, mas nunca vi. E é possível amar alguém assim, profundamente e intensamente, ao mesmo tempo que amo a mim e que desejo a mim. O meu ser não precisa se subtrair de mais ninguém e isso vale para os outros que convivem comigo. Somos todos protagonistas das nossas próprias histórias e, na minha, só entram aqueles personagens que entendem que é dando que se recebe. A reciprocidade é a cláusula fundamental do amor, seja ele do tipo que for e a liberdade nada mais é do que a coragem de escolher o que se deseja. Liberdade não é sair pelo mundo através de novidades e distrações mascarando o medo de enfrentar a sua própria dor.

Há sempre um mundo a ser descoberto na finitude de onde se está. De nada adianta uma linda árvore frutífera sem um chão onde fincar raízes, ela morrerá do mesmo jeito. Meu chão é minha família, meus amigos, minha língua. Vou-me embora, não porque não tenho coragem nem paciência para ficar, mas porque tenho muito que florescer e muitos frutos para colher de mim mesma.

Fim.
ou seria apenas o início?

Agradecimentos

Apoio e encorajamento se manifestam diferentes para cada pessoa e aqui tento mostrar meu profundo agradecimento por cada pessoa que contribuiu de forma direta ou indireta para que esse livro se tornasse real.

Agradeço a minha amada editora, Julia M. Metello. Sem as suas infinitas leituras, revisões, críticas e motivação esse livro continuaria na minha cabeça e em inúmeros bloquinhos de anotações. Obrigada para sempre.

Eu não seria possível sem a dualidade intrínseca entre a razão crítica e humanística do meu pai e a criatividade ilimitada da minha mãe. Jamais poderei agradecer o suficiente por terem me feito, criado e me libertado no mundo.

Ao meu irmão, juntos desde sempre em produções criativas e a quem eu sempre recorro quando a dúvida bate.

Minhas amigas, que através das experiências compartilhadas deixaram marcas profundas de força, garra, alegria e coragem. Vocês sabem quem vocês são.

Aos amantes secretos, imaginários ou reais que passaram por mim. As marcas boas estão nesse livro, as ruins também.

Agradeço a minha psicanalista e a minha fisioterapeuta, que trabalham incansavelmente para alinhar minha mente e meu corpo, respectivamente.

Serei eternamente grata a todas as mulheres e homens que dividiram suas histórias de violência doméstica e contribuíram enormemente para que eu pudesse escrever e dar-lhes voz no mundo das histórias.

Agradeço aos revisores que impulsionaram minha história para melhor.

Gostaria de agradecer à Charlotte Rowland e à Ana - cujo sobrenome eu não sei - pela paciência e generosidade de me conectar com a grande energia que nos circunda para limpar as minhas dúvidas, o medo e abrir caminhos para que esse livro se materializasse.

Meus filhos, seria impossível listar por tudo que sou grata a vocês, mas por hora, aceitem meu agradecimento por serem o meu combustível para a vida, por me inspirarem todo dia a voltar a ser criança e nunca esquecer que o mundo é mágico.

É necessário agradecer à minha outra família de um outro país, que criou um homem fantástico, o meu parceiro de vida, aquele que me ajudou e ajuda a curar as asas que foram machucadas durante minha trajetória pelo simples fato de eu ser mulher.

E por último, mas não menos importante, agradeço a ele mesmo, o meu eterno companheiro. Quem o universo me trouxe numa sincronicidade abençoada, mas é quem me ouve, nos apazigua e é por ele que continuamos juntos nos grandes altos e nos grandes baixos da vida. De muitas vidas.

Obrigada, eu sou eu, porque todos vocês fazem parte de mim.

CPSIA information can be obtained
at www.ICGtesting.com
Printed in the USA
LVHW021751150722
723616LV00018B/1317